D0735385

10
18

12, AVENUE D'ITALIE. PARIS XIIIe

Sur l'auteur

Ressortissant britannique né en 1948 au Zimbabwe, où il a grandi, Alexander McCall Smith vit aujourd'hui à Édimbourg. Il y exerce les fonctions de professeur de droit appliqué à la médecine et est parallèlement membre du Comité international de bioéthique à l'UNESCO. Il a vécu quelques années au Botswana où il a contribué à l'organisation de la première école de droit et rédigé le Code pénal. Il a écrit une cinquantaine d'ouvrages allant du manuel juridique au précis de grammaire portugaise et de nombreux livres pour enfants. *En charmante compagnie* est la sixième enquête de Mma Ramotswe.

Le premier tome d'une nouvelle série d'Alexander McCall Smith, *Le Club des philosophes amateurs*, a paru en France aux éditions des 2 Terres en 2005.

ALEXANDER McCALL SMITH

EN CHARMANTE COMPAGNIE

Traduit de l'anglais
par Élisabeth KERN

INÉDIT

10
18

« Grands Détectives »

dirigé par Jean-Claude Zylberstein

Du même auteur
aux Éditions 10/18

Titre original :
In the Company of Cheerful Ladies

ISBN 2-264-03762-8

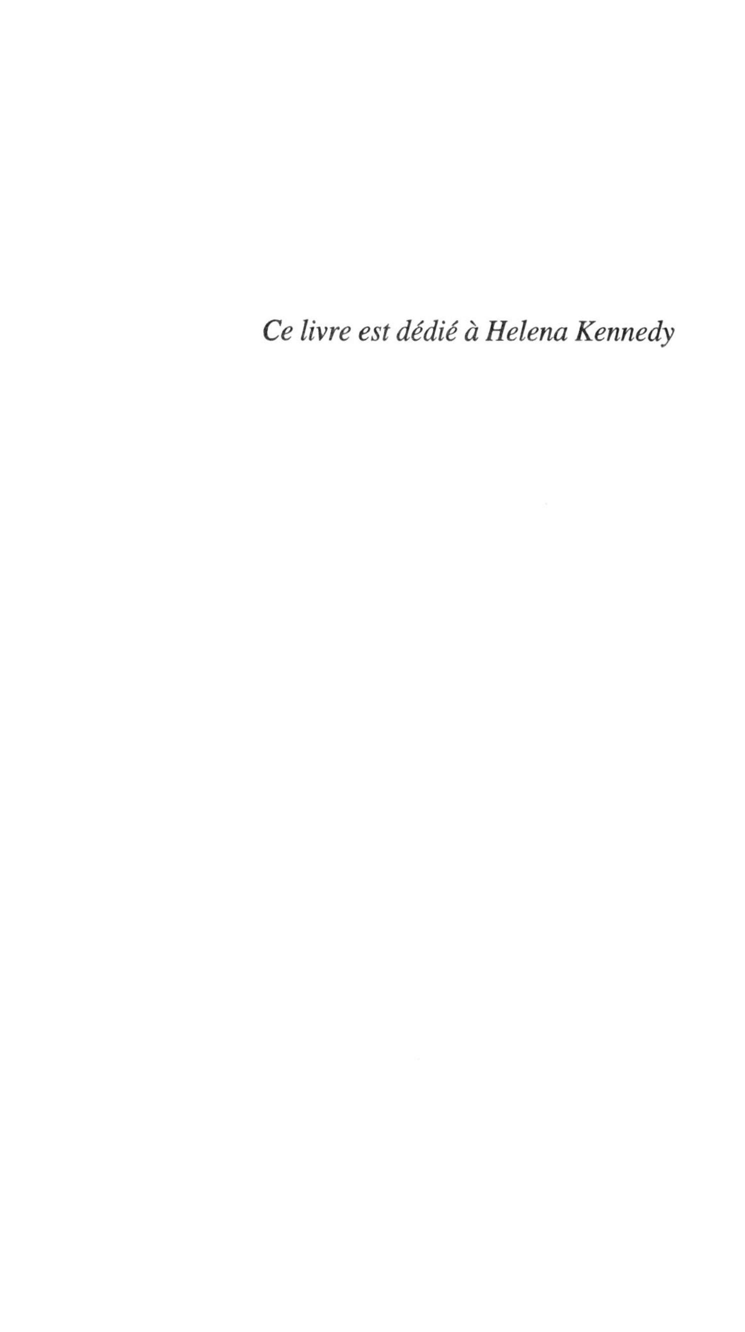

Ce livre est dédié à Helena Kennedy

CHAPITRE PREMIER

L'honnêteté, le thé,
et la place des choses dans la cuisine

Mma Ramotswe était installée à une table de son café favori, en bordure du centre commercial de Gaborone, au bout de Tlokweng Road. On était samedi, son jour préféré, celui qu'à sa guise on remplissait ou laissait s'écouler sans rien faire, où l'on pouvait par exemple déjeuner avec un ami à l'*Hôtel Président* ou, comme à présent, rester seule pour réfléchir aux événements de la semaine et à l'état du monde. Ce café était un lieu idéal, et ce pour plusieurs raisons. Tout d'abord, la vue : la terrasse donnait sur une rangée d'eucalyptus dont le feuillage, d'une teinte vert foncé très apaisante, produisait le bruit de la mer quand le vent soufflait. Enfin, il produisait le bruit que *devait faire* la mer, de l'avis de Mma Ramotswe. Parce que, à vrai dire, elle n'avait jamais vu l'océan, qui se trouvait bien loin de ce pays cerné de terres qu'était le Botswana. Bien loin, au-delà des déserts de Namibie, au-delà du sable rouge et des montagnes arides. Malgré tout, Mma Ramotswe parvenait à l'imaginer, cette mer, lorsqu'elle écoutait les eucalyptus répondre au vent et qu'elle fermait les yeux. Peut-être la verrait-elle un jour, peut-être marcherait-elle sur une plage en laissant les vagues lui mouiller les pieds. Peut-être, qui sait ?

L'autre avantage de ce café, c'était que les tables étaient disposées sur une véranda découverte et qu'il y avait toujours quelque chose à regarder. Ce matin-là, par exemple, Mma Ramotswe avait assisté à une dispute entre une adolescente et son petit ami – elle n'avait pas distingué leurs paroles, mais le sens de l'échange ne laissait aucun doute – et vu une femme rayer la carrosserie d'une voiture stationnée en cherchant à se garer. La conductrice s'était arrêtée, était descendue, avait rapidement constaté les dégâts, puis avait redémarré et quitté les lieux. Mma Ramotswe avait suivi la scène avec incrédulité et s'était à demi levée pour protester, mais trop tard : la voiture avait déjà tourné au coin de la rue et disparu sans même lui laisser le temps de relever le numéro d'immatriculation.

Mma Ramotswe s'était rassise et avait repris du thé. Certes, il eût été faux d'affirmer qu'un tel incident ne serait jamais arrivé dans le Botswana d'autrefois, mais, indubitablement, il avait plus de chances de se produire de nos jours. On rencontrait beaucoup plus d'égoïstes qu'auparavant, des gens que cela ne semblait pas perturber le moins du monde d'érafler les voitures des autres ou de bousculer des passants en marchant dans la rue. C'était fatal – Mma Ramotswe en avait conscience – dans des villes de plus en plus étendues dont les habitants devenaient étrangers les uns aux autres. Elle savait aussi que c'était la conséquence d'une prospérité croissante qui, assez bizarrement, ne semblait apporter que convoitise et égoïsme. Toutefois, même si elle comprenait les raisons du phénomène, celui-ci n'en restait pas moins difficile à tolérer. Le reste du monde pouvait bien devenir aussi discourtois qu'il le voulait, ce n'étaient pas là les façons de faire du Botswana et, pour sa part, Mma Ramotswe défendrait toujours les façons de faire du Botswana de son enfance.

La vie était bien plus belle, pensait Mma Ramotswe, quand on savait qui l'on était. À l'époque où elle était écolière à Mochudi, le village de son enfance, tout le monde savait exactement qui vous étiez, qui étaient vos parents et qui avaient été les parents de vos parents. Aujourd'hui, lorsqu'elle retournait à Mochudi, les gens l'accueillaient comme si elle n'était jamais partie. Sa présence ne nécessitait aucune explication. Et même ici, à Gaborone, où tout était devenu si grand, les gens savaient encore précisément qui elle était. Ils savaient qu'elle était Precious Ramotswe, fondatrice de l'Agence N° 1 des Dames Détectives, fille du défunt Obed Ramotswe et désormais épouse (après des fiançailles prolongées) du plus bienveillant des garagistes, Mr. J.L.B. Matekoni, propriétaire du Tlokweng Road Speedy Motors. Et certains d'entre eux au moins savaient aussi qu'elle vivait dans Zebra Drive, possédait une petite fourgonnette blanche et employait une certaine Grace Makutsi comme assistante. Et les ramifications de ces liens et relations pouvaient s'étendre plus loin, et le nombre des choses connues s'accroître encore. Quelques-uns savaient ainsi que Mma Makutsi avait un frère, Richard, aujourd'hui décédé ; qu'elle avait obtenu la note jusque-là inégalée de 97 sur 100 à l'examen final de l'Institut de secrétariat du Botswana ; et qu'à la suite du succès de l'École de dactylographie pour hommes du Kalahari, elle avait emménagé dans une maison plus confortable du quartier d'Extension Two. Cette sorte de savoir – un savoir quotidien, humain – contribuait à maintenir la cohésion de la société et rendait difficile d'érafler la voiture d'une tierce personne sans se sentir coupable et sans tenter de signaler le fait au propriétaire. De toute évidence, pourtant, cela importait peu à cette conductrice égoïste, qui avait filé. Et qui, visiblement, ne s'en souciait pas le moins du monde.

Mais se lamenter ne servait à rien. Les gens le faisaient depuis toujours – soupirer, lever les bras au ciel – mais cela ne les menait nulle part. Si, sous certains aspects, le monde avait empiré, il était devenu bien plus vivable sous beaucoup d'autres, et il était important de s'en souvenir. Les lumières s'éteignaient en certains lieux, mais elles s'allumaient ailleurs. Regardez l'Afrique : on avait eu une infinité de motifs de désespoir – la corruption, les guerres civiles et le reste –, mais tant de choses allaient mieux désormais ! Il y avait eu l'esclavage, et le lot de souffrances qu'il avait générées, et il y avait eu les cruautés de l'apartheid, à quelques dizaines de kilomètres à peine, derrière la frontière, mais tout cela était terminé aujourd'hui. Il y avait eu l'ignorance, mais, à présent, de plus en plus de gens apprenaient à écrire et obtenaient des diplômes universitaires. Les femmes, maintenues si longtemps dans la servitude, pouvaient désormais voter et s'exprimer, et revendiquer le droit à une existence propre, même s'il restait encore beaucoup d'hommes qui ne voulaient pas en entendre parler. Autant de bonnes choses qui arrivaient et qu'il ne fallait pas perdre de vue.

Mma Ramotswe porta sa tasse à ses lèvres et leva les yeux. En bordure du parking, juste en face du café, un petit marché était installé, avec des étals et des plateaux chargés d'objets en tout genre. Elle observa un vendeur qui cherchait à convaincre une cliente d'acheter des lunettes de soleil. La femme essayait une paire après l'autre sans jamais paraître satisfaite. Elle finit par passer à l'étal voisin. Là, elle désigna un bijou en argent, un bracelet, et le commerçant, petit homme portant un chapeau de feutre à large bord, le lui tendit pour qu'elle l'essaie. Mma Ramotswe regarda la femme présenter son poignet pour obtenir l'approbation du vendeur, qui hocha la tête en signe d'encouragement. Elle parut toutefois désapprouver ce verdict et lui rendit le bijou, avant d'en désigner un autre, au fond du stand. Soudain, tandis que le marchand se retournait pour attraper l'objet qu'elle avait repéré, la femme prit un bracelet et le glissa en hâte dans la poche de sa veste.

Mma Ramotswe étouffa une exclamation. Cette fois, elle ne pouvait rester sans réagir et laisser un méfait se commettre sous ses yeux. Si personne ne faisait rien, il n'était pas étonnant que les choses aillent de mal en pis. Elle se leva donc d'un bond et se dirigea résolument vers le marché, où la femme était désormais engagée dans une vive conversation avec le vendeur sur les mérites de la marchandise qu'il lui présentait.

— Excusez-moi, Mma.

La voix venait de derrière elle et Mma Ramotswe se retourna pour voir qui s'adressait à elle. C'était la serveuse, une jeune femme que Mma Ramotswe n'avait encore jamais vue au café.

— Oui, Mma, qu'y a-t-il ?

La serveuse pointa sur elle un doigt accusateur.

— Vous ne pouvez pas vous sauver comme ça, dit-elle. Je vous ai vue. Vous essayez de partir sans payer l'addition. Je vous ai vue.

Mma Ramotswe demeura sans voix. L'accusation était terrible, et tellement injustifiée ! Mais non, elle n'avait pas voulu partir sans payer l'addition ; jamais elle ne ferait une chose pareille ! Tout ce qu'elle avait souhaité, c'était empêcher un méfait d'être commis sous ses yeux.

— Je ne cherche pas à me sauver, Mma, déclara-t-elle quand elle eut recouvré ses esprits. J'essaie juste d'empêcher cette femme qui est là-bas de commettre un vol. Ensuite, je serais revenue.

La serveuse esquissa un sourire entendu.

— Il y a toujours une excuse, dit-elle. Des gens comme vous, on en voit tout le temps. Ils viennent, ils mangent ce qu'on leur sert, et puis ils se sauvent et ils vont se cacher. Vous autres, vous êtes tous les mêmes !

Mma Ramotswe se tourna vers l'étal. La femme était en train de s'éloigner, sans doute avec le bracelet dans sa poche. Il serait désormais trop tard pour tenter quoi que ce soit, tout cela à cause de cette petite serveuse imbécile qui n'avait rien compris.

Elle retourna à sa table et se rassit.

— Apportez-moi l'addition, commanda-t-elle. Je vais payer tout de suite.

La serveuse la regarda droit dans les yeux.

— D'accord, rétorqua-t-elle. Seulement, je vais être obligée d'y ajouter un petit quelque chose pour moi. Je vais être obligée d'y ajouter un petit quelque chose si vous ne voulez pas que j'appelle la police et que je lui raconte que vous avez voulu partir sans payer.

Tandis que la jeune femme s'éloignait, Mma Ramotswe jeta un coup d'œil autour d'elle pour voir si les autres consommateurs avaient été témoins de la scène. Juste à côté, elle remarqua une femme accompagnée de ses deux enfants, qui sirotaient un milk-shake avec un plaisir évident. La femme sourit à Mma Ramotswe, puis reporta son attention sur les enfants. Elle n'a rien vu, pensa Mma Ramotswe. Mais, soudain, la femme se pencha vers elle.

— Pas de chance, Mma, lui glissa-t-elle. Ils sont très rapides ici. C'est plus facile dans les hôtels.

Pendant quelques minutes, Mma Ramotswe demeura immobile, à songer à ce qu'elle avait vu. C'était remarquable. En l'espace d'un très court laps de temps, elle avait assisté à un vol éhonté, dû affronter une serveuse qui n'avait d'autre préoccupation qu'extorquer de l'argent par tous les moyens et, pour couronner le tout, la femme de la table voisine avait exprimé une vision du monde extraordinairement malhonnête. Mma Ramotswe était tout bonnement stupéfaite. Elle réfléchit à ce que son père, le défunt Obed Ramotswe, un fin juge en matière de bétail, mais aussi un être de la plus stricte rectitude, eût pensé de cela. Lui qui avait élevé sa fille unique dans le respect d'une honnêteté scrupuleuse eût été mortifié devant de tels agissements. Mma Ramotswe se souvenait du jour où, tandis qu'elle marchait avec lui à Mochudi étant petite, elle avait trouvé une pièce de monnaie sur le bord de la route. Elle l'avait ramassée avec ravissement et s'était mise à la polir à l'aide de son mouchoir lorsque, remarquant ce qui se passait, son père était intervenu.

— Ce n'est pas à nous, avait-il dit. Cet argent appartient à quelqu'un d'autre.

À contrecœur, elle lui avait tendu la pièce, qui avait aussitôt été apportée à un sergent fort surpris, au poste de police de Mochudi. Mais la leçon avait été mémorable. Il était donc difficile à Mma Ramotswe d'imaginer comment une personne pouvait voler une autre personne, ou lui faire toutes ces choses qu'on lisait dans les comptes rendus d'audiences du *Botswana Daily News*. Il n'existait qu'une seule explication : les gens qui se rendaient coupables de ce genre de méfaits ne comprenaient rien aux sentiments d'autrui ; ils ne comprenaient pas, voilà tout. Quand on était capable de se mettre à la place d'autrui, comment pouvait-on accomplir une action susceptible de faire souffrir ?

Le problème était que, chez certains individus, cette capacité d'imagination faisait défaut. Peut-être ces gens-là étaient-ils nés ainsi – avec une case du cerveau en moins – ou peut-être l'étaient-ils devenus parce que leurs parents ne leur avaient jamais enseigné la compassion. C'était là l'explication la plus plausible, pensait Mma Ramotswe. Toute une génération de personnes, non seulement en Afrique mais partout ailleurs, n'avaient pas appris à ressentir de la compassion parce que leurs parents n'avaient simplement pas pris la peine de la leur enseigner.

Elle continua de réfléchir à cela en repartant au volant de sa petite fourgonnette blanche, à travers cette partie de la ville appelée le Village, puis devant les bâtiments de l'université, de plus en plus nombreux, et enfin Zebra Drive, l'avenue où elle habitait. Ce qu'elle avait vu l'avait tant perturbée qu'elle en avait oublié de faire ses courses, mais ce ne fut qu'après avoir franchi la grille du jardin et s'être arrêtée dans l'allée qu'elle s'aperçut qu'elle n'avait aucun des ingrédients nécessaires à la préparation du dîner. Il manquait des haricots, par exemple, de sorte qu'aucun légume vert n'accompagnerait le ragoût. Et il n'y avait pas de crème anglaise pour le gâteau qu'elle comptait confectionner pour les enfants. Toujours assise au volant de la fourgonnette, elle songea un instant à retourner au centre-ville, mais l'énergie lui manqua. Il faisait une chaleur étouffante et la maison paraissait fraîche et engageante. Elle avait envie de rentrer, de se préparer du thé rouge, puis de se retirer dans sa chambre pour faire la sieste. Mr. J.L.B. Matekoni et les enfants étaient partis rendre visite à une tante à Mojadite, un petit village sur la route de Lobatse, et ils ne seraient pas de retour avant six ou sept heures du soir. Mma Ramotswe aurait donc la maison pour elle toute seule pendant plusieurs heures, l'occasion idéale de s'accorder un petit somme. Il y avait bien assez de provisions dans le garde-manger, même si celles-ci ne convenaient pas pour le repas prévu à l'origine, mais qu'importait ? Elle servirait du potiron au lieu des haricots verts en accompagnement du ragoût et les enfants se contenteraient avec joie d'une boîte de pêches au sirop en remplacement du gâteau à la crème anglaise. Il n'y avait aucune raison de repartir.

Mma Ramotswe sortit de la petite fourgonnette blanche et contourna la maison pour gagner la cuisine, située à l'arrière. Elle sortit la clé de son sac, ouvrit et entra. Elle avait connu une époque où personne ne verrouillait ses portes au Botswana et où, d'ailleurs, beaucoup d'entre elles n'étaient pas munies de serrure. Désormais, il fallait fermer à clé, et il y avait même des gens qui verrouillaient aussi la grille de leur jardin. Mma Ramotswe songea à la scène à laquelle elle avait assisté un peu plus tôt, à cette femme qui avait volé le commerçant au chapeau de feutre. Elle vivait sans doute dans une chambre qu'elle prenait soin de verrouiller lorsqu'elle s'absentait, et, cependant, elle était prête à voler un pauvre homme. Mma Ramotswe secoua la tête en soupirant. Il existait tant de choses en ce monde devant lesquelles on était tenté de secouer la tête. En fait, il était possible, de nos jours, de traverser la vie avec la tête en constant mouvement, telle une marionnette entre les mains d'un marionnettiste agité de tremblements perpétuels.

La cuisine était fraîche et Mma Ramotswe retira ses chaussures, qui commençaient à la faire souffrir depuis quelque temps (se pouvait-il que les pieds grossissent, eux aussi ?). Elle trouva le contact du sol de béton ciré agréable tandis qu'elle se dirigeait vers l'évier pour se servir un verre d'eau. Rose, la femme de ménage, était absente le week-end, mais elle avait rangé la cuisine avant son départ, vendredi soir. Rose était consciencieuse et elle tenait toutes les surfaces scrupuleusement propres. Elle habitait à l'extrémité de Tlokweng, une petite maison qu'elle entretenait avec la même rigueur qu'elle vouait à son travail chez Mma Ramotswe. C'était l'une de ces femmes, estimait Mma Ramotswe, chez lesquelles semblait exister une capacité inusable aux travaux les plus rudes. Elle avait élevé – et bien élevé – sa famille sans grande aide de la part des différents pères. Elle avait subvenu aux besoins de ses enfants grâce au maigre salaire gagné comme femme de ménage et au peu d'argent que lui rapportaient les travaux de couture dont elle se chargeait. L'Afrique était pleine de femmes comme elle, semblait-il, et s'il devait y avoir le moindre espoir pour ce continent, ce serait sans doute à elles qu'on le devrait.

Mma Ramotswe remplit la bouilloire au robinet et la plaça sur la gazinière. Ces gestes lui étaient familiers et elle les accomplissait sans réfléchir. Ce fut seulement à ce moment qu'elle remarqua qu'elle n'avait pas pris la bouilloire à son emplacement habituel. Rose la mettait toujours sur la planche à découper, près de l'évier, et les enfants, Motholeli et Puso, savaient eux aussi qu'il fallait la laisser là. C'était la place de la bouilloire et il ne serait venu à l'esprit de personne de la poser sur la petite desserte en bois, de l'autre côté de la cuisine. Même Mr. J.L.B. Matekoni n'aurait pas fait une chose pareille – sans doute, quoique, à bien y réfléchir, Mma Ramotswe ne l'eût jamais vu toucher à la bouilloire en six mois de vie commune, depuis leur mariage et son installation à Zebra Drive. Mr. J.L.B. Matekoni appréciait le thé, bien sûr – il eût été difficile d'épouser un homme qui n'aimait pas le thé –, mais il était très rarement amené à s'en préparer lui-même. Elle n'y avait jamais réfléchi, mais maintenant qu'elle y songeait, n'était-il pas intéressant qu'une personne pût croire que le thé surgissait ainsi, tout seul ? Mr. J.L.B. Matekoni n'était pas paresseux, ce qui rendait d'autant plus remarquable cette façon qu'avaient la plupart des hommes d'imaginer que des choses comme le thé ou la nourriture finissaient tôt ou tard par apparaître, pour peu que l'on attendît assez longtemps. Il y avait toujours une femme, quelque part – une mère, une amoureuse, une épouse –, pour s'assurer que leurs besoins étaient satisfaits. Il faudrait que cela change, bien entendu, et que les hommes apprennent à s'occuper d'eux-mêmes, mais très peu d'entre eux semblaient y songer à l'heure actuelle. Et il ne fallait pas trop compter sur la nouvelle génération, vu les deux apprentis et leur façon de se comporter. Ils attendaient encore que les femmes prennent soin d'eux, et, malheureusement, il semblait qu'il y eût toujours assez de jeunes filles disposées à le faire.

Mma Ramotswe méditait sur ce problème lorsqu'elle s'aperçut que l'un des tiroirs du buffet n'était pas tel qu'elle l'avait laissé le matin. Il n'était pas grand ouvert, certes, mais il n'avait pas été bien refermé. Elle fronça les sourcils. C'était très étrange. Là encore, Rose prenait garde à tout refermer après utilisation, et la seule personne à être entrée à la cuisine depuis que la femme de ménage l'avait quittée la veille était Mma Ramotswe elle-même. Elle y était venue tôt le matin, à son réveil, préparer le petit déjeuner de Mr. J.L.B. Matekoni et des enfants avant leur départ pour Mojadite. Puis elle les avait regardés s'en aller et était revenue à la cuisine y mettre de l'ordre. Elle n'avait rien pris dans ce tiroir, qui contenait des ciseaux, de la ficelle et des objets que l'on n'utilisait pas souvent. Quelqu'un d'autre l'avait donc ouvert.

Elle se dirigea vers cette partie de la cuisine et tira le tiroir pour en inspecter le contenu. Tout semblait s'y trouver, sauf… Elle remarqua soudain la pelote de ficelle posée sur le buffet. Elle la saisit et l'examina. C'était la sienne, cela ne faisait aucun doute ; elle avait été sortie du tiroir et laissée à l'extérieur par celui ou celle qui l'avait ouvert et qui, elle le supposait, avait aussi changé la bouilloire de place.

Mma Ramotswe se tint immobile. Il devenait clair à présent qu'il y avait eu un intrus et que celui-ci, quel qu'il fût, avait été dérangé par son retour. Il avait dû s'enfuir vers l'une des pièces situées à l'avant lorsqu'elle avait pénétré dans la cuisine, mais la porte d'entrée, qui fournissait la seule issue de ce côté-là de la maison, était fermée à clé. Ce qui signifiait que le visiteur se trouvait toujours à l'intérieur.

Pendant quelques instants, elle se demanda que faire. Elle pouvait appeler la police et expliquer qu'elle soupçonnait que quelqu'un était entré chez elle, mais que se passerait-il si l'on envoyait des hommes et qu'on ne trouvait personne ? Les agents ne seraient guère ravis d'avoir été dérangés sans raison et ils marmonneraient des commentaires sur les femmes trop nerveuses qui n'avaient rien de mieux à faire que de gaspiller le temps des forces de l'ordre pendant que de vrais crimes réclamaient leur attention. Dans ces conditions, il était peut-être prématuré d'appeler la police. Mieux valait qu'elle inspecte elle-même la maison, en allant de pièce en pièce pour voir si elle trouvait quelqu'un. Bien sûr, c'était risqué. Même dans le pacifique Botswana, on avait vu des gens attaqués par des cambrioleurs surpris en pleine action. Certains de ces individus étaient dangereux. Et pourtant, on était à Gaborone, un samedi midi, avec le soleil qui décrivait sa course haut dans le ciel et des passants qui se promenaient dans Zebra Drive. Ce n'était pas une heure pleine d'ombres et de bruits inexpliqués, une heure de ténèbres. Il n'y avait aucune raison d'avoir peur.

CHAPITRE II

Pantalons et potirons

Mma Ramotswe ne s'estimait pas particulièrement courageuse. Certaines choses l'effrayaient, comme les fenêtres sans rideaux la nuit, parce qu'on ne voyait pas ce qui se passait dans l'obscurité du dehors, et les serpents, parce qu'il y en avait de très dangereux : les vipères heurtantes, par exemple, le lebolebolo, qui était gras et paresseux et possédait de grands crochets incurvés, et le mokopa, long, noir et très venimeux, connu pour sa haine des humains née à une époque reculée, à la suite d'un tort que les hommes lui avaient fait subir et qui était resté gravé dans la mémoire reptilienne. C'était des choses pour lesquelles la peur se justifiait ; d'autres pouvaient paraître terrifiantes si on se laissait impressionner, mais on pouvait les affronter si l'on s'était préparé à les regarder droit dans les yeux.

Il y avait toutefois quelque chose de très étrange à se croire seule chez soi pour découvrir tout à coup qu'on ne l'était pas. Mma Ramotswe trouvait l'expérience effrayante et elle dut prendre sur elle avant d'entamer son inspection, c'est-à-dire de franchir la porte séparant la cuisine de la salle de séjour. Là, elle jeta un coup d'œil circulaire et constata vite que tout était à sa place. Rien ne semblait perturbé. Elle vit l'assiette décorative portant l'image de Sir Seretse Khama – une possession inestimable qu'elle eût été mortifiée de perdre au profit d'un voleur. Elle vit la tasse à thé d'Elizabeth II, où figurait la photographie de la reine fixant le lointain avec une grande dignité ; autre objet de valeur dont la perte l'eût bouleversée, parce que cette tasse évoquait le sens du devoir et les valeurs traditionnelles, dans un monde qui semblait avoir de moins en moins de temps à consacrer à ces choses. Pas une fois Seretse Khama n'avait chancelé face à son devoir, ni la reine, qui admirait beaucoup la famille Khama et avait toujours éprouvé de l'affection pour l'Afrique. Mma Ramotswe avait appris qu'aux funérailles de Sir Garfield Todd, cet homme très bon qui avait œuvré pour défendre l'honneur et la justice au Zimbabwe, on avait lu un message de la reine. Et la reine avait insisté pour que son Haut Commissaire se rendît en personne au cimetière, devant la tombe, pour lire à haute voix ce qu'elle avait à dire du brave homme. Et à la mort de Lady Khama, la reine avait également envoyé un message, parce qu'elle comprenait l'émoi, et Mma Ramotswe s'était sentie fière, alors, d'être une Motswana, et de tout le bien qu'avaient accompli Seretse et son épouse.

Elle leva vivement les yeux vers le mur pour vérifier que la photographie de son père – son Papa, comme elle l'appelait toujours –, le défunt Obed Ramotswe, se trouvait à sa place. Elle y était, de même que le tableau de velours représentant un paysage de montagnes, rapporté de la maison de Mr. J.L.B. Matekoni, près de l'ancien aéroport militaire. Nombreux étaient ceux qui eussent souhaité voler ce tableau pour pouvoir promener leurs doigts dessus et ressentir la douce sensation du velours, mais il était toujours là, lui aussi. Mma Ramotswe se demanda si elle l'appréciait vraiment. Peut-être n'eût-il pas été plus mal, tout compte fait, qu'un cambrioleur juge bon de le dérober... Elle se reprit et chassa cette pensée. Mr. J.L.B. Matekoni aimait beaucoup ce tableau et elle ne voulait pas voir Mr. J.L.B. Matekoni triste. Le paysage de montagnes resterait donc là. Et d'ailleurs, s'ils se faisaient bel et bien cambrioler un jour et voler tous les objets de la maison, Mma Ramotswe était sûre que ce tableau, lui, resterait à sa place, et qu'elle se retrouverait à le contempler, assise par terre sur des coussins parce que toutes les chaises auraient disparu.

Elle marcha jusqu'à la porte-fenêtre donnant sur la véranda et la vérifia. Elle était fermée, telle qu'on l'avait laissée. Et les fenêtres, bien qu'entrouvertes, avaient leurs barres de fer intactes. Personne n'aurait pu pénétrer dans la maison par là sans les tordre ou les briser, et tel n'était pas le cas. Ainsi l'intrus, s'il existait, n'avait pu ni entrer ni sortir par cette pièce.

Elle quitta le salon pour emprunter le couloir à pas lents, en vue d'inspecter les chambres. Devant le grand placard qui s'y trouvait, elle s'immobilisa et jeta un coup d'œil prudent par la porte entrebâillée. L'intérieur était sombre, mais elle parvint néanmoins à distinguer les contours des objets qu'il renfermait : les deux seaux, la machine à coudre et les vestes que Mr. J.L.B. Matekoni avait apportées, pendues à des cintres à l'arrière. Rien ne paraissait en désordre et il était clair qu'aucun intrus ne se cachait sous les vestes. Elle repoussa donc la porte et poursuivit sa progression jusqu'à la première des trois chambres donnant dans le couloir. C'était celle de Puso, une banale chambre de petit garçon sans grand-chose à l'intérieur. Elle ouvrit la porte avec mille précautions sans pour autant parvenir à éviter un bruyant grincement. Elle observa la table, sur laquelle reposait un lance-pierre fait main, puis le sol, où traînaient un ballon de football et une paire de chaussures de sport, et elle comprit qu'aucun cambrioleur ne serait tenté d'entrer ici. La chambre de Motholeli était tout aussi dépouillée, mais Mma Ramotswe jugea bon de risquer un œil dans le placard. Là encore, elle ne remarqua rien d'anormal.

Elle passa alors dans la chambre à coucher qu'elle partageait avec Mr. J.L.B. Matekoni. C'était la plus spacieuse des trois et elle contenait des choses qui pouvaient tenter un cambrioleur. Les vêtements de Mma Ramotswe, par exemple, bigarrés et de bonne qualité. Il y aurait une réelle demande pour ce genre d'articles, de la part de femmes bien en chair à la recherche de tenues seyantes, mais il ne semblait pas que la penderie dans laquelle ils étaient suspendus eût été touchée. Aucun désordre non plus sur la coiffeuse, où Mma Ramotswe laissait toujours traîner les broches et les colliers qu'elle aimait porter. Rien n'avait disparu.

Mma Ramotswe sentit la tension quitter son corps. À l'évidence, la maison était vide et l'idée qu'un étranger pût s'y cacher était ridicule. Il existait sans doute une explication rationnelle au tiroir ouvert et à la pelote de ficelle sur le buffet, et elle apparaîtrait dès le retour de Mr. J.L.B. Matekoni et des enfants. Peut-être ceux-ci avaient-ils oublié quelque chose, et ils étaient revenus alors que Mma Ramotswe était elle-même déjà sortie. Peut-être avaient-ils acheté un cadeau pour la parente de Mr. J.L.B. Matekoni, et ils avaient eu besoin de l'emballer, par exemple, tâche pour laquelle la ficelle eût été nécessaire. C'était là une explication parfaitement rationnelle.

Tandis que Mma Ramotswe retournait à la cuisine se préparer du thé, elle pensa à la façon dont les choses qui se présentaient comme des mystères n'en étaient souvent pas. L'inexpliqué était inexpliqué non parce qu'il n'existait pas d'explication, mais parce que l'explication habituelle, banale, simple, ne nous était pas apparue. Dès que l'on commençait à réfléchir, ce que l'on prenait pour un mystère s'éclaircissait pour devenir quelque chose de tout à fait prosaïque. Seulement, bien sûr, les gens n'aimaient pas cela. Les gens préféraient penser qu'il existait des phénomènes que l'on ne pouvait expliquer – des phénomènes surnaturels –, comme les *tokoloshes*, par exemple, qui vagabondaient la nuit et causaient des frayeurs et de mauvaises actions. Or, personne n'avait jamais vu de *tokolosh* pour la bonne raison qu'il n'y avait rien à voir. Ce que l'on prenait pour un *tokolosh* n'était en général rien d'autre que l'ombre d'une branche dans le clair de lune ou le souffle du vent dans les arbres, ou encore le bruit d'un petit animal détalant dans les fourrés. Toutefois, ces explications rationnelles ne séduisaient pas les gens, qui préféraient évoquer toutes sortes d'esprits imaginaires. Eh bien, elle, elle ne serait pas comme eux en ce qui concernait les intrus. Personne n'était entré dans la maison, et Mma Ramotswe était toute seule, comme elle l'avait pensé au départ.

Elle fit le thé et s'en servit une grande tasse, qu'elle emporta dans sa chambre. Ce serait une agréable façon de passer l'après-midi, allongée sur le lit, à dormir si elle en avait envie. Il y avait, sur sa table de nuit, quelques magazines, ainsi qu'un exemplaire du *Botswana Daily News*. Elle lirait donc un peu, jusqu'au moment où elle sentirait ses yeux se fermer et le magazine lui tomber des mains. C'était là un moyen délicieux de sombrer dans le sommeil.

Elle ouvrit toute grande la fenêtre pour laisser la brise circuler. Puis, après avoir déposé sa tasse sur la table de nuit, elle s'allongea sur le lit et sentit son corps s'enfoncer dans le matelas qui l'avait si bien servie pendant des années et qui tenait encore bon sous le poids additionnel de Mr. J.L.B. Matekoni. Elle l'avait acheté, avec le lit, à son arrivée dans la maison de Zebra Drive, résistant à la tentation de limiter les frais. À son sens, un lit de bonne qualité était *la* chose pour laquelle cela valait la peine de dépenser autant que l'on pouvait se permettre. Un bon lit apportait le bonheur, elle en était persuadée ; un lit médiocre, inconfortable, produisait mauvaise humeur et douleurs lancinantes.

Elle commença par le *Botswana Daily News*. Il y avait un article sur un homme politique qui exhortait la population à mieux prendre soin du bétail. Il affirmait qu'il était choquant, dans un pays où le bétail devait être à l'honneur, que tant de bêtes soient maltraitées. Ils devraient avoir honte, disait-il, ces gens qui ne donnaient pas d'eau à leur bétail lorsqu'ils le conduisaient au chemin de fer pour son dernier voyage. Chacun savait, poursuivait-il, que la qualité de la viande se ressentait des expériences vécues par la bête au cours de ses derniers jours. Un animal que l'on avait stressé produirait toujours un bœuf de qualité médiocre ; or, pour sa viande, le Botswana visait la perfection. Après tout, le bœuf botswanais était beau, nourri à l'herbe, et il avait bien meilleur goût que ces pauvres bêtes que l'on tenait claquemurées et que l'on nourrissait avec des aliments qu'une vache ne devrait jamais manger.

Mma Ramotswe ne pouvait qu'approuver ce discours. Son père, fin juge en matière de bétail, lui avait toujours expliqué qu'il fallait traiter les bêtes comme des membres de la famille. Lui-même connaissait les noms de toutes ses vaches, une prouesse pour un homme qui avait constitué un aussi gros troupeau, et jamais il n'eût toléré de voir celles-ci souffrir d'une manière ou d'une autre. C'était donc aussi bien, songea Mma Ramotswe, qu'il ne fût plus là pour lire l'article sur les bêtes assoiffées, ni pour voir toutes ces choses dont elle-même avait été témoin ce matin-là, alors qu'elle prenait son thé au centre commercial.

Elle avait terminé l'article sur le bétail et entamé la lecture d'un autre lorsqu'elle perçut un bruit. C'était un son assez bizarre, qui ressemblait à un couinement. Mma Ramotswe abaissa son journal et fixa le plafond. C'était très étrange. Le son venait apparemment de tout près – de la fenêtre, semblait-il. Elle écouta avec une grande attention et l'entendit de nouveau, émanant cette fois encore d'un lieu tout proche.

Mma Ramotswe se redressa sur le lit et, au même moment, le bruit se répéta : un petit gémissement indistinct, semblable à celui qu'émettrait un chien qui souffre. Elle se leva et gagna la fenêtre pour regarder au-dehors. S'il y avait un chien dans le jardin, il faudrait aller le chasser. Elle n'aimait pas voir ces animaux pénétrer dans son jardin, et, surtout, elle détestait recevoir la visite des chiens jaunes et malodorants que son voisin gardait chez lui. Ces derniers ne cessaient de geindre, d'une manière qui ressemblait beaucoup au son qu'elle avait entendu lorsqu'elle était allongée.

Elle inspecta le jardin. Le soleil avait depuis longtemps entamé sa descente dans le ciel et les ombres des arbres s'allongeaient. Elle vit le papayer aux feuilles jaunissantes, elle vit la gerbe de bougainvilliers et le mopipi qui poussait en bordure du potager de Mr. J.L.B. Matekoni. Elle vit le carré d'herbes hautes où un chien errant pourrait être tenté de se dissimuler. Toutefois, il n'y avait aucun animal à proximité, ni sous la fenêtre, ni dans l'herbe, ni au pied du mopipi.

Mma Ramotswe retourna vers le lit. Elle se rallongea et son corps aux formes traditionnelles s'enfonça profondément dans le matelas, qui s'affaissa vers le sol. Aussitôt, le gémissement reprit, plus sonore cette fois, plus proche aussi. Mma Ramotswe fronça les sourcils et déplaça son poids sur le matelas. La plainte se fit de nouveau entendre, plus forte.

Elle comprit alors que le son provenait de l'intérieur de la pièce et son cœur lui manqua. Le bruit *était* dans la chambre, et il semblait même qu'il fût situé directement sous elle, sous le lit. À cet instant, tandis que ce terrible constat se faisait dans sa tête, le matelas parut soudain se soulever sous elle, comme si un cataclysme souterrain le propulsait vers le haut. Puis, avec un bruit de frottement, une silhouette masculine s'extirpa de sous le lit, parut se débattre contre un obstacle en émergeant, puis se libéra d'une secousse et s'élança hors de la pièce. Cela se produisit si vite que Mma Ramotswe eut à peine le temps de le voir disparaître par la porte. Elle ne put distinguer ses traits et constata seulement que, bien qu'il portât une belle chemise rouge, il n'avait pas de pantalon.

Elle poussa un cri, mais l'homme avait déjà quitté la pièce. Et lorsqu'elle fut enfin parvenue à se lever pour se précipiter à sa suite, elle entendit claquer la porte de la cuisine, par laquelle il était sorti. Elle courut alors vers la fenêtre dans l'espoir de le voir traverser le jardin, mais il était passé par l'autre côté et avait enjambé la palissade qui bordait la propriété.

Elle baissa alors les yeux au sol et remarqua, sur le côté du lit où il était resté suspendu au bout d'un ressort, un pantalon de toile. L'homme dissimulé sous le lit s'était retrouvé piégé et avait été contraint de se débarrasser de son pantalon pour pouvoir s'enfuir. Mma Ramotswe décrocha le vêtement du ressort et l'examina : c'était un pantalon kaki très banal, en bon état, désormais séparé de son propriétaire. Avec précaution, elle tâta l'intérieur des poches – on ne savait jamais ce que l'on pouvait trouver dans les poches d'un homme –, mais elle ne découvrit rien d'autre qu'un morceau de ficelle, rien qui pût permettre d'identifier le visiteur.

Mma Ramotswe se rendit à la cuisine, le pantalon à la main. Elle était encore sous le choc, mais l'idée d'un intrus contraint de s'enfuir sans son pantalon la fit sourire. Comment allait-il faire pour rentrer chez lui en chemise et en chaussettes ? S'il croisait la police, il serait sans doute arrêté et obligé de fournir une explication. Dirait-il qu'il avait oublié de mettre son pantalon avant de sortir de chez lui ? Ce serait une façon de s'en tirer, mais qui pourrait croire une chose pareille ? Personne, assurément. À moins qu'il ne raconte qu'on lui avait volé son pantalon ? Mais comment pouvait-on voler le pantalon d'un homme alors qu'il le portait sur lui ? Cela paraissait assez difficile, et elle avait du mal à imaginer que la police se laisserait convaincre par une telle explication.

Elle se servit un autre thé, car celui qu'elle avait emporté dans la chambre avait été renversé au moment où l'homme était sorti de sous le lit. Puis elle emporta la tasse et le pantalon sous la véranda. Elle étendit ce dernier sur la balustrade et s'installa dans son fauteuil. Finalement, toute cette histoire était assez comique, songea-t-elle. Certes, s'apercevoir qu'il y avait un homme sous le lit avait été une expérience effrayante, mais, tout compte fait, lui-même avait dû être encore plus affolé, surtout pendant qu'elle était allongée sur le lit et qu'il s'était trouvé écrasé par le sommier affaissé. Cela expliquait le gémissement ; le pauvre homme avait dû avoir le souffle coupé. Eh bien, voilà ce qui arrivait quand on se cachait là où l'on n'avait aucune raison de se cacher. Jamais plus il ne se glisserait sous un lit, se dit Mma Ramotswe, ce qui signifiait qu'il avait peut-être appris une leçon. Cet homme en avait toutefois beaucoup d'autres à apprendre, et si elle parvenait un jour à découvrir de qui il s'agissait, ce qui semblait peu probable, elle aurait des choses à lui dire, et elle les lui dirait de la plus claire des façons.

Lorsque Mr. J.L.B. Matekoni et les enfants revinrent ce soir-là, Mma Ramotswe ne dit rien de l'incident avant que Motholeli et Puso soient allés se coucher et se soient endormis. Puso avait tendance à faire des cauchemars et elle ne voulait pas le voir commencer à craindre les cambrioleurs, aussi préféra-t-elle s'assurer qu'il n'apprît pas ce qui s'était passé. Motholeli était moins sujette à l'inquiétude et ne semblait même pas avoir peur du noir, comme son frère. Mais si on lui racontait l'incident de la journée, elle risquait de laisser échapper quelque chose devant Puso dans un moment de distraction. Aussi valait-il mieux qu'ils n'apprennent rien ni l'un ni l'autre.

Mr. J.L.B. Matekoni l'écouta avec une intense attention. Lorsqu'elle raconta comment l'individu était sorti de la chambre sans pantalon, il hoqueta, puis porta la main devant sa bouche.

— Ce n'est pas bon du tout, déclara-t-il. Cela ne me plaît pas que cet étranger se soit trouvé dans notre chambre sans pantalon.

— Oui, répondit Mma Ramotswe. Mais n'oublie pas que ce n'est pas lui qui l'a enlevé. Le pantalon est parti quand il a voulu s'enfuir. C'est différent.

Mr. J.L.B. Matekoni parut dubitatif.

— Tout de même, je n'aime pas cette histoire. Que faisait-il là ? Quel acte malhonnête préparait-il ?

— À mon avis, c'est tout simplement un voleur qui est passé par là et qui a vu qu'il n'y avait personne, suggéra Mma Ramotswe. Il a été dérangé quand je suis rentrée et il n'avait aucun moyen de quitter la maison. J'imagine qu'il a dû avoir très peur.

Ils n'en discutèrent pas davantage. Le pantalon resta sur la véranda, là où l'avait étendu Mma Ramotswe. Mr. J.L.B. Matekoni émit l'idée qu'il pourrait aller à l'un des deux apprentis et qu'il le lui donnerait. Si la taille ne convenait pas, on pourrait toujours le confier à un dépôt-vente, qui trouverait certainement une bonne paire de jambes pour le porter. Des jambes honnêtes, cette fois.

Le lendemain matin, cependant, lorsque Mma Ramotswe sortit sur la véranda avec sa tasse de thé rouge, le pantalon n'était plus là. Et juste au-dessous de la balustrade trônait un gros potiron jaune, fort appétissant et prêt à être dégusté.

CHAPITRE III

Nouvelles réflexions sur les potirons

Mma Ramotswe examina le potiron sous tous les angles. *Les Principes de l'investigation privée* de Clovis Andersen ne parlaient jamais de potirons, mais Mma Ramotswe n'avait besoin de personne pour inspecter un potiron. Elle ne le toucha pas tout d'abord, mais l'étudia avec attention, ainsi que la terre qui l'entourait. Il avait été posé sur une plate-bande où auraient dû pousser des fleurs, mais que l'on n'avait guère cultivée depuis l'emménagement de Mma Ramotswe dans la maison. Mma Ramotswe se consacrait exclusivement aux légumes et aux arbustes, estimant que les fleurs réclamaient trop d'efforts pour un bénéfice somme toute limité. Dans la chaleur du Botswana, elles tendaient à s'ouvrir brièvement puis à se refermer et faner aussitôt, comme sous l'effet de la surprise, sauf, bien entendu, lorsqu'on les protégeait d'un voile et qu'on les amadouait jour après jour en les aspergeant d'une eau précieuse. Mieux valait, de loin, laisser les plantes locales se développer en toute indépendance, estimait Mma Ramotswe. Ces plantes-là connaissaient le sol du Botswana et pouvaient s'accommoder du soleil. Elles savaient quel était le meilleur moment pour fleurir et quand il fallait se cacher. Elles tiraient le plus grand profit de la moindre goutte d'humidité qui passait par là.

La plate-bande sur laquelle était déposé le potiron longeait le muret de la véranda. Elle était surtout sablonneuse, mais comportait quelques plantes, de petits aloès et autres pousses du même genre qui avaient pris racine. C'était près de l'une d'elles que gisait le potiron. Mma Ramotswe examina le sable, mais ne découvrit rien de particulier, hormis les minuscules sillons tracés par les fourmis. Là, en revanche, à quelques dizaines de centimètres du potiron, elle aperçut une trace de pas. Rien d'autre. Seulement l'empreinte d'une semelle, qui ne révélait rien, sinon que la personne qui avait posé le potiron à cet endroit était un homme et qu'il possédait une paire de chaussures.

Elle se redressa au-dessus du potiron et contempla sa rondeur pleine de promesses. Il pourrait servir à trois repas, pensa-t-elle, avec, peut-être, de quoi faire encore une soupe. Il était à point, à ce degré de maturité qui donne un petit goût sucré à la chair sans que celle-ci soit trop molle. C'était un très beau potiron, et celui qui l'avait déposé là devait s'y connaître en la matière.

Mma Ramotswe se pencha en avant et entreprit de soulever le potiron, d'abord avec délicatesse, puis plus fermement. Ensuite, tenant le gros fardeau jaune serré contre sa poitrine, elle en respira l'odeur sucrée et ferma un instant les yeux pour l'imaginer coupé en morceaux, cuit et ornant les assiettes sur la table du dîner. Le serrant un peu plus fort contre elle, car il était lourd, elle se rendit à la cuisine et le posa sur la table.

— C'est un superbe potiron, déclara Mr. J.L.B. Matekoni en pénétrant dans la pièce, quelques minutes plus tard.

Mma Ramotswe allait lui raconter ce qui s'était passé lorsqu'elle remarqua les deux enfants derrière lui : Motholeli dans son fauteuil roulant, et Puso, impeccablement vêtu d'un pantalon bien repassé (par Rose) et d'une chemisette blanche.

— Un potiron ! s'écria Puso. Un énorme potiron !

Mr. J.L.B. Matekoni haussa un sourcil.

— Tu es déjà sortie faire les courses, Mma Ramotswe ?

— Non, répondit-elle. Quelqu'un a laissé ce potiron pour nous. Je l'ai trouvé devant la maison. C'est un très beau cadeau.

Cela, au moins, était vrai. Quelqu'un avait laissé le potiron devant la maison, et il était tout à fait raisonnable de supposer qu'il s'agissait d'un cadeau.

— Qui a eu cette gentillesse ? s'enquit Mr. J.L.B. Matekoni. Mrs. Moffat m'a dit qu'elle m'offrirait un cadeau pour me remercier d'avoir réparé la voiture du docteur. Crois-tu que c'est elle qui nous a laissé ce potiron ?

— C'est possible, répondit Mma Ramotswe. Mais je n'en suis pas certaine.

Elle couvrit Mr. J.L.B. Matekoni d'un regard insistant, cherchant à lui signifier que ce potiron était autre chose que ce qu'il paraissait être à première vue, mais qu'on ne pouvait en parler devant les enfants. Il comprit aussitôt.

— Bon, je vais mettre ce potiron au garde-manger, résolut-il. Nous le ressortirons tout à l'heure pour le préparer. Tu es d'accord ?

— Oui, acquiesça Mma Ramotswe. Range-le, et moi, je vais cuisiner du porridge pour le petit déjeuner des enfants. Ensuite, nous partirons à l'église, avant qu'il ne fasse trop chaud.

Ils parcoururent la courte distance qui les séparait de la cathédrale anglicane et garèrent la camionnette de Mr. J.L.B. Matekoni sur le côté, près de la maison du doyen. Mma Ramotswe aida Motholeli à s'installer dans le fauteuil roulant, que Puso poussa ensuite jusqu'à la rampe de l'entrée principale. Mma Ramotswe et Mr. J.L.B. Matekoni passèrent par la petite porte, prirent leur livre de psaumes sur une table et se dirigèrent vers leur banc habituel. Quelques instants plus tard, les enfants les rejoignaient. On plaça le fauteuil au bout du banc et Puso s'assit entre Mma Ramotswe et Mr. J.L.B. Matekoni, où l'on pourrait le surveiller. Il avait tendance à gigoter et, en général, on l'envoyait s'amuser à la balançoire de la cathédrale au bout d'un quart d'heure.

Mma Ramotswe lut le programme du service. Elle n'approuvait pas le choix des psaumes du jour, car elle n'en connaissait aucun, et elle se mit à lire la feuille de chou de la paroisse. Il y avait une liste de malades, qu'elle parcourut, remarquant avec tristesse que la plupart des noms y figuraient déjà la semaine précédente. C'était une époque de maladie et l'on sollicitait beaucoup la charité des fidèles. Il y avait des mères sur la liste, des mères qui laisseraient des enfants derrière elles si elles trépassaient. Il y avait des gens pauvres et des gens riches, tous égaux dans leur vulnérabilité humaine. *N'oubliez pas ces frères et ces sœurs*, était-il écrit au bas de la page. Non, elle ne les oublierait pas. Elle n'oublierait pas ces frères et ces sœurs. Comment pourrait-on les oublier ?

Le chœur fit son entrée et le service commença. Tout en remuant les lèvres sans grand enthousiasme pour tenter d'articuler les paroles des psaumes inconnus choisis ce jour-là, Mma Ramotswe laissa ses pensées s'attarder sur l'extraordinaire découverte du potiron. Une explication possible à ce mystère, songea-t-elle, était que l'intrus était revenu pour une raison ou pour une autre – peut-être pour tenter un nouveau cambriolage – et qu'il avait découvert son pantalon étendu sur la véranda. Il transportait alors un potiron, sans doute volé ailleurs, qu'il avait déposé par terre afin de remettre son pantalon. Puis il avait été de nouveau dérangé et s'était enfui sans avoir le temps de ramasser son butin.

Cette version des faits, certes cohérente, était-elle plausible ? Mma Ramotswe leva les yeux vers le plafond de la cathédrale et observa les pales des grands ventilateurs blancs qui découpaient lentement l'air. Non, il était peu probable que l'intrus soit revenu, et même s'il l'avait fait, aurait-il eu le temps d'aller voler un potiron ailleurs ? Sa principale préoccupation, en sortant de chez Mma Ramotswe sans pantalon, avait dû être de rentrer chez lui au plus vite, ou de trouver un autre pantalon.

Ce qui semblait en revanche nettement plus probable, c'était que la disparition du pantalon et l'apparition du potiron n'avaient aucun lien entre elles. Le vêtement avait été pris par un passant, qui avait saisi l'opportunité de se procurer un pantalon en bon état. Puis, tôt le matin, un ami avait apporté un potiron en guise de cadeau et s'était contenté de le laisser là pour ne pas réveiller les gens un dimanche matin. Cette version semblait bien plus plausible, et c'était d'ailleurs celle qu'aurait privilégiée Clovis Andersen. *N'allez pas chercher des solutions excessivement compliquées*, avait-il écrit. *Partez toujours du principe que l'explication la plus simple est aussi la plus probable. Neuf fois sur dix, vous aurez raison.*

Mma Ramotswe s'efforça de laisser de côté ses spéculations. Le service progressait et, à présent, le révérend Trevor Mwamba montait en chaire. Elle chassa de son esprit toute réflexion relative aux potirons et écouta ce que Trevor Mwamba avait à dire. C'était lui qui les avait mariés, sous le grand arbre de la ferme des orphelins, six mois plus tôt à peine, en ce jour dont elle conservait chaque détail gravé dans sa mémoire : les voix des enfants qui chantaient, le dais de feuillage au-dessus de leurs têtes, les sourires des personnes présentes, et ces mots qui avaient retenti, marquant le début de sa vie de femme mariée à cet homme bienveillant, Mr. J.L.B. Matekoni, ce grand mécanicien qui était désormais son époux.

Le révérend Trevor Mwamba promena son regard sur l'assemblée et sourit.

— Nous avons des visiteurs, aujourd'hui, déclara-t-il. S'il vous plaît, levez-vous et dites-nous qui vous êtes.

Les fidèles regardèrent autour d'eux, tandis que cinq personnes, disséminées dans l'assemblée, se levaient. L'une après l'autre, sur un signe de tête, elles se présentèrent.

— Je m'appelle John Ngwenya et je viens de Mbabane, au Swaziland, dit un homme corpulent vêtu d'un costume gris perle.

Il s'inclina légèrement, ce qui déclencha une salve d'applaudissements dans l'auditoire, qui se tourna ensuite vers le visiteur suivant. Chacun leur tour, les étrangers déclinèrent leur identité – il y avait un homme de Francistown, un autre de Brisbane, une femme de Concord, dans le Massachusetts, et une dernière de Johannesburg. Chacun fut accueilli avec solennité, mais chaleur, sans distinction entre ceux qui venaient d'Afrique et les autres. L'Américaine, remarqua Mma Ramotswe, portait une robe couleur potiron. À peine eut-elle fait cette observation qu'elle se reprit aussitôt : c'était le moment de la communion et il était déplacé de penser aux potirons.

Trevor Mwamba rajusta ses lunettes.

— Mes frères et mes sœurs, commença-t-il, vous êtes les bienvenus parmi nous. D'où que vous veniez, nous vous accueillons à bras ouverts.

Il baissa les yeux sur les notes posées devant lui.

— Les gens me demandent parfois, reprit-il, pourquoi il y a tant de souffrance en ce monde, et comment nous pouvons concilier cette souffrance avec la foi que nous avons en un créateur bienveillant. Cette objection n'est pas nouvelle. Beaucoup de gens l'ont faite à des croyants, et ils ont souvent rejeté les réponses qui leur ont été fournies. Cela ne me convainc pas, disent-ils. Vos réponses ne sont pas convaincantes. Mais pourquoi ces gens-là s'imaginent-ils que nous pouvons résoudre tous les mystères ? Il existe certains mystères que nous sommes incapables de comprendre. Et de tels mystères surgissent devant nous tous les jours.

En effet, pensa Mma Ramotswe. L'un de ces mystères a surgi dans Zebra Drive ce matin même. Comment fait-on pour expliquer la disparition d'un pantalon et l'apparition d'un potiron venu de nulle part ? Elle s'interrompit. Ce n'était pas ainsi qu'il fallait écouter Trevor Mwamba.

— Il existe en ce monde beaucoup d'autres mystères que nous ne sommes pas capables d'expliquer et que nous devons accepter. Je pense par exemple au mystère de la vie. Les scientifiques connaissent beaucoup de choses sur la vie, mais ils ignorent comment surgit cette étincelle qui fait la différence entre la vie et l'absence de vie. Ce petit détail, ce courant reste un mystère pour eux, quelle que soit l'étendue de leurs connaissances sur la façon dont fonctionne la vie et dont elle se perpétue. Nous devons donc accepter, n'est-ce pas, qu'il y a dans ce monde des mystères que nous ne pouvons comprendre. Ces choses sont là, tout simplement. Et elles nous dépassent.

Le mystère de la vie, songea Mma Ramotswe. Le mystère des potirons. Pourquoi les potirons ont-ils la forme qu'ils ont ? Pourquoi leur chair a-t-elle la couleur qu'elle a ? Quelqu'un peut-il répondre à ces questions, ou doit-on simplement se dire que c'est comme ça ?

Une fois de plus, elle s'efforça de briser le cours de ses pensées et se concentra sur ce que disait Trevor Mwamba.

— Et il en est de même pour la souffrance. Qu'il puisse exister de la souffrance dans un monde où nous affirmons voir un projet divin peut paraître un mystère. Mais plus nous réfléchissons à ce mystère, plus les réponses nous échappent. Nous pourrions alors hausser les épaules et sombrer dans le désespoir, ou encore accepter le mystère pour ce qu'il est, comme quelque chose qu'il ne nous est pas donné de comprendre. Cela ne signifie pas pour autant que nous sombrons dans le nihilisme, dans cette philosophie qui dit que nous n'avons aucun pouvoir pour agir sur la souffrance et la douleur du monde. En réalité, nous avons un pouvoir. Nous tous qui sommes réunis ici aujourd'hui avons la chance de pouvoir faire quelque chose, même si ce n'est qu'une petite chose, pour réduire la quantité de souffrance de ce monde. Nous avons le pouvoir d'agir par des actes de bonté envers les autres ; le pouvoir d'agir en soulageant leurs douleurs.

« Si nous regardons le monde aujourd'hui, si nous regardons notre chère patrie, l'Afrique, que voyons-nous, sinon des larmes et du chagrin ? Oui, nous voyons cela. Nous le voyons même au Botswana, où nous avons pourtant beaucoup de chance sur bien des plans. Nous le voyons sur les visages des malades, dans leur crainte et dans leur peine à l'idée que leur vie sera abrégée. Voilà une vraie souffrance, qui n'est pas une souffrance dont nous, chrétiens, nous nous désintéressons. Chaque jour, à tout moment, des gens travaillent à la soulager. Ils y travaillent en ce moment même, pendant que je vous parle, juste en face, au Princess Marina Hospital. Des médecins et des infirmières y travaillent. Notre propre peuple, mais aussi des personnes au cœur généreux venues de très loin, d'Amérique, par exemple, y travaillent pour procurer un peu de soulagement à ceux qui sont frappés par cette cruelle maladie qui ravage l'Afrique. Tous ces gens évoquent-ils ces souffrances pour affirmer qu'il n'existe pas de présence divine dans le monde ? Non. Ils ne se posent pas cette question. Et beaucoup d'entre eux sont même précisément soutenus par cette foi dont aiment se moquer certains esprits dits éclairés. Voilà, mes amis, le vrai mystère dont nous devons nous émerveiller. Voilà à quoi nous devons réfléchir quelques instants en silence, en nous remémorant les noms de nos malades, des membres de cette communauté, de cette église anglicane, de nos frères et sœurs. Je vais à présent vous citer ces noms.

CHAPITRE IV

Problème de thé

Le matin, chacun arrivait au Tlokweng Road Speedy Motors à une heure différente, et l'on ne décidait jamais à l'avance qui serait le premier. À l'époque où le garage et l'Agence N° 1 des Dames Détectives avaient des bureaux séparés, c'était souvent Mr. J.L.B. Matekoni qui ouvrait le garage, mais depuis que les deux entreprises partageaient les mêmes locaux, ce pouvait être Mma Ramotswe ou Mma Makutsi, ou, plus rarement, l'un des apprentis. En général, ces derniers arrivaient tard, car ils aimaient rester au lit jusqu'au tout dernier moment. Ils avalaient ensuite un petit déjeuner à la hâte et se précipitaient pour attraper le bus bondé qui les déposait au rond-point, à l'extrémité de Tlokweng Road.

Depuis leur mariage, bien sûr, Mma Ramotswe et Mr. J.L.B. Matekoni avaient tendance à arriver exactement en même temps, même s'ils venaient chacun dans leur voiture, en une sorte de convoi, avec la camionnette de Mr. J.L.B. Matekoni ouvrant la voie et la petite fourgonnette blanche, au volant de laquelle était assise Mma Ramotswe, suivant vaillamment.

Ce matin-là, ce fut Mma Makutsi qui arriva la première, chargée d'un paquet de papier brun. Elle déverrouilla la porte de l'Agence N° 1 des Dames Détectives, posa le paquet sur son bureau et ouvrit la fenêtre pour laisser entrer un peu d'air. Il était tout juste sept heures, et Mma Ramotswe et Mr. J.L.B. Matekoni ne seraient pas là avant une bonne demi-heure. Cela lui laissait le temps de ranger son bureau, de téléphoner à la belle-sœur de sa cousine au sujet d'un problème familial et d'écrire une courte lettre à son père, à Bobonong. Celui-ci avait soixante et onze ans et il n'avait pas grand-chose à faire, sinon se rendre chaque jour à la petite poste du village pour voir s'il avait du courrier. En général, il rentrait bredouille, mais, une fois par semaine, il trouvait une lettre de Mma Makutsi contenant quelques nouvelles de Gaborone et, de temps à autre, un billet de cinquante pula[1]. Comme il ne lisait pas très bien l'anglais, elle lui écrivait en kalanga, ce qui était pour elle un plaisir et une façon de ne pas oublier sa langue.

Il y aurait beaucoup à raconter dans la lettre ce jour-là. Elle avait eu en effet un week-end chargé, avec une invitation à déjeuner chez l'une de ses voisines, qui était malawienne et enseignait dans une école. Cette femme avait vécu une année à Londres et elle connaissait beaucoup de ces lieux que Mma Makutsi n'avait vus que dans les pages du *National Geographic*. Cependant, elle ne s'était pas appesantie sur son expérience et n'avait pas regardé Mma Makutsi comme une provinciale ou une sédentaire inculte. Il s'était même produit l'inverse, en fait. La voisine lui avait posé une foule de questions sur Bobonong et avait écouté avec attention Mma Makutsi lui

1. Unité monétaire du Botswana, signifie « pluie » en setswana. 1 pula = 100 thebe. (*N.d.T.*)

parler de Francistown, de Maun et d'autres villes comme celles-là.

— Vous avez de la chance d'être botswanaise, affirma-t-elle. Vous avez tout, ici. Des terres qui s'étendent à perte de vue, et même plus loin. Et tous ces diamants ! Et aussi le bétail. Oui, ici, il y a tout !

— C'est vrai que nous avons de la chance, acquiesça Mma Makutsi. Nous le savons.

— Et vous, en plus, vous avez cette jolie maison neuve, poursuivit la voisine. Et ce métier très intéressant que vous faites. J'imagine que les gens doivent vous demander sans arrêt : comment est-ce, d'être détective privée ?

Mma Makutsi esquissa un sourire modeste.

— Tout le monde croit que notre métier est très excitant, dit-elle. Mais en fait, non. La plupart du temps, nous ne faisons qu'aider les gens à voir des choses qu'ils savent déjà.

— Et cette Mma Ramotswe dont tout le monde parle ? reprit la voisine. Comment est-elle ? Je l'ai croisée l'autre jour au centre commercial. Elle a l'air très aimable. Jamais on ne pourrait se douter qu'elle est détective.

— Elle est effectivement très aimable, approuva Mma Makutsi. Mais en plus, elle est très intelligente. Elle devine quand les gens mentent rien qu'en les observant. Et elle sait aussi comment s'y prendre avec les hommes.

La voisine poussa un soupir.

— Ça, c'est un très grand talent, commenta-t-elle. Un talent que j'aimerais bien posséder.

Mma Makutsi hocha la tête. Oui, ce serait bien. En fait, ce qui serait bien, ce serait d'avoir un homme, juste un. Désormais, Mma Ramotswe avait Mr. J.L.B. Matekoni, et cette Malawienne, pour sa part, avait un compagnon, que Mma Makutsi voyait rentrer chaque soir. Quant à elle, elle n'avait pas encore trouvé d'homme, hormis celui rencontré aux cours de l'École de dactylographie pour hommes du Kalahari, et qui, pour une certaine raison, n'avait pas duré très longtemps. À la suite de cet épisode, elle s'était fixé une règle d'or : *Ne jamais s'engager sentimentalement avec l'un de ses élèves en dactylographie.* Une règle qui, à vrai dire, n'était qu'une variante du conseil de Clovis Andersen cité par Mma Ramotswe : *Gardez toujours vos distances avec le client ; les étreintes et les baisers n'ont jamais résolu aucune affaire ni payé aucune note.*

La dernière partie de ce conseil était très intéressante et Mma Makutsi y avait longuement réfléchi. Il ne faisait aucun doute pour elle que s'amouracher d'un client n'aiderait pas à considérer son problème en toute lucidité et ne ferait donc pas avancer l'enquête, au contraire, mais pouvait-on dire que des étreintes et des baisers n'avaient jamais payé aucune note ? Ne faudrait-il pas plutôt affirmer le contraire ? Il existait un grand nombre de personnes qui payaient leur traversée de la vie par des étreintes et des baisers : les épouses des hommes riches, par exemple, ou du moins certaines épouses d'hommes riches. Mma Makutsi ne doutait pas un instant que beaucoup de ces superbes filles qui étaient avec elle à l'Institut de secrétariat du Botswana, ces filles qui, parfois, avaient eu toutes les peines du monde à obtenir 50 sur 100 (contre le 97 sur 100 qu'elle-même avait totalisé) à l'examen final, avaient effectué un très astucieux calcul, selon lequel la meilleure façon de progresser sur le plan financier consistait à s'assurer que leurs étreintes et leurs baisers allaient à des hommes appartenant à la bonne catégorie. Et cette catégorie était, de leur point de vue, celle des individus gagnant plusieurs milliers de pula par mois et roulant dans de belles voitures, de préférence en Mercedes-Benz.

Mma Makutsi écrivait à présent à son père et lui racontait la rencontre avec sa voisine. Elle ne dit rien, toutefois, de la discussion sur les hommes, sur Mma Ramotswe ou sur le métier de détective. Elle préféra décrire ce que la femme lui avait préparé à manger. Puis elle expliqua le problème que lui posaient les fourmis dans la nouvelle maison, concluant qu'il semblait n'y avoir rien à faire. Il compatirait. Au Botswana, chacun avait rencontré des problèmes de fourmis et l'on avait nécessairement un avis sur la question. Toutefois, personne n'en venait jamais à bout : un jour ou l'autre, les fourmis étaient de retour. Peut-être était-ce parce qu'elles étaient arrivées là avant les hommes et qu'elles s'estimaient ici chez elles. Peut-être faudrait-il appeler le pays *Botshoswane* plutôt que Botswana : cela signifiait « le territoire des fourmis ». Ce devait être ainsi que les insectes l'appelaient, d'ailleurs.

Elle signa la lettre, y épingla un billet de vingt pula, inscrivit l'adresse sur l'enveloppe et la cacheta. Son devoir de fille était accompli pour la semaine et elle sourit en imaginant son père en train d'ouvrir la petite boîte postale métallique (pour laquelle elle payait) et son plaisir en découvrant l'enveloppe. On lui avait raconté qu'il lisait et relisait ses lettres, trouvant à chaque fois un nouveau sens à la moindre phrase, à la moindre expression. Il la montrait ensuite à ses amis, les autres vieillards du village, ou en faisait la lecture à ceux qui ne savaient pas lire, et ils en parlaient pendant des heures.

Elle avait passé son bref coup de téléphone lorsqu'elle entendit la camionnette de Mr. J.L.B. Matekoni arriver. Cette camionnette faisait plus de bruit que n'importe quel autre véhicule, parce qu'elle avait un moteur différent des moteurs des autres camionnettes. C'est ce qu'avait dit Mr. J.L.B. Matekoni, et il avait obligatoirement raison. Il avait expliqué que le moteur avait été très mal entretenu par son précédent propriétaire et qu'il avait été impossible de réparer les dégâts. Toutefois, cela restait une bonne camionnette, dans le fond ; un peu comme une fidèle bête de somme maltraitée par son maître, mais qui n'aurait jamais perdu sa foi en l'homme. Juste derrière, dans son sillage, apparut la petite fourgonnette blanche, qui s'immobilisa à son emplacement habituel, sous l'acacia, contre le flanc du bâtiment.

Mma Ramotswe et Mma Makutsi avaient déjà traité tout le courrier du matin lorsque les apprentis se présentèrent. Charlie, le plus âgé, fit irruption dans l'agence en sifflotant et lança un sourire effronté aux deux femmes.

— Tu as l'air content de toi, remarqua Mma Ramotswe. Tu as gagné au loto ou quoi ?

L'apprenti éclata de rire.

— Vous voudriez bien le savoir, hein, Mma ? Vous voudriez bien le savoir !

Mma Ramotswe échangea un coup d'œil avec Mma Makutsi.

— Tout ce que j'espère, répondit-elle, c'est que tu ne viens pas ici pour m'emprunter de l'argent. J'aime bien te rendre service, mais il faudrait vraiment que tu me rendes les cinquante pula que je t'ai prêtés au début du mois.

L'apprenti affecta l'innocence blessée.

— Oh ! Comment pouvez-vous croire que j'aie besoin d'argent, Mma ? Est-ce que j'ai l'air de quelqu'un qui a besoin d'argent ? Non, je ne crois pas. D'ailleurs, je venais justement vous rembourser. Tenez. Regardez...

Il glissa la main dans sa poche et en tira une petite liasse de billets de banque enroulés, dont il préleva cinquante pula.

— Là, reprit-il. C'est bien ça, cinquante pula, hein ? C'est ce que je vous dois. Je vous les rends tout de suite.

Mma Ramotswe prit l'argent et le rangea dans son tiroir.

— On dirait que tu es riche, dis donc ! Où as-tu trouvé tout cet argent ? Tu as cambriolé une banque ?

L'apprenti se mit à rire.

— Jamais je ne ferais une chose pareille. Il faudrait être idiot. Quand on cambriole une banque, on se retrouve avec la police sur le dos et on finit toujours par se faire attraper. À tous les coups ! Alors un conseil, Mma : ne vous avisez pas de cambrioler une banque !

— Mais je n'en ai jamais eu l'intention ! se récria Mma Ramotswe en riant de la suggestion.

— Je vous mets en garde, c'est tout, reprit le jeune homme d'un ton badin, tout en rangeant ostensiblement la liasse dans la poche de sa salopette.

Puis il se remit à siffloter et sortit en sautillant.

De son bureau, Mma Makutsi considéra Mma Ramotswe.

— Eh bien ! s'exclama-t-elle. Quel numéro !

— Il se passe quelque chose de louche, affirma Mma Ramotswe. Où a-t-il trouvé tout cet argent ? Croyez-vous qu'il l'ait emprunté à quelqu'un, à une personne stupide qui ne connaît pas ce genre de garçon ?

— Aucune idée, soupira Mma Makutsi. Mais vous avez vu cet air qu'il avait ? Vous avez vu comme il paraissait content de lui ? Et puis, est-ce que vous avez remarqué qu'il portait une chaussure blanche et une marron ? Vous l'avez remarqué ?

— Non, avoua Mma Ramotswe. Qu'est-ce que cela peut vouloir dire, à votre avis ?

— Cela veut dire qu'il en a une autre paire comme celle-là, répliqua Mma Makutsi en souriant.

Ou bien qu'il se croit élégant. À mon avis, il se croit élégant.

— C'est un bon garçon, dans le fond, commenta Mma Ramotswe. Il a juste besoin de mûrir un peu, vous ne pensez pas ?

— Non.

Mma Makutsi se tut un instant, puis reprit.

— Vous savez quoi, Mma ? Je suis sûre qu'il sort avec une femme riche. Je pense qu'il a trouvé une dame qui lui donne de l'argent. Cela expliquerait l'argent lui-même, mais aussi les chaussures élégantes, la brillantine dans les cheveux et cet air satisfait qu'il avait. Si vous me demandez mon avis, c'est ça.

Mma Ramotswe eut un petit rire.

— La pauvre ! s'exclama-t-elle. J'ai de la peine pour elle.

Mma Makutsi approuva. Toutefois, elle s'inquiétait pour le garçon. C'était un tout jeune homme, encore très immature, et s'il était tombé sur une femme beaucoup plus âgée que lui, il allait se faire exploiter d'une manière ou d'une autre. Ça n'augurait rien de bon, un gamin gâté de cette façon par une femme riche qui cherchait à tromper son ennui. Quand cette relation prendrait fin, ce qui arriverait nécessairement tôt ou tard, ce serait lui qui souffrirait. Or, en dépit de tout ce que l'on pouvait leur reprocher, Mma Makutsi éprouvait une certaine affection pour les deux apprentis, ou du moins se sentait-elle responsable d'eux. La responsabilité d'une grande sœur vis-à-vis d'un petit frère, peut-être. Le petit frère pouvait être idiot et s'attirer toutes sortes d'ennuis, il restait malgré tout un petit frère qu'il fallait protéger.

— Je pense qu'il faut surveiller cette histoire, déclara-t-elle à Mma Ramotswe.

Celle-ci opina du chef.

— Nous allons y réfléchir, répondit-elle. Mais vous avez raison, il ne faudrait pas que ce garçon ait des problèmes. Nous devons trouver une solution.

Elles eurent beaucoup de travail ce jour-là. Peu de temps auparavant, elles avaient reçu une lettre d'un cabinet d'avocats de Zambie qui leur demandait de les aider à retrouver un financier de Lusaka qui s'était volatilisé. Les circonstances de cette disparition étaient suspectes : il laissait un trou important dans les comptes de sa société, ce qui amenait à la conclusion naturelle qu'il s'était sauvé avec l'argent.

Mma Ramotswe n'aimait pas ce type d'affaires. L'Agence N° 1 des Dames Détectives préférait s'occuper de problèmes d'ordre plus privé, mais c'était une question d'honneur professionnel de ne jamais refuser un client, sauf, bien sûr, quand celui-ci ne méritait pas d'être aidé. Et puis, il fallait aussi considérer l'aspect pécuniaire. Ce genre de missions se révélait très rentable et l'agence avait chaque mois des frais à payer : le salaire de Mma Makutsi, l'entretien de la petite fourgonnette blanche et les timbres, pour ne citer que quelques-unes des dépenses qui semblaient dévorer une grande part des bénéfices.

Le financier, semblait-il, se trouvait au Botswana, où il avait de la famille. Bien sûr, prendre contact avec celle-ci serait la première chose à faire, mais comment ces gens s'appelaient-ils ? Les avocats de Zambie n'avaient pu fournir aucun nom, ce qui signifiait que Mma Ramotswe et Mma Makutsi devraient mener leur enquête parmi les Zambiens vivant à Gaborone. Cela paraissait simple à première vue ; toutefois, il n'était pas toujours facile d'amener des étrangers à parler d'un compatriote, d'autant plus quand celui-ci se trouvait en difficulté. Certes, ils savaient qu'il n'était pas honnête de se serrer ainsi les coudes, surtout dans une affaire de détournement de fonds, mais ils le faisaient malgré tout. Il faudrait donc passer une multitude de coups de téléphone pour voir si quelqu'un accepterait de les éclairer. On écrirait aussi aux hôtels pour demander si l'on reconnaissait la personne figurant sur la photo jointe. Tout cela prenait du temps et les deux détectives travaillèrent d'arrache-pied jusqu'à dix heures du matin. Alors, Mma Ramotswe, qui venait de conclure une conversation téléphonique insatisfaisante avec une Zambienne assez impolie, reposa le combiné, s'étira et annonça que l'heure du thé était arrivée.

Mma Makutsi acquiesça.

— J'ai déjà écrit à dix hôtels, dit-elle en retirant une feuille de papier de sa machine. Et j'ai mal à la tête à force de penser aux disparitions de Zambiens. Je suis impatiente de savourer mon thé.

— Je m'en occupe, proposa Mma Ramotswe. Vous avez beaucoup travaillé, alors que moi, je n'ai fait que parler au téléphone. Vous méritez un peu de repos.

Mma Makutsi parut embarrassée.

— C'est très gentil à vous, Mma... Seulement, j'avais pensé préparer le thé d'une façon différente, aujourd'hui.

Mma Ramotswe considéra son assistante avec un étonnement non dissimulé.

— D'une façon différente ? répéta-t-elle. Comment peut-on préparer du thé rouge d'une façon différente ? Il n'existe qu'une seule façon de procéder : on met les feuilles de thé dans la théière et on verse de l'eau bouillante dessus. Que comptez-vous faire d'autre ? Mettre l'eau en premier ? C'est cela, la façon différente à laquelle vous pensez ?

Mma Makutsi se leva, saisissant au passage le paquet qu'elle avait posé sur son bureau en arrivant. Mma Ramotswe n'avait pas remarqué ce dernier, car une pile de dossiers le dissimulait. Elle le regarda avec curiosité.

— Qu'est-ce que c'est, Mma ? demanda-t-elle. Ce paquet a-t-il un rapport avec votre nouvelle façon de préparer le thé ?

Mma Makutsi ne répondit pas, mais déchira l'emballage et sortit une nouvelle théière en porcelaine, qu'elle présenta à Mma Ramotswe.

— Oh ! s'exclama Mma Ramotswe. Voilà une très belle théière, Mma ! Regardez-moi ça ! Regardez ces fleurs sur le côté ! Elle est très jolie. Notre thé rouge va avoir un goût excellent dans une théière comme celle-ci !

Mma Makutsi baissa les yeux vers ses chaussures, mais elle ne reçut aucune aide de ce côté ; elle n'en obtenait jamais, de toute façon. Dans les moments de crise, avait-elle remarqué, ses chaussures avaient tendance à lui lancer un simple : *Débrouillez-vous, patronne !* Dès le départ, elle s'était doutée que l'affaire serait délicate, mais elle s'était dit que tôt ou tard il faudrait mettre le problème sur le tapis, et repousser davantage ce moment n'était plus possible.

— Eh bien, Mma, commença-t-elle, en fait...

Elle s'interrompit. Cela se révélait plus difficile que prévu. Elle leva les yeux vers Mma Ramotswe, qui la regardait d'un air interrogateur.

— J'ai hâte de goûter ce thé, lança celle-ci d'un ton encourageant.

Mma Makutsi déglutit avec peine.

— Je ne vais pas faire de thé rouge, lâcha-t-elle à la hâte. Enfin, si, je vais en faire pour vous, comme d'habitude. Mais moi, je veux me préparer mon thé à moi, du thé normal, dans cette théière-ci. Juste pour moi. Du thé normal. Vous, vous pourrez boire votre thé rouge, et moi, je boirai du thé normal.

Un profond silence suivit ces paroles. Mma Ramotswe demeura immobile sur sa chaise, les yeux rivés sur la théière. Mma Makutsi, qui jusque-là avait brandi celle-ci comme un étendard, l'étendard de l'armée des gens qui préféraient le thé normal au thé rouge, baissa le bras et reposa l'objet sur son bureau.

— Je suis désolée, Mma, murmura-t-elle. Vraiment désolée. Je ne voudrais pas que vous pensiez que je suis impolie. Je ne suis pas impolie. J'ai essayé, vous savez, j'ai fait beaucoup d'efforts pour aimer le thé rouge, mais à présent, je dois laisser parler mon cœur. Et mon cœur dit que j'ai toujours préféré le thé normal, depuis le début. Voilà pourquoi j'ai acheté une théière spéciale.

L'ayant écoutée avec attention, Mma Ramotswe prit la parole.

— C'est moi qui devrais vous présenter des excuses, Mma. Si, si, c'est moi. C'est moi qui me suis montrée impolie depuis le départ. Je ne vous ai jamais demandé si vous préfériez le thé ordinaire. Je n'ai jamais pris la peine de vous poser la question ; j'ai acheté du thé rouge et je suis partie du principe que vous aimiez ça. Je suis vraiment désolée, Mma.

— Non, vous n'avez pas été impolie, protesta Mma Makutsi. J'aurais dû vous en parler. C'est moi qui suis fautive, pas vous.

Tout cela était très compliqué. À une époque, Mma Makutsi était passée du thé rouge au thé ordinaire, puis elle était revenue au thé rouge. Mma Ramotswe se sentait un peu perdue : que souhaitait au juste Mma Makutsi en matière de thé ?

— Non, déclara-t-elle. Vous vous êtes montrée très patiente avec moi, vous avez bu du thé rouge juste pour me faire plaisir. J'aurais dû m'en rendre compte. J'aurais dû m'en rendre compte en vous regardant boire. Je n'ai rien vu. Je suis vraiment désolée, Mma.

— Mais je ne le détestais pas tant que ça ! se récria Mma Makutsi. Je ne faisais pas la grimace quand je buvais. Si j'avais fait la grimace, d'accord, vous l'auriez remarqué. Mais non. J'étais assez heureuse de boire du thé rouge… C'est juste que je serai encore plus heureuse d'en boire du normal.

Mma Ramotswe hocha la tête.

— Eh bien, désormais, nous aurons chacune notre thé, décida-t-elle. Comme c'était le cas avant. Moi, j'aurai mon thé, et vous, vous aurez le vôtre. C'est la solution à ce délicat problème.

— Exactement, acquiesça Mma Makutsi.

Elle réfléchit. Et Mr. J.L.B. Matekoni et les apprentis ? Jusque-là, ils buvaient du thé rouge, mais dès lors qu'il y avait le choix, faudrait-il leur proposer du thé normal ? Et s'ils préféraient le thé normal, voudraient-ils utiliser sa théière à elle ? Mma Makutsi était tout à fait prête à la partager avec Mr. J.L.B. Matekoni – personne ne pourrait y trouver à redire –, mais en ce qui concernait les apprentis, c'était une autre histoire.

Elle résolut de partager ses interrogations avec Mma Ramotswe.

— Et Mr. J.L.B. Matekoni ? demanda-t-elle. Va-t-il boire…

— Du thé rouge ! coupa aussitôt Mma Ramotswe. C'est le meilleur pour un homme, c'est bien connu. Il boira du thé rouge.

— Et les apprentis ?

Mma Ramotswe leva les yeux au ciel.

— Sans doute vaudrait-il mieux continuer à leur donner du thé rouge à eux aussi, répondit-elle. Quoique, Dieu sait pourquoi, cela n'ait pas l'air de beaucoup leur réussir…

Une fois ces décisions prises, Mma Makutsi fit chauffer l'eau et, sous l'œil attentif de Mma Ramotswe, mit dans la nouvelle théière quelques pincées de son thé, son thé normal. Puis elle saisit celle de Mma Ramotswe, qui semblait vieille et usée à côté de la nouvelle théière en porcelaine, et elle y mit la quantité adéquate de thé rouge. Toutes deux attendirent que l'eau bouille, silencieuses l'une et l'autre, perdues dans leurs pensées. Mma Makutsi songeait avec soulagement à la généreuse réaction de Mma Ramotswe après sa confession, une confession qui ressemblait tant à un acte de déloyauté, voire de traîtrise ! Son employeur avait rendu les choses si faciles qu'elle se sentait submergée par la gratitude. Mma Ramotswe était, sans l'ombre d'un doute, l'une des femmes les plus admirables du Botswana. Mma Makutsi l'avait toujours su, mais voilà qu'à nouveau lui étaient prouvées ses qualités de compréhension et de compassion. Quant à Mma Ramotswe, elle pensait à cette femme loyale et admirable qu'était Mma Makutsi. D'autres employées, à sa place, se seraient plaintes ou auraient grommelé qu'elles n'aimaient pas le thé qu'on les forçait à boire, mais elle, elle n'avait rien dit. Plus encore, elle avait donné l'impression qu'elle appréciait ce qu'on lui offrait, comme une invitée bien élevée qui mange et boit ce que son hôte a déposé sur la table. C'était là une nouvelle preuve de ces qualités qui s'étaient de toute évidence révélées à l'Institut de secrétariat du Botswana et avaient abouti à ses notes étonnamment élevées. Mma Makutsi était une perle.

CHAPITRE V

Rencontre avec une bicyclette

Une fois le problème du thé résolu avec tact, Mma Ramotswe et Mma Makutsi se remirent en quête de renseignements sur le Zambien en fuite pendant le reste de la journée. C'était la partie sédentaire du travail. Elles savaient que, dans un ou deux jours, il leur faudrait partir à la rencontre de personnes susceptibles de les mettre sur une piste, sauf, bien sûr, si l'une des lettres de Mma Makutsi ou des conversations téléphoniques de Mma Ramotswe portait ses fruits. À cinq heures moins le quart, alors que la chaleur de l'après-midi commençait à décroître et le ciel à rougir au-dessus du Kalahari, Mma Ramotswe annonça que, même s'il restait en principe quinze minutes avant la fin de la journée de travail, elles en avaient assez accompli pour pouvoir s'arrêter la conscience tranquille.

— J'ai passé tant de coups de téléphone, soupira-t-elle, que je n'ai plus de voix.

— Mais avons-nous progressé d'un pouce ? lança Mma Makutsi d'un ton dubitatif.

Mma Ramotswe n'était pas femme à se laisser abattre.

— Bien sûr que nous avons progressé ! s'exclama-t-elle. Nous n'avons rien découvert de concret, certes, mais chaque pas sur le chemin nous rapproche de la solution. Mr. Andersen le dit lui-même, non ? S'il y a cent questions à poser dans une enquête, il faut les poser toutes, l'une après l'autre, de sorte que, même si l'on n'obtient aucune réponse, on accomplit malgré tout quelque chose. C'est ce qu'il écrit.

— Il doit avoir raison, acquiesça Mma Makutsi. Mais à vrai dire, je ne suis pas sûre que nous retrouverons ce monsieur un jour. Il est trop malin. Ce n'est pas le genre d'homme à se laisser attraper facilement.

— Mais nous aussi, nous sommes malignes ! protesta Mma Ramotswe. Il a deux femmes très intelligentes à ses trousses et ce n'est qu'un homme. Aucun homme n'aurait la moindre chance de s'en tirer dans de telles conditions.

Mma Makutsi ne parut pas convaincue.

— J'espère que vous avez raison, Mma, dit-elle.

— J'ai raison, assura Mma Ramotswe d'un ton sans appel.

Sur cette conclusion, elle se leva et commença à rassembler ses affaires.

— Je peux vous emmener, dit-elle. Je vais dans votre direction.

Elles fermèrent l'agence derrière elles et se dirigèrent vers la petite fourgonnette blanche, qui les attendait sous l'acacia. Mma Makutsi prit place sur le siège du passager, à côté de Mma Ramotswe, qui boucla sa ceinture et mit le contact. Elle allait avancer quand Mma Makutsi lui agrippa le bras et désigna du doigt l'avant du garage.

Une grosse voiture gris métallisé, une Mercedes-Benz, venait de s'immobiliser au bord de la route. Elle avait des vitres légèrement teintées, mais on distinguait une femme au volant. À peine s'était-elle arrêtée que Charlie, l'aîné des apprentis, était apparu à la porte. Déjà, il traversait d'un pas nonchalant le terre-plein qui séparait le garage de la route et s'installait avec le plus grand naturel sur le siège du passager de la voiture de luxe.

Mma Ramotswe se tourna vers Mma Makutsi. À l'évidence, toutes deux pensaient la même chose : ce matin-là, Charlie avait sorti une liasse de billets de sa poche et, avec une sagacité certaine, Mma Makutsi avait suggéré qu'il fréquentait une femme riche. Eh bien, la femme riche était là, dans cette voiture de femme riche, et voilà que Charlie s'en allait avec elle au terme de sa journée de travail. Il n'existait qu'une seule interprétation possible à cela.

— Ainsi, s'écria Mma Makutsi, c'était bien ça !

Mma Ramotswe demeura immobile, le regard fixe, sous le choc.

— Qui aurait pu imaginer que cet imbécile se lierait un jour avec une femme de ce genre ? Qui aurait pu l'imaginer ?

— Il y a des femmes qui n'ont vraiment pas de scrupules ! s'exclama Mma Makutsi, une forte note réprobatrice dans la voix. Elles les prennent au berceau, c'est comme ça que l'on dit. Elles détournent les jeunes gens des filles de leur âge. Elles les volent, en quelque sorte.

— Donc, voilà une femme qui prend les hommes au berceau, murmura Mma Ramotswe, pensive. C'est très intéressant.

Elle se tut un instant, puis se tourna vers Mma Makutsi.

— J'ai l'impression qu'il va falloir se remettre au travail tout de suite, dit-elle. À mon avis, nous devons suivre cette voiture, ne serait-ce que pour savoir où ils vont.

— C'est une très bonne idée, acquiesça Mma Makutsi. Cela ne me dérange pas de faire des heures supplémentaires.

L'opulente voiture grise avait pris la direction de la ville. La petite fourgonnette blanche stationnée sur le côté du garage démarra en trombe et partit à sa suite, tout en demeurant à une distance respectable. Pour une voiture puissante, la Mercedes-Benz roulait lentement. La plupart des conducteurs de Mercedes-Benz, avait remarqué Mma Ramotswe, semblaient pressés d'arriver quelque part, mais celle-ci, cette femme dont elles n'avaient fait qu'apercevoir le profil, semblait se satisfaire d'une allure paisible.

— Elle n'est pas pressée, dit Mma Ramotswe. Ils doivent bavarder.

— J'imagine très bien ce qu'ils se disent, renchérit Mma Makutsi d'un air sombre. Il lui raconte des histoires sur nous, Mma. Elle doit être en train de rire et de le pousser à poursuivre.

Lorsqu'elles atteignirent l'ancien centre commercial, la voiture grise prit soudain la direction du Village et descendit Odi Drive. La petite fourgonnette blanche attendit un peu, au cas où l'apprenti se retournerait, puis continua d'avancer à bonne distance de la proie, passant devant l'école et les nouveaux immeubles jusqu'à l'entrée de l'Université. Là, une surprise les attendait : au lieu de tourner à gauche pour gagner la ville, la voiture grise prit à droite, en direction de la prison et de l'ancien aérodrome militaire.

— C'est bizarre, commenta Mma Makutsi. Je pensais qu'ils iraient dans un endroit comme l'*Hôtel du Soleil*. Qu'est-ce qui peut bien les attirer dans ce quartier ?

— Peut-être qu'elle habite par là, suggéra Mma Ramotswe. De toute façon, nous serons vite fixées.

Elle se tourna vers Mma Makutsi et lui décocha un sourire de conspiratrice. Les deux femmes commençaient à s'amuser. Elles n'avaient aucune raison de suivre l'apprenti et sa compagne. En vérité, si elles avaient pris le temps de réfléchir à ce qu'elles étaient en train de faire, elles auraient été forcées d'admettre que ce n'était rien d'autre que de la curiosité pure et simple – voire malsaine – qui les motivait. De fait, l'action ne manquait pas d'intérêt sur ce plan. Si Charlie fréquentait une dame plus âgée que lui, il serait fascinant de voir à quoi elle ressemblait, même si, songeait Mma Ramotswe, on pouvait l'imaginer sans peine.

— Je me demande ce que dirait Mr. J.L.B. Matekoni s'il nous voyait en ce moment ! s'exclama Mma Makutsi avec un petit rire ravi. Croyez-vous qu'il nous approuverait ?

Mma Ramotswe secoua la tête.

— Il dirait que nous sommes deux petites fouinardes, répondit-elle. Et, à mon avis, il serait plus intéressé par la Mercedes-Benz que par ses passagers. Les mécaniciens sont comme ça. Ils estiment que…

Elle n'acheva pas sa phrase. La voiture grise, à l'approche de l'ancien aéroport militaire, ralentissait. Le clignotant se déclencha et la voiture s'engagera dans l'allée d'une maison… dans l'allée de la maison de Mr. J.L.B. Matekoni.

Au moment où Mma Ramotswe vit la voiture tourner, elle fit une soudaine embardée, si violente que Mma Makutsi poussa un cri. Un cycliste qui arrivait en sens inverse dévia brutalement de sa trajectoire et, perdant l'équilibre, fut propulsé sur le bas-côté. Mma Ramotswe freina, puis descendit de voiture en toute hâte.

— Rra ! Oh, Rra ! cria-t-elle en courant vers l'homme étendu au sol. Je suis désolée, Rra.

L'homme se redressa et essuya la poussière qui maculait son pantalon. Il procédait par gestes soigneux et délicats, comme une personne qui porterait des vêtements de prix. Pourtant, les siens étaient usés et fripés. Lorsqu'il releva la tête, Mma Ramotswe vit que des larmes brillaient dans son regard.

— Oh, Rra, dit-elle, vous vous êtes fait mal, je suis désolée ! Je vais vous conduire tout de suite chez un docteur.

L'homme secoua la tête et s'essuya les yeux d'un revers de main.

— Non, je n'ai rien, dit-il. Je suis un peu choqué, c'est tout. Je ne me suis pas fait mal.

— Je regardais ailleurs, expliqua Mma Ramotswe en lui prenant la main. C'était idiot de ma part. J'avais détourné mon attention de la route et, tout d'un coup, je vous ai vu juste devant moi.

L'homme ne répondit pas. Il considéra un instant sa bicyclette, puis la ramassa. La roue avant, qui avait dû se prendre dans une ornière, était tordue et le guidon légèrement déformé. Après avoir observé le vélo en silence, l'homme tenta sans succès de redresser le guidon.

Mma Ramotswe se retourna et fit signe à Mma Makutsi de descendre de la fourgonnette. Mue par un mélange de tact et d'embarras, l'assistante avait préféré rester en retrait, mais elle s'approcha et adressa quelques paroles réconfortantes à l'homme.

— Je vais vous conduire là où vous alliez, décida Mma Ramotswe. Nous pouvons mettre le vélo à l'arrière et je le déposerai chez vous, où que ce soit.

L'homme désigna la direction de Tlokweng.

— J'habite là-bas, dit-il. Je préfère rentrer chez moi maintenant. Je n'ai plus envie d'aller là où j'allais.

Ensemble, ils soulevèrent la bicyclette et la déposèrent à l'arrière de la fourgonnette. Puis Mma Ramotswe et Mma Makutsi montèrent dans le véhicule, se serrant l'une contre l'autre pour laisser de la place au nouveau venu. À trois sur la banquette, Mma Ramotswe n'avait plus guère d'espace, de sorte qu'elle enfonçait son coude dans les côtes de Mma Makutsi chaque fois qu'elle passait une vitesse.

— Ce n'est pas une très grande fourgonnette ! lança-t-elle avec entrain à l'intention de leur passager. Mais elle roule. Elle nous conduira à Tlokweng sans problème.

Elle jeta un bref coup d'œil à l'homme. Celui-ci semblait approcher de la cinquantaine. Il avait un bon visage, pensa-t-elle, un visage intelligent, un visage de maître d'école, peut-être, ou de commis principal dans un bureau. En outre, il s'exprimait bien, détachant clairement chaque mot comme s'il le choisissait avec soin. Tant de gens parlaient mal de nos jours, songea-t-elle, avalant la moitié des mots de sorte qu'il devenait très difficile de les comprendre. Quant aux animateurs de radio, ceux que l'on appelait les disc-jockeys, on eût dit qu'ils avaient le hoquet lorsqu'ils parlaient. Sans doute croyaient-ils qu'ils étaient dans le vent : ils devaient penser que cette façon de s'exprimer leur donnait du style, ce qui était probablement le cas aux yeux des jeunes et de ceux qui n'avaient pas grand-chose dans la tête, mais pour elle, cela tenait du ridicule.

— Je ferai réparer votre bicyclette, assura-t-elle à l'homme. Elle sera comme neuve, je vous le promets.

L'homme hocha la tête.

— Je n'aurais pas de quoi payer, répondit-il. Je n'ai pas d'argent pour cela.

Mma Ramotswe s'en était doutée. Malgré tous les progrès qu'avait faits le Botswana et malgré la prospérité apportée au pays par les diamants, il restait encore beaucoup, beaucoup de pauvres gens. Il ne fallait pas les oublier. Cependant, pourquoi cet homme, qui semblait avoir de l'éducation, était-il sans emploi ? Elle savait qu'il existait beaucoup de personnes qui ne parvenaient pas à trouver du travail, mais en général, celles-ci n'avaient aucune qualification. Ce ne semblait pas être le cas de leur passager.

Ce fut Mma Makutsi qui posa la question à sa place. Ses pensées avaient suivi le même cours que celles de Mma Ramotswe, elle avait remarqué la disparité entre les signes extérieurs de pauvreté – un domaine que Mma Makutsi connaissait parfaitement – et la voix, qui dénotait un certain niveau d'éducation. Elle avait vu aussi les mains de l'homme, qu'elle estimait soignées. Ce n'étaient pas les mains d'un ouvrier, ni celles d'un homme qui travaillait la terre. Elle voyait des mains comme celles-ci chez ses élèves de l'École de dactylographie pour hommes du Kalahari. La plupart d'entre eux, qui officiaient dans des bureaux, avaient des mains similaires.

— Vous travaillez dans un bureau, Rra ? interrogea-t-elle. Et, si je puis me permettre, comment vous appelez-vous ?

— Je m'appelle Polopetsi, répondit l'homme. Et non, je n'ai pas de travail. J'en cherche, mais personne ne veut de moi.

Mma Ramotswe fronça les sourcils.

— La situation est difficile en ce moment, dit-elle. Cela doit être très dur pour vous.

Elle marqua un temps d'arrêt, puis demanda :

— Que faisiez-vous avant ?

Mr. Polopetsi ne répondit pas tout de suite et la question sembla demeurer en suspens. Puis il prit la parole.

— J'ai été en prison pendant deux ans. Je suis sorti il y a six mois.

La petite fourgonnette blanche fit un imperceptible écart.

— Et personne ne veut vous donner de travail ? interrogea Mma Ramotswe.

— Non, personne.

— Mais vous racontez toujours que vous sortez de prison ? intervint Mma Makutsi.

— Oui, répondit Mr. Polopetsi. Je suis quelqu'un d'honnête. Je ne peux pas mentir quand on me demande ce que j'ai fait l'an passé. Je ne peux pas prétendre que j'étais à Johannesburg ou inventer quelque chose comme ça. Je ne peux pas faire croire que j'ai travaillé.

— Donc, vous êtes un homme honnête, conclut Mma Ramotswe. Mais dans ce cas, pourquoi vous a-t-on mis en prison ? Il y a des honnêtes gens en prison ?

Elle avait parlé sans réfléchir et elle s'aperçut aussitôt qu'elle avait foncièrement manqué de tact ; c'était comme si elle doutait de la véracité de son histoire.

Il ne parut pas s'en offusquer.

— Je n'ai pas été envoyé en prison pour malhonnêteté, expliqua-t-il. En fait, il y a des gens honnêtes en prison. Il y en a de très malhonnêtes et de très mauvais, bien sûr. Mais certains se retrouvent là pour d'autres raisons.

Elles attendirent, mais il ne poursuivit pas.

— Alors, reprit Mma Ramotswe, qu'avez-vous fait, vous ? Pourquoi vous a-t-on mis en prison ?

Mr. Polopetsi observa ses mains.

— Je me suis retrouvé en prison à cause d'un accident.

Mma Makutsi se tourna vers lui.

— Un accident ? On vous a accusé à la place d'un autre ?

— Non, dit l'homme. On m'a mis en prison parce qu'il y a eu un accident alors que j'étais en charge de quelque chose. C'était ma faute, et quelqu'un est mort. Il s'agissait d'un accident, mais les gens ont dit que ce ne serait pas arrivé si je m'étais montré plus attentif.

Ils approchaient de Tlokweng à présent et Mma Ramotswe dut demander quelle direction prendre. L'homme désigna un chemin poussiéreux, guère plus qu'une piste cahoteuse, où elle engagea la petite fourgonnette blanche en s'efforçant d'éviter les plus grosses ornières. S'il y avait une niveleuse à Tlokweng, elle ne devait pas passer par là très souvent.

— Notre route n'est pas en bon état, commenta Mr. Polopetsi. Quand il pleut, tous ces trous se remplissent d'eau et on peut aller à la pêche, si on en a envie.

Mma Makutsi se mit à rire.

— Avant, dit-elle, j'habitais sur une route comme celle-ci. Je sais ce que c'est.

— Oui, dit Mr. Polopetsi. Ce n'est pas facile.

Il s'interrompit et désigna une maison, un peu plus bas sur la route.

— C'est là.

C'était une petite maison très simple de trois pièces qui aurait eu, comme le constata Mma Ramotswe, grand besoin d'une couche de peinture. Le bas des murs extérieurs était maculé de terre rouge séchée, qui avait dû gicler lors des dernières pluies. La cour, minuscule, était bien entretenue, ce qui suggérait qu'une femme consciencieuse vivait là, et l'on voyait une cage à poules sur un côté, impeccable elle aussi.

— C'est très soigné, chez vous, remarqua Mma Ramotswe. Cela fait plaisir de voir une maison aussi bien tenue.

— C'est ma femme, expliqua Mr. Polopetsi. C'est elle qui s'occupe si bien de la maison.

— Vous devez être fier d'elle, Rra, commenta Mma Makutsi.

— Et elle, elle doit être fière de vous, ajouta Mma Ramotswe.

Le silence plana quelques instants, puis Mr. Polopetsi demanda :

— Pourquoi dites-vous cela, Mma ?

— Parce que vous êtes quelqu'un de bien, répondit Mma Ramotswe avec douceur. Voilà pourquoi je dis cela. Même si vous êtes resté en prison pendant deux ans, je vois que vous êtes quelqu'un de bien.

Elles laissèrent Mr. Polopetsi chez lui et reprirent dans l'autre sens le chemin de terre creusé de nids-de-poule. La bicyclette était restée à l'arrière de la petite fourgonnette blanche et Mma Ramotswe s'était entendue avec Mr. Polopetsi pour la faire réparer le lendemain et la lui rapporter dès qu'elle serait prête. Lorsqu'il était descendu de voiture, elle lui avait proposé de l'argent pour le dédommager de l'accident, mais il avait secoué la tête.

— Je sais ce que c'est qu'un accident, avait-il répondu. Et je sais aussi qu'on ne peut pas blâmer une personne pour cela. Je le sais.

Elle n'avait pas insisté. Cet homme avait sa fierté et il eût été déplacé de s'entêter. Ils s'étaient donc mis d'accord pour la bicyclette et elles avaient laissé Mr. Polopetsi sur le pas de sa porte.

Sur le chemin du retour, les deux femmes demeurèrent silencieuses. Mma Ramotswe pensait à Mr. Polopetsi, à sa maison et aux humiliations successives qu'il avait dû subir au cours de sa vie. Sans doute était-ce cela qui lui avait fait monter les larmes aux yeux après l'accident. Il s'agissait d'une épreuve de plus à supporter. Bien sûr, elles n'avaient entendu que sa version à lui quant à la peine de prison. Il était évident qu'au Botswana, on n'envoyait pas les gens derrière les barreaux sans raison, n'est-ce pas ? Elle savait que l'on pouvait être fier du système judiciaire du pays, des juges qui ne courbaient l'échine devant personne et ne craignaient pas de critiquer le gouvernement. Il existait tant de pays où tel n'était pas le cas, où les juges étaient victimes d'intimidation et choisis dans les rangs des membres du parti dominant, mais il n'en avait jamais été ainsi au Botswana. Dans ces conditions, de tels juges n'auraient pas expédié un homme en prison s'il ne méritait pas une sanction, n'est-ce pas ?

Comme Mma Makutsi craignait d'arriver en retard au cours de dactylographie qu'elle donnait à sept heures, les deux femmes ne s'attardèrent pas sur le chemin du retour, même si elles déviérent légèrement de leur itinéraire pour repasser devant la maison de Mr. J.L.B. Matekoni, ou plutôt la maison qui appartenait à Mr. J.L.B. Matekoni, mais qui était à présent occupée par un locataire. La Mercedes-Benz était toujours là.

— Elle habite ici ? interrogea Mma Makutsi. Mr. J.L.B. Matekoni a loué sa maison à une femme ?

— Non, répondit Mma Ramotswe. Il l'a louée – sans me demander mon avis, soit dit en passant – à un monsieur qui fait parfois réparer sa voiture au garage. Il ne le connaît pas très bien, mais il dit qu'il a toujours payé ses factures.

— C'est très étrange, fit Mma Makutsi. Il va falloir que nous en apprenions un peu plus sur cette affaire.

— C'est sûr, acquiesça Mma Ramotswe. Il y a de plus en plus de mystères dans notre vie, Mma Makutsi, avec ces femmes riches qui roulent en voiture gris métallisé, ces bicyclettes, ces potirons, et tout le reste. Il va falloir tirer pas mal de choses au clair.

Mma Makutsi parut perplexe.

— Ces potirons ? répéta-t-elle.

— Oui, répondit Mma Ramotswe. Il y a aussi un mystère autour d'un potiron, mais nous n'avons pas le temps d'en parler maintenant. Je vous expliquerai une autre fois.

Ce soir-là, Mma Makutsi ne parvint pas à extirper les potirons de son esprit, et ce fut l'un des mots qu'elle demanda à ses élèves d'écrire à la machine. Elle donnait ces cours plusieurs fois par semaine dans une salle de patronage qu'elle louait à cet effet. L'École de dactylographie pour hommes du Kalahari, qui n'acceptait que les hommes, avait été fondée sur le principe qu'en règle générale ceux-ci ne savaient pas taper à la machine mais qu'ils craignaient de l'avouer. Même s'il eût été tout à fait possible de s'inscrire aux cours du soir proposés par l'Institut de secrétariat du Botswana, ils ne le faisaient pas, pour des raisons liées à la honte. Les hommes redoutaient de se faire dépasser par des femmes en dactylographie, ce qui ne manquerait pas de se produire. Les cours très discrets dispensés par Mma Makutsi avaient donc connu un succès immédiat.

Elle se tenait à présent devant une classe de quinze hommes désireux de maîtriser l'art de la dactylographie et réalisant tous de bons progrès, chacun à son rythme. Ce soir-là, ils travaillaient la position des doigts et, après les mots simples qui marquent le début de toute carrière dactylographique (pot, sot, rot, etc.), les élèves étaient désormais prêts à affronter l'étape suivante.

— Potiron ! lança Mma Makutsi.

Aussitôt, les claviers se mirent à crépiter dans la salle de classe.

— Comme ça se prononce, précisa Mma Makutsi.

Quelques claviers se turent, puis repartirent de plus belle, après un retour à la ligne.

CHAPITRE VI

Nouveaux détails

Mma Ramotswe avait prévu d'interroger Mr. J.L.B. Matekoni sur son nouveau locataire dès que possible, mais une intense agitation régnait ce soir-là à la maison : les enfants demandèrent à être accompagnés à droite et à gauche et Rose resta plus tard que de coutume pour lui parler de son fils malade. Ainsi, à neuf heures, une fois les poêles et les marmites récurées dans la cuisine, les sandwiches préparés pour l'école du lendemain, Mma Ramotswe se sentait trop épuisée pour entamer une conversation, d'autant que celle-ci risquait d'embarrasser Mr. J.L.B. Matekoni. Ils se mirent donc tous deux au lit, où elle feuilleta quelques minutes un magazine, avant que la fatigue ne la contraigne à abandonner sa lecture et à éteindre la lumière.

Ce ne fut que le lendemain matin, lorsque Mr. J.L.B. Matekoni pénétra dans l'agence pour prendre son thé de dix heures, qu'elle put aborder le sujet de ce que Mma Makutsi et elle-même avaient vu la veille au soir. Elle lui avait parlé de l'accident, bien sûr, et il avait déjà chargé les apprentis de remettre la bicyclette en état.

Mma Ramotswe avait exprimé des doutes quant à la compétence des deux garçons à la réparer correctement.

— Ils sont très brutaux avec les mécanismes, avait-elle objecté. Tu me l'as dit toi-même et nous le constatons chaque jour. Je ne voudrais pas que ce pauvre homme récupère sa bicyclette en plus mauvais état qu'elle ne l'était à son arrivée.

— Ce n'est qu'un vélo, fit remarquer Mr. J.L.B. Matekoni d'un ton rassurant. Ce n'est pas une Mercedes-Benz.

Voilà que le sujet des Mercedes-Benz arrivait de lui-même sur le tapis, tandis que Mma Ramotswe tendait à Mr. J.L.B. Matekoni sa tasse de thé rouge remplie à ras bord.

— Justement, avec Mma Makutsi, nous avons vu une Mercedes-Benz hier, commença-t-elle, jetant un coup d'œil à son assistante pour obtenir confirmation. Elle s'est arrêtée juste devant le garage.

— Ah oui ? fit Mr. J.L.B. Matekoni sur un ton qui suggérait une totale absence d'intérêt. Il y a beaucoup de Mercedes-Benz ces temps-ci. On en voit partout. Quel type ?

— Gris métallisé, lança Mma Makutsi.

Mr. J.L.B. Matekoni sourit.

— Ça, c'est la couleur. Il y a aussi des Toyota gris métallisé. Beaucoup de voitures sont gris métallisé. Je voulais dire, quel modèle était-ce ?

— Une Mercedes classe E, répondit Mma Ramotswe.

Mma Makutsi leva sur elle un regard stupéfait, puis elle baissa la tête, honteuse. Bien sûr, c'était là le genre de détail qu'un détective se devait de repérer et que Mma Ramotswe n'avait pas manqué de noter. Tandis qu'elle-même, Mma Makutsi, simple assistante-détective, n'avait remarqué que la couleur.

— C'est une bonne voiture, commenta Mr. J.L.B. Matekoni. Quoique en ce qui me concerne, je ne dépenserais pas autant d'argent – à supposer que j'en possède autant – pour une voiture comme celle-là. Il doit y avoir beaucoup de gens très riches dans le coin.

— Il me semble qu'elle était conduite par une femme, reprit Mma Ramotswe. Une femme riche qui, je crois, fréquente Charlie. Oui, il me semble bien.

Mr. J.L.B. Matekoni fixa le contenu de sa tasse. Il n'aimait pas évoquer la vie privée de ses apprentis, en grande partie parce qu'il l'imaginait déplaisante à l'extrême. Il ne devait y être question que de filles, pensait-il, parce que ces deux garçons n'avaient rien d'autre en tête. Seulement les filles. Il demeura donc silencieux et Mma Ramotswe poursuivit.

— Oui, avec Mma Makutsi, nous avons vu Charlie monter dans cette Mercedes-Benz, au volant de laquelle il y avait cette femme, et ils sont partis tous les deux.

Elle guetta une réaction chez Mr. J.L.B. Matekoni, mais celui-ci continua à siroter son thé.

— Donc, continua-t-elle, ils ont pris la direction de l'ancien terrain d'aviation et ils sont entrés dans une maison.

Elle s'interrompit un bref instant, avant de conclure :

— Dans ta maison, d'ailleurs.

Mr. J.L.B. Matekoni reposa sa tasse.

— Dans ma maison ?

— Oui. Ils sont entrés dans ta maison, et c'est justement pour cela que j'ai fait une embardée avec la fourgonnette et que j'ai renversé ce pauvre homme à bicyclette. Si cela n'avait pas été ta maison, je n'aurais pas été aussi surprise et je n'aurais pas fait d'embardée.

— Et ils y sont restés un certain temps, enchaîna Mma Makutsi. Je pense qu'ils rendaient visite aux personnes qui habitent là maintenant.

— C'est possible, acquiesça Mr. J.L.B. Matekoni. Les gens qui vivent dans ma maison doivent avoir des amis, c'est sûr. Peut-être que la femme à la Mercedes-Benz en fait partie.

Mma Ramotswe reconnut que c'était une possibilité. Toutefois, les apprentis étant toujours friands de commérages, il ne faisait guère de doute que si l'un d'eux s'était lié d'amitié avec les locataires de Mr. J.L.B. Matekoni, il en aurait parlé.

Mr. J.L.B. Matekoni se contenta de hausser les épaules.

— C'est son affaire, déclara-t-il. Si Charlie se promène avec cette femme pendant son temps libre, cela ne regarde que lui. Je ne peux pas empêcher ces garçons de fréquenter des filles. Ce n'est pas mon rôle. Mon rôle consiste à leur apprendre à travailler sur des moteurs, et c'est déjà assez difficile comme ça. Si je devais aussi leur apprendre à veiller sur eux-mêmes une fois sortis du garage…

Il étendit les mains devant lui en un geste d'impuissance.

Mma Ramotswe jeta un coup d'œil à Mma Makutsi, qui demanda aussitôt :

— Comment s'appelle votre locataire, Rra ?

— Ofentse Makola. Je ne sais pas grand-chose de lui, mais il paie toujours son loyer dans les temps. Il n'a jamais eu de retard. Pas une seule fois.

Mma Ramotswe capta le regard de Mma Makutsi pour lui signaler qu'il fallait à présent mettre un terme à la conversation. Mr. J.L.B. Matekoni semblait un peu mal à l'aise, estimait-elle, et il n'était pas bon d'insister à ce stade. Elle aurait besoin de sa coopération pour découvrir le nom du propriétaire de la Mercedes grise, et s'il pensait que toutes deux avaient une idée derrière la tête, il risquait de leur refuser son aide. On ne parlerait donc plus des exploits de Charlie pour le moment.

Une fois Mr. J.L.B. Matekoni reparti travailler, Mma Ramotswe passa quelques coups de téléphone, avant de se tourner vers Mma Makutsi pour lui demander son avis sur ce qu'il convenait de faire.

— Faut-il se donner la peine de rechercher des renseignements sur cette femme ? interrogea-t-elle. Devons-nous vraiment nous mêler de ça ?

Mma Makutsi parut réfléchir.

— Charlie est un grand garçon, dit-elle enfin. Il est responsable de lui-même. Ce n'est pas à nous de lui dire ce qu'il doit faire.

Mma Ramotswe approuva. Cependant, poursuivit-elle, que faire quand, en tant qu'aîné, on voyait une jeune personne sur le point de commettre une lourde erreur ou une mauvaise action ? Avait-on le droit d'intervenir ? Ou devait-on se contenter de rester en retrait et laisser les choses advenir ?

Mma Makutsi réfléchit quelques instants.

— Si j'étais sur le point de faire quelque chose de stupide, de vraiment stupide, me le diriez-vous, Mma ?

— Oui, affirma Mma Ramotswe. Je vous le dirais en espérant que vous y renonceriez.

— Dans ce cas, faut-il conseiller à Charlie de se méfier ? Est-ce notre rôle ?

Mma Ramotswe doutait fortement que Charlie fût prêt à écouter le moindre conseil en matière de conquêtes féminines, mais elle se dit que cela vaudrait peut-être la peine d'essayer.

— Nous pouvons tenter de lui en parler, suggéra-t-elle. Seulement, nous n'avons pas grand-chose sur quoi nous appuyer, n'est-ce pas ? Nous ne savons rien de cette femme, sinon qu'elle conduit une Mercedes-Benz. Ce n'est pas suffisant. On ne peut pas mettre quelqu'un en garde quand on ne sait rien d'autre que cela. On ne peut pas dire : « Surtout, n'aie jamais le moindre contact avec une dame qui roule en Mercedes-Benz ! » On ne peut pas dire cela, Mma, si ?

— Certaines personnes le diraient, hasarda Mma Makutsi, provocatrice.

— Mais je pense malgré tout qu'il nous faut en apprendre un peu plus, persista Mma Ramotswe.

— Dans ce cas, posons-lui la question sans détour. N'est-ce pas ainsi que nous procédons, à l'Agence N° 1 des Dames Détectives ? N'allons-nous pas trouver les gens pour leur poser directement la question à laquelle nous cherchons une réponse ?

Mma Ramotswe ne put qu'acquiescer. Si elle écrivait un jour un livre du genre des *Principes de l'investigation privée*, elle ajouterait certains conseils aux recommandations de Clovis Andersen. L'auteur suggérait pour sa part une foule de méthodes très intelligentes pour découvrir des indices – filature, fouille de poubelle et observation de l'entourage des suspects, etc. – mais il ne suggérait à aucun moment d'aller trouver les intéressés pour leur poser des questions en face. C'était pourtant la meilleure manière d'obtenir des informations dans de nombreux cas, et dans son manuel à elle, si jamais elle l'écrivait (*L'Investigation privée à l'usage des dames* pourrait être un bon titre), elle consacrerait un long chapitre à la méthode directe. Après tout, cette technique avait porté ses fruits dans de nombreuses affaires et peut-être était-ce là un nouveau cas où l'appliquer.

Elle se leva de son bureau et gagna le garage d'un pas nonchalant, suivie de Mma Makutsi. Mr. J.L.B.

Matekoni s'occupait d'une voiture garée à l'extérieur, sous l'œil inquiet du propriétaire. Dans le garage, sous le pont élévateur chargé d'une grosse voiture rouge en équilibre, Charlie et le plus jeune des apprentis étudiaient les suspensions d'un air perplexe.

— Alors, commença Mma Ramotswe d'un ton badin, on répare les suspensions ? Ce propriétaire va être content. Une fois que vous aurez terminé, il ne sentira plus aucune secousse.

Charlie tourna la tête vers elle avec un sourire.

— C'est sûr, Mma. Nous allons rendre la suspension si souple que le conducteur aura l'impression de flotter sur un nuage.

— Tu es très doué, affirma Mma Ramotswe.

— C'est vrai, répondit Charlie. Je suis bon.

Mma Ramotswe lança un coup d'œil à Mma Makutsi, qui se mordait la lèvre. Il était parfois très difficile de rester poli lorsqu'on s'adressait à ces garçons. Il eût été si simple de se montrer sarcastique, mais le problème était qu'ils ne comprenaient pas le sarcasme. C'était peine perdue, avec eux.

— Nous t'avons vu hier après-midi, reprit-elle, l'air de rien. Nous t'avons vu monter dans une voiture très chic, Charlie. Tu dois avoir des amis très chic ces temps-ci.

L'apprenti éclata de rire.

— Très chic, oui ! s'exclama-t-il. Vous avez raison, Mma. J'ai quelques amis très chic. Ah, vous croyez que je suis un moins-que-rien, mais j'ai des amis qui ne sont pas de votre avis.

— Je n'ai jamais pensé que tu étais un moins-que-rien, protesta Mma Ramotswe. Tu n'as pas le droit de dire ça !

Charlie se tourna vers l'autre apprenti, en quête de soutien, mais rien ne vint.

— D'accord, admit-il. Peut-être que vous ne le pensez pas. N'empêche que je vous le dis, Mma, ma vie va changer. Elle va changer très bientôt, et alors…

Les deux femmes attendirent la suite, mais il n'acheva pas.

— Tu vas te marier ? hasarda Mma Makutsi. Mais c'est une très bonne nouvelle ! Le mariage apporte toujours un grand changement dans la vie des gens !

— Ah, ah ! fit l'apprenti. Qui a parlé de mariage ? Non, je ne vais pas me marier.

Mma Ramotswe retint sa respiration. Le moment était venu de se jeter à l'eau, et d'observer la réaction qi'elle déclencherait.

— Parce que ta petite amie, cette femme riche avec qui tu sors, est déjà mariée ? Hein, Charlie, c'est ça ?

À l'instant même où elle posait cette question, elle sut que son instinct ne l'avait pas trompée. Il était inutile d'attendre une réponse. La façon dont Charlie se redressa d'un coup en se cognant la tête contre le châssis de la voiture en disait assez long. C'était en soi une réponse claire.

Cet après-midi-là, Mma Ramotswe fit en sorte que Mr. J.L.B. Matekoni et elle-même rentrent à la maison de Zebra Drive bien avant cinq heures, ce qui semblait devenir de plus en plus difficile avec le temps. Tous deux menaient des vies professionnelles chargées, elle en tant que détective privée dont les services étaient de plus en plus sollicités, lui comme l'un des meilleurs garagistes de tout le Botswana. Ces situations avaient été atteintes au prix d'un travail acharné et d'une adhésion stricte à certaines règles d'or. La règle d'or qui gouvernait la pratique de Mma Ramotswe était la franchise. Certes, il fallait parfois avoir recours à la supercherie – sans que celle-ci fût nuisible – pour parvenir à la vérité, mais jamais avec les clients. On ne devait jamais mentir aux clients : si la vérité se révélait douloureuse ou désagréable à entendre, il existait des moyens de la présenter en douceur. Très souvent, son seul rôle consistait à amener son interlocuteur à tirer lui-même les conclusions qui s'imposaient, se contentant de l'aider à voir des choses qu'il aurait pu découvrir par lui-même s'il avait été prêt à les affronter.

Bien sûr, un autre facteur expliquait le succès de Mma Ramotswe : c'était sa nature compatissante. Les gens affirmaient qu'il était possible de tout lui dire, tout, sans qu'elle vous fasse jamais la leçon, sans qu'elle secoue la tête d'un air désapprobateur (tant que vous n'affichiez pas d'arrogance : cela, elle ne pouvait le tolérer). Ainsi, on pouvait aller la trouver et lui parler en toute franchise d'erreurs que l'on avait commises (des choses qui vous avaient placés en situation délicate) et elle faisait son possible pour vous épargner les conséquences de votre égoïsme ou de votre inconscience. Un homme pouvait par exemple aller confesser un adultère à Mma Ramotswe sans qu'elle pince les lèvres et marmonne dans sa barbe. Elle disait par exemple : « Je suis sûre que vous regrettez, Rra. Je sais à quel point cela est difficile pour vous, les hommes, avec toutes vos faiblesses… » Cela rassurait ses interlocuteurs, sans leur donner l'impression qu'elle approuvait leurs actes. Et une fois la confession achevée, Mma Ramotswe faisait souvent preuve d'une grande ingéniosité à trouver des solutions, des solutions qui évitaient de trop fortes souffrances. On eût dit que la clémence qu'elle témoignait était contagieuse. Concurrents et ennemis, murés dans leurs vaines querelles, voyaient Mma Ramotswe proposer une solution qui préservait la dignité et l'honneur. « Nous sommes tous humains, disait-elle. Surtout les hommes. Il ne faut pas avoir honte. »

Quant à la réputation de Mr. J.L.B. Matekoni, elle reposait elle aussi sur la plus simple et la plus identifiable des vertus humaines : le respect d'autrui. Jamais Mr. J.L.B. Matekoni ne se serait avisé de présenter une facture excessive ou de rendre un travail bâclé (ce qui générait d'ailleurs de fréquents conflits avec ces incapables d'apprentis négligents. « Ces garçons me pousseront dans la tombe avant l'heure, avait-il coutume de dire en secouant la tête. Feu Tlokweng Road Speedy Motors, ce sera terminé : propriétaire, le défunt Mr. J.L.B. Matekoni »).

Une personnalité non moins prestigieuse que le Haut Commissaire britannique, qui circulait dans une superbe Range Rover, comptait parmi ceux qui reconnaissaient les mérites de Mr. J.L.B. Matekoni. Comme son prédécesseur, il confiait sa voiture aux bons soins de Mr. J.L.B. Matekoni quand d'autres diplomates préféraient pour la leur de grands garages aux enseignes clinquantes. Mais le premier Haut Commissaire britannique à fréquenter le Tlokweng Road Speedy Motors était bon juge des hommes et il avait su immédiatement qu'il venait de faire une grande découverte lorsque Mr. J.L.B. Matekoni, sans qu'on lui eût rien demandé, avait effectué une réparation sur sa voiture, qui s'était arrêtée pour un simple plein. Une modification dans le bruit du moteur, témoignant d'un problème naissant, avait alerté Mr. J.L.B. Matekoni et il avait aussitôt effectué le nécessaire, gratuitement. Ce fut le début d'une longue relation, au cours de laquelle le Tlokweng Road Speedy Motors se vit confier l'entretien régulier de l'impeccable véhicule diplomatique.

Et tout comme Mma Ramotswe savait annoncer avec tact les nouvelles délicates, Mr. J.L.B. Matekoni parvenait à ménager le propriétaire d'une voiture en mauvais état. Il avait vu des garagistes secouer la tête en observant un moteur dont le propriétaire se tenait à côté d'eux. Alors qu'il était lui-même apprenti, il avait travaillé pour un mécanicien formé en Allemagne, qui se contentait de pointer du doigt les moteurs en criant « *Kaput !* ». Ce n'était pas une façon d'informer un client que tout n'allait pas pour le mieux, et Mr. J.L.B. Matekoni se demandait si les médecins allemands faisaient de même avec leurs patients, s'ils secouaient la tête et criaient « *Kaput !* ». Peut-être...

Sa manière à lui était bien plus douce. Si une réparation s'annonçait très coûteuse, il lui arrivait de proposer une chaise au propriétaire avant de révéler le prix. Et s'il ne pouvait rien faire pour sauver la voiture, il commençait par expliquer que toute vie a une limite, et que cette fatalité s'appliquait aux chaussures, aux voitures et même aux êtres humains. De cette façon, le trépas d'un véhicule pouvait passer, aux yeux du client, comme un drame inévitable. Mr. J.L.B. Matekoni comprenait toutefois quel attachement profond les gens pouvaient éprouver envers leur véhicule, comme il l'avait constaté avec Mma Potokwane, la directrice de la ferme des orphelins, et avec Mma Ramotswe elle-même. La ferme des orphelins possédait un vieux minibus que Mma Potokwane l'avait persuadé de maintenir en état de marche (à titre gracieux). Ce véhicule aurait dû être remplacé depuis déjà longtemps, tout comme la pompe à eau aurait dû l'être bien avant le jour où on l'avait fait. Mma Potokwane n'éprouvait pas d'affection particulière pour le minibus, mais elle répugnait à dépenser de l'argent lorsqu'il y avait moyen de l'éviter. Il lui avait expliqué qu'un jour il faudrait remplacer la suspension, de même que les freins, l'allumage et plusieurs panneaux du plancher. Il avait insisté sur le danger de voir tout à coup l'un de ces panneaux céder sous l'effet de la rouille ; un orphelin risquait alors de tomber sur la route, avait-il affirmé, et que diraient les gens si une telle chose se produisait ? « Cela ne se produira pas, avait-elle répondu. Tu ne le permettras pas. »

Dans le cas de Mma Ramotswe, l'attachement à la petite fourgonnette blanche était plus sentimental que financier. Elle en avait fait l'acquisition l'année de son installation à Gaborone et, depuis ce jour, le véhicule se montrait loyal, même s'il n'était ni rapide ni particulièrement confortable. La suspension était en mauvais état depuis un bon moment, surtout du côté conducteur, eu égard à la constitution traditionnelle de Mma Ramotswe, qui posait quelques problèmes de pression sur le système. Le moteur, quant à lui, avait tendance à se dérégler très peu de temps après être passé entre les mains de Mr. J.L.B. Matekoni, si bien que, parfois, la petite fourgonnette blanche toussait et tressautait. De l'avis de Mma Ramotswe, il ne s'agissait là que de détails sans importance : tant que la petite fourgonnette blanche était capable de la mener d'un endroit à l'autre et qu'elle ne tombait pas trop souvent en panne, elle ne voyait aucune raison de s'en séparer. Elle la considérait comme une amie, une complice fidèle en ce monde, une alliée envers laquelle elle se sentait une forte dette de loyauté.

En raison de leurs réputations professionnelles respectives, Mma Ramotswe et Mr. J.L.B. Matekoni étaient plus occupés qu'ils ne l'auraient souhaité. Ce fut donc avec un certain plaisir que Mma Ramotswe parvint ce soir-là à ménager une heure de répit, entre cinq et six, pour qu'ils puissent s'asseoir ensemble sous la véranda, ou se promener dans le jardin, et boire une tasse de thé rouge. Elle voulait faire cela non seulement pour donner à Mr. J.L.B. Matekoni l'occasion de décompresser (il travaillait beaucoup trop dur, pensait-elle), mais aussi parce qu'elle souhaitait bavarder avec lui, seule à seul, sans Mma Makutsi ou les apprentis, ou même Motholeli et Puso, qui auraient pu surprendre la conversation.

Ils s'installèrent ensemble sous la véranda, leur tasse de thé à la main. Le ciel avait cette couleur qu'il adoptait au terme de la journée – un bleu fatigué de fin d'après-midi – et il était immense et vide. Sur les feuilles des acacias qui poussaient çà et là dans le jardin, les rayons cléments du soleil du soir tombaient, appelant à l'indulgence, comme si la bataille entre chaleur et vie, entre le rouge et le vert, était provisoirement terminée.

— Je suis très contente que nous puissions rester un peu ici ! s'exclama Mma Ramotswe. Ces temps-ci, nous ne faisons que travailler, travailler, travailler. Nous devons prendre garde, sinon, nous travaillerons tant que nous ne saurons plus nous reposer et parler des choses.

— Tu as raison, Mma, répondit Mr. J.L.B. Matekoni. Mais c'est très difficile, n'est-ce pas ? Tu ne vas pas dire aux gens : « Allez-vous-en, nous ne pouvons rien faire pour vous. » Et moi, je ne vais pas leur dire : « Désolé, mais je ne peux pas réparer votre voiture. » Nous ne pouvons pas faire cela.

Mma Ramotswe hocha la tête. Il avait raison, bien sûr. Ni l'un ni l'autre ne souhaitait renvoyer les clients, quelle que fût la charge de travail. Alors où était la solution ? Fallait-il laisser leurs professions respectives envahir leur vie ? C'était l'une des choses dont elle avait envie de discuter avec lui. Ça, et le délicat problème de Charlie et de la femme riche.

— Peut-être pourrions-nous développer un peu nos entreprises, suggéra-t-elle. Tu pourrais prendre un nouveau mécanicien pour t'aider, et moi, je pourrais employer une autre personne.

Mr. J.L.B. Matekoni reposa sa tasse et la considéra.

— Non, c'est impossible, répondit-il. Nous sommes de petites sociétés. Si nous les laissons prendre trop d'importance, cela deviendra un casse-tête et nous aurons la migraine, la migraine en permanence.

— Mais quand on travaille trop, on se retrouve aussi avec la migraine, objecta Mma Ramotswe avec douceur. Et puis, quel intérêt y a-t-il à travailler tant ? Nous gagnons assez d'argent, je pense. Nous n'avons pas besoin de devenir riches. Les autres peuvent essayer s'ils en ont envie, mais nous, nous sommes heureux comme ça.

Pour Mr. J.L.B. Matekoni, il ne faisait aucun doute qu'ils étaient heureux, en effet, mais il souligna que lui-même ne le serait pas s'il lui fallait renvoyer des clients ou prendre des raccourcis dans son travail.

— Je ne sais pas faire de l'ouvrage bâclé, dit-il. Cela vous rattrape de toute façon tôt ou tard. La pire des choses pour un mécanicien, c'est de voir une voiture dont il s'occupe tomber en panne au bord de la route. Un mécanicien comme ça n'a plus qu'à aller se cacher. Moi, je ne pourrais pas vivre de cette façon.

— Eh bien, suggéra Mma Ramotswe, pourquoi ne prendrais-tu pas un apprenti supplémentaire ? Un bon, cette fois. Ou alors, tu pourrais embaucher un assistant-mécanicien, quelqu'un de qualifié.

— Et comment saurais-je s'il connaît son métier ? interrogea Mr. J.L.B. Matekoni. Je ne peux tout de même pas embaucher la première personne qui passe la porte du garage !

Mma Ramotswe expliqua qu'il existait des moyens de ne pas se tromper, en vérifiant par exemple les références fournies par le candidat, ou en engageant celui-ci à l'essai et sous condition. Mr. J.L.B. Matekoni écouta ces suggestions avec attention, mais ne prit pas position. Mma Ramotswe essaya une autre tactique ; elle avait en tête une idée qui lui était venue au cours de la journée et qu'elle souhaitait lui soumettre.

— Ou alors, commença-t-elle, il serait, pourquoi pas, possible d'employer une personne qui travaillerait un peu pour toi et un peu pour moi. Ce serait quelqu'un à qui l'on apprendrait certaines tâches simples à effectuer au garage – faire les vidanges, par exemple – et qui, en même temps, serait capable de mener des travaux d'investigation à l'agence. Je ne pense pas à un vrai détective, mais à une personne qui pourrait décharger un peu Mma Makutsi et moi-même. Nous sommes débordées ces derniers temps et ce serait très utile.

Mr. J.L.B. Matekoni demeura un moment silencieux. Il ne semblait pas entièrement hostile à cette idée, aussi Mma Ramotswe poursuivit-elle.

— J'ai rencontré quelqu'un qui cherche du travail, déclara-t-elle. J'aimerais le prendre à l'essai. Nous pourrions par exemple l'engager pour un mois et voir comment il se débrouille. S'il est compétent, il pourra nous aider tous les deux.

— Qui est-ce ? s'étonna Mr. J.L.B. Matekoni. Et que sais-tu de lui ?

— C'est l'homme que j'ai renversé, expliqua Mma Ramotswe, avant d'éclater de rire. Ou, du moins, que j'aurais renversé s'il n'avait pas fait une embardée avec sa bicyclette.

Mr. J.L.B. Matekoni soupira.

— Ce n'est pas parce que tu l'as fait tomber de vélo que tu dois forcément lui donner du travail. Tu n'es pas obligée.

— Je sais. Et ce n'est pas pour cela que je veux le faire.

Mr. J.L.B. Matekoni reprit sa tasse et termina son thé rouge.

— Et que sais-tu de lui au juste ? reprit-il. Quel métier exerçait-il ? Et comment a-t-il perdu son emploi ?

Mma Ramotswe réfléchit. Elle ne pouvait mentir à son mari, mais elle savait que si elle lui révélait que l'homme avait fait un séjour en prison, les chances qu'il accepte de l'embaucher seraient extrêmement réduites. Mr. J.L.B. Matekoni et elle-même ne seraient alors pas différents de tous les autres patrons, qui refusaient de lui donner du travail à cause de son passé. L'homme ne retrouverait plus jamais d'emploi, dans ces conditions.

— Je ne sais pas exactement ce qui s'est passé, répondit-elle – et c'était la vérité. Mais je lui proposerai de venir te parler. Ainsi, il pourra t'expliquer ce qui lui est arrivé.

Il fallut un certain temps à Mr. J.L.B. Matekoni pour se prononcer, mais après un long moment, au cours duquel il parut plongé dans la réflexion, il consentit à rencontrer l'homme quand celui-ci viendrait récupérer sa bicyclette. Mma Ramotswe n'en souhaitait pas davantage. Comme ils avaient terminé leur thé, elle songea qu'il serait agréable, à présent, de se promener un peu dans le jardin, à la lumière déclinante de cette fin d'après-midi, pour aborder un autre problème qu'il importait de résoudre : celui de Charlie.

CHAPITRE VII

Désastre pour le thé… et pis encore

Il y avait plus de courrier que d'ordinaire à l'Agence N° 1 des Dames Détectives le lendemain matin. Les lettres destinées aux deux entreprises étaient dépouillées dans le même bureau, Mma Ramotswe traitant celles adressées à l'agence et Mma Makutsi celles du garage. Les deux femmes avaient pour politique de répondre sur-le-champ et cela les occupait une grande partie de la matinée. Les gens écrivaient à l'Agence N° 1 des Dames Détectives pour toutes sortes de problèmes, avec des demandes parfois impossibles à satisfaire. Certains imaginaient qu'il s'agissait d'une branche de la police et ils dénonçaient Untel ou Untel, généralement de manière anonyme. Mma Ramotswe trouva une lettre de ce genre ce jour-là.

« Chère Mma Ramotswe, commençait-elle. J'ai lu un article sur vous dans le *Botswana Daily News*. Il disait que vous étiez la seule agence de détectives femmes du Botswana. Comme les hommes ne s'occuperont jamais de mon problème, c'est donc à vous que j'écris. Je voudrais porter à votre attention une chose qui se passe dans notre village. Je n'ai pu en parler à personne ici, parce que les gens ne me croiraient pas. Ils diraient que je mens et que je cherche à faire des histoires. Je voudrais me plaindre de certains professeurs du collège. Ils boivent et emmènent des filles de leurs classes dans des bars. Là, ils leur donnent de l'alcool et dansent avec elles. J'ai moi-même vu cela très souvent et je pense que la police devrait réagir. Seulement, les policiers dansent eux aussi dans ces bars. Alors, s'il vous plaît, pourriez-vous faire quelque chose ? Je ne peux vous donner ni mon vrai nom ni mon adresse, parce que je sais que les gens me menaceraient s'ils apprenaient que je vous ai écrit. Je fais partie de ces filles, vous comprenez. C'est comme ça que je le sais. Je vous en prie, aidez-moi. »

Mma Ramotswe lut la lettre à haute voix à Mma Makutsi, qui reposa la facture de pièces détachées qu'elle venait d'examiner pour écouter avec attention.

— Alors, Mma ? s'enquit-elle quand elle eut terminé. Que devons-nous faire ?

— De quel village s'agit-il ? demanda Mma Makutsi. Nous pourrions transmettre cette lettre à quelqu'un. Peut-être au préfet de police du district, ou en tout cas à un haut responsable…

Mma Ramotswe étudia de nouveau la lettre et soupira.

— Il n'y a pas d'adresse, dit-elle. Cette jeune fille ne nous dit pas d'où elle écrit.

— Et le cachet ? insista Mma Makutsi.

— Je n'arrive pas à lire, répondit Mma Ramotswe. Il est flou. La lettre peut venir de n'importe où. Peut-être de Ghanzi, pourquoi pas ? Nous ne pouvons rien faire. Rien.

Les deux femmes gardèrent les yeux rivés sur la lettre, écrite sur une simple feuille de papier réglé. Une immense angoisse s'exprimait dans ce courrier.

— Je suis sûre qu'elle dit la vérité, commenta Mma Ramotswe en la jetant à la corbeille à contrecœur. J'en suis sûre, ce que raconte cette jeune fille se produit bel et bien. J'ai entendu parler de la mauvaise conduite de certains professeurs, de nos jours. Ils ont oublié le sens de leur fonction. Ils ont oublié qu'ils ont à mériter le respect qui leur est dû.

Mma Makutsi approuvait ces paroles, mais, pensait-elle, on ne pouvait s'en contenter. Certes, les professeurs, comme tout le monde d'ailleurs, avaient tendance à se comporter de plus en plus mal, mais ils n'étaient pas les seuls coupables. Ils avaient face à eux des élèves auxquels on n'avait pas enseigné les principes de bonne conduite, et dans de telles circonstances, il leur était difficile de faire régner la discipline.

— Ce n'est pas toujours la faute des professeurs, Mma Ramotswe, objecta-t-elle. De nos jours, les enfants se comportent très mal eux aussi.

Elles demeurèrent silencieuses. Elles n'avaient pas eu d'autre choix que de jeter la missive, mais cela ne rendait pas les choses plus simples. Cette jeune fille, où qu'elle fût, était en quête de justice, elle cherchait à rétablir l'équilibre entre le bien et le mal. Or, son appel au secours resterait lettre morte.

Mma Ramotswe regarda l'enveloppe suivante sur son bureau et saisit le coupe-papier.

— Notre métier n'est pas toujours facile, n'est-ce pas ? lança-t-elle.

Mma Makutsi tendit les mains en signe de résignation.

— Non, c'est sûr, Mma.

— Mais nous ne nous en sortons tout de même pas trop mal, hein ? poursuivit Mma Ramotswe avec entrain. Il nous arrive d'aider les gens. C'est ce qui compte. C'est ce qui donne toute sa valeur à notre métier.

— Oui, acquiesça Mma Makutsi. C'est vrai. Et puis, vous m'avez aidée, moi. Ça, je ne l'oublierai jamais.

Mma Ramotswe parut surprise.

— Je ne crois pas, Mma. Vous vous êtes aidée toute seule.

Mma Makutsi secoua la tête.

— Non. C'est vous qui m'avez aidée. Vous m'avez donné cet emploi et vous m'avez gardée, même quand l'agence ne gagnait rien. Vous vous souvenez de cette époque ? Vous vous rappelez quand nous avions très peu de clients et que vous avez dit que ce n'était pas grave, que je pouvais rester malgré tout ? Je pensais que j'allais me retrouver sans travail, mais vous avez été très bonne avec moi et vous m'avez même accordé une promotion. C'est ce que vous avez fait.

— Vous la méritiez, assura Mma Ramotswe, modeste.

— N'empêche que je ne l'oublierai jamais, répliqua Mma Makutsi. Et je n'oublierai pas non plus votre gentillesse lorsque mon frère a été rappelé à Dieu.

— Vous avez été très bonne envers lui, répondit Mma Ramotswe avec douceur. J'ai vu tout ce que vous avez fait pour lui. Il n'aurait pas pu souhaiter meilleure sœur. Et il repose en paix, à présent.

Mma Makutsi ne dit rien. Elle baissa les yeux sur son bureau, puis retira ses grosses lunettes rondes et les nettoya avec le mouchoir en dentelle qu'elle avait toujours dans sa poche. Mma Ramotswe l'observa à la dérobée, puis saisit la lettre suivante et commença à l'ouvrir.

— C'est une facture, on dirait, annonça-t-elle d'un ton très professionnel.

Lorsque vint l'heure du thé du matin, elles avaient répondu à presque toutes les lettres et trié les factures, celles à expédier et celles à régler et à archiver.

— Le temps passe vite, fit remarquer Mma Ramotswe en consultant sa montre. Moi, je suis prête pour le thé.

Mma Makutsi approuva. Elle avait tendance à s'ankyloser lorsqu'elle restait trop longtemps assise à son bureau, aussi se leva-t-elle pour faire quelques mouvements de gymnastique, tournant le buste en rythme d'un côté puis de l'autre, tout en lançant les bras de haut en bas et de bas en haut. Puis elle pivota pour prendre la théière sur l'étagère placée derrière son bureau.

Mma Ramotswe releva brusquement la tête lorsqu'elle entendit l'exclamation.

— Ma nouvelle théière ! s'écria Mma Makutsi. Avez-vous vu ma nouvelle théière ?

— Elle était sur cette étagère, répondit Mma Ramotswe. À côté des dossiers.

— Elle n'y est plus, se lamenta Mma Makutsi. Quelqu'un l'a volée.

— Mais qui ? Personne n'est entré ici depuis que nous avons ouvert.

— Eh bien, où est-elle, alors ? rétorqua l'assistante. Les théières ne se sauvent pas toutes seules. Si elle n'est pas ici, c'est que quelqu'un l'a prise.

Mma Ramotswe se gratta la tête.

— Peut-être Mr. J.L.B. Matekoni l'a-t-il empruntée pour se faire du thé. Il est arrivé très tôt ce matin. C'est ce qui a dû se passer.

Mma Makutsi examina cette hypothèse. Il était certes possible que Mr. J.L.B. Matekoni ait changé la théière de place, mais cela semblait improbable. S'il avait voulu se préparer du thé, il aurait utilisé la théière habituelle de Mma Ramotswe. Et surtout, Mma Makutsi ne se souvenait pas d'avoir jamais vu

Mr. J.L.B. Matekoni faire lui-même du thé, ce qui rendait l'explication encore plus invraisemblable.

Mma Ramotswe s'était levée et elle se dirigeait vers la porte.

— Allons lui poser la question, décida-t-elle. Je suis sûre que votre théière va resurgir. Les théières ne disparaissent pas comme ça.

Mma Makutsi la suivit dans l'atelier du garage. Mr. J.L.B. Matekoni, flanqué des deux apprentis, se tenait à son extrémité. Il avait une pièce de moteur dans une main et montrait quelque chose aux garçons, qui observaient l'objet avec intérêt. Lorsque les deux femmes firent leur entrée dans le garage, il leva les yeux vers elles.

— Est-ce que vous auriez vu... commença Mma Ramotswe d'une voix forte.

Elle s'interrompit net. Mma Makutsi et elle-même venaient d'apercevoir la théière posée sur un bidon d'huile retourné.

Mma Makutsi sourit, soulagée.

— Elle est là ! s'exclama-t-elle. Mr. J.L.B. Matekoni a dû se faire du thé, comme vous l'avez supposé.

Elle marcha jusqu'au bidon et saisit la théière, pour la reposer aussitôt. Mma Ramotswe, qui la suivait des yeux, comprit que quelque chose n'allait pas et se hâta de la rejoindre. Mma Makutsi se tenait immobile, muette, les yeux rivés sur la théière.

— Du gazole, murmura-t-elle. Quelqu'un l'a remplie de gazole.

Mma Ramotswe se pencha pour renifler la théière. Aucun doute : c'était bien une forte odeur de gazole qui montait à ses narines.

— Oh ! s'exclama-t-elle. Mais qui a fait ça ? Qui a fait ça ?

Elle se retourna pour considérer les trois hommes. Deux d'entre eux la regardaient sans paraître comprendre, tandis que le troisième fixait sa combinaison d'un air penaud.

— Charlie ! hurla Mma Ramotswe. Viens ici tout de suite ! Tout de suite !

Charlie avança d'un pas morne, imité par Mr. J.L.B. Matekoni.

— Que se passe-t-il ? interrogea ce dernier en s'essuyant les mains sur un chiffon de coton. Pourquoi tant d'agitation ?

— Il a mis du gazole dans ma théière toute neuve, gémit Mma Makutsi. Comment a-t-il pu faire une chose pareille ?

Il y avait une note défensive dans la voix de Charlie quand il prit la parole.

— J'étais en train de vidanger un réservoir, expliqua-t-il, et je n'avais rien pour récupérer le gazole. J'ai trouvé ce truc dans le bureau et il était vide. Je me suis dit que ce serait pratique. Mais ne vous en faites pas, je vais vous la laver.

— Mais tu ne vois pas que c'est une théière ? rétorqua Mma Ramotswe. Même ça, tu n'es pas capable de le voir ?

— Ce n'est pas celle de d'habitude, se justifia Charlie sur un ton de défi. La théière de d'habitude ne ressemble pas à celle-ci.

— C'est parce que c'est ma nouvelle théière, intervint Mma Makutsi. Espèce d'idiot ! Imbécile ! Tu es aussi stupide qu'une vache !

— Ne me traitez pas d'idiot, Mma ! Ce n'est pas parce que vous avez eu 90 sur 100 que vous avez le droit de me traiter d'idiot !

— 97 ! hurla Mma Makutsi. Même ça, tu n'es pas capable de t'en souvenir ! Tu as une cervelle de phacochère.

— Elle n'a pas le droit de me traiter de phacochère, protesta Charlie en se tournant vers Mr. J.L.B. Matekoni. Patron, vous ne pouvez pas laisser cette imbécile me traiter de phacochère. Le phacochère, c'est plutôt elle. Un phacochère à grosses lunettes rondes !

Mr. J.L.B. Matekoni agita un doigt menaçant.

— On ne parle pas comme ça, Charlie ! C'est toi qui es en tort dans cette histoire. Tu as mis du gazole dans la nouvelle théière de Mma Makutsi. Ce n'était pas une chose très intelligente à faire.

Charlie prit une profonde inspiration. Ses yeux lançaient des éclairs et ses narines frémissaient légèrement. Il était clair qu'il était furieux.

— Je suis peut-être stupide, déclara-t-il, mais pas assez stupide pour rester dans ce garage nul. Voilà, patron, je démissionne. Maintenant.

Mr. J.L.B. Matekoni agrippa le bras de Charlie dans l'espoir de le calmer, mais il fut aussitôt repoussé.

— Et ton contrat d'apprentissage ? lança-t-il sans agressivité. Tu ne peux pas le laisser tomber !

— Ah, je ne peux pas le laisser tomber ? fit Charlie. Vous allez voir. Je ne suis pas un esclave, moi, je suis un Motswana libre. Je peux aller où je veux. Maintenant, j'ai une amie qui prend soin de moi. Une amie très riche. J'ai une Mercedes-Benz, vous ne l'avez pas vue ? Je n'ai plus besoin de travailler.

Il se retourna et entreprit de déboutonner sa combinaison. Dès qu'il l'eut enlevée, il la jeta dans une flaque d'huile.

— Tu ne peux pas partir comme ça, reprit Mr. J.L.B. Matekoni. Nous allons en parler tous les deux.

— Non, je ne parle pas, rétorqua Charlie. J'en ai assez d'être traité comme un chien. À partir d'aujourd'hui, je vais mener la belle vie.

La scène avait éclaté de façon si soudaine et si intense qu'il avait été difficile de bien apprécier la situation. Au bout de quelques minutes toutefois, regardant Charlie s'éloigner en direction de la ville, ils comprirent que quelque chose de grave, et peut-être même d'irrémédiable, venait de se produire. Ils avaient devant les yeux la ruine d'une carrière. Le naufrage d'une vie.

Mr. J.L.B. Matekoni était assis à califourchon sur la chaise réservée aux clients de l'Agence N° 1 des Dames Détectives, la tête enfouie dans les mains, effondré.

— J'ai toujours fait beaucoup d'efforts avec ce garçon, disait-il à Mma Ramotswe et à Mma Makutsi. Énormément d'efforts. Il est chez moi depuis deux ans et j'ai trimé et trimé encore pour faire de lui un bon mécanicien. Et maintenant, voilà le résultat !

— Ce n'est pas ta faute, Mr. J.L.B. Matekoni, répondit Mma Ramotswe, rassurante. Nous savons tout ce que tu as fait. Nous avons été témoins de tes efforts, n'est-ce pas, Mma Makutsi ?

L'intéressée hocha la tête avec vigueur. Elle avait été immensément choquée par la réaction de l'apprenti et elle se demandait si, aux yeux de Mr. J.L.B. Matekoni et de Mma Ramotswe, elle n'était pas responsable de cette soudaine démission et de ce départ. Sans doute avait-elle eu tort de s'énerver avec Charlie et elle regrettait son emportement, mais en même temps, il s'agissait de sa théière neuve et de son ignominieux destin comme réceptacle à gazole. Elle doutait de pouvoir la débarrasser de son odeur, d'autant que le thé était une substance très sensible. La moindre contamination pouvait influer sur son goût. On lui avait un jour servi du thé dans un Thermos habituellement dédié au café et elle se rappelait que le goût âcre, déroutant, lui était longtemps resté dans la bouche. Cependant, peut-être n'aurait-elle pas crié de la sorte si elle avait imaginé une seconde les conséquences de son éclat. Le garage ne pouvait guère se permettre de perdre une paire de bras, surtout de bras qualifiés, à supposer que l'on puisse décrire ainsi les bras de Charlie.

— Je suis vraiment navrée, murmura-t-elle. Je n'aurais pas dû me mettre autant en colère contre lui. Je m'excuse. Je ne pensais pas qu'il s'en irait comme ça.

Mma Ramotswe leva une main pour l'interrompre.

— Vous n'avez pas à vous excuser, Mma, déclara-t-elle d'un ton ferme. C'est Charlie qui vous a traitée de phacochère. Il n'avait pas le droit de le faire. Je ne laisserai personne traiter l'assistante-détective de l'Agence N° 1 des Dames Détectives de phacochère.

Elle considéra Mr. J.L.B. Matekoni comme pour le mettre au défi de défendre l'indéfendable. Il était vrai que Mma Makutsi s'était lancée la première dans l'échange d'insultes, mais cela faisait suite à une provocation des plus graves. À coup sûr, si Charlie s'était excusé d'avoir abîmé la théière, Mma Makutsi ne se serait pas exprimée sur le ton immodéré qu'elle avait, il fallait le reconnaître, employé.

Mr. J.L.B. Matekoni, comme elle le constata, partageait son point de vue.

— Ce n'est pas du tout la faute de Mma Makutsi, estima-t-il. Certes pas sa faute. Ce jeune homme avait pris cette pente depuis un bon moment déjà. Tu m'as parlé récemment de cette femme qu'il fréquente. J'ai été bête, je n'en ai pas discuté fermement avec lui. À présent, il décide qu'il peut tout laisser tomber sous le seul prétexte que cette dame riche lui court après en Mercedes-Benz. Ah, là là, ces voitures-là portent de lourdes responsabilités !

Mma Makutsi marqua une vigoureuse approbation.

— C'est vrai, Rra. C'est tout à fait vrai. Elles font tourner la tête, à mon avis. Voilà ce qu'elles font.

— Et les femmes aussi font tourner la tête, renchérit Mr. J.L.B. Matekoni. Les femmes font tourner la tête aux jeunes gens et les poussent à faire des choses idiotes.

Il y eut un court silence. Mma Makutsi ouvrit la bouche pour parler, mais se ravisa. On pouvait se demander, pensait-elle, si les femmes faisaient plus tourner la tête aux hommes que les hommes faisaient tourner la tête aux femmes. Pour sa part, elle avait tendance à penser que les responsabilités étaient partagées dans ce domaine. Mais le moment était mal choisi pour s'engager dans un débat sur le sujet.

— Bon, reprit Mr. J.L.B. Matekoni, alors que faisons-nous ? Ne faudrait-il pas que j'aille le voir ce soir pour essayer de le raisonner ? Que j'essaie de le convaincre de revenir ?

Mma Ramotswe examina la suggestion. Si Mr. J.L.B. Matekoni tentait de persuader l'apprenti de revenir, l'opération serait peut-être couronnée de succès, mais elle aurait de graves conséquences sur le comportement à venir du jeune homme. Il n'était pas bon qu'un employeur coure ainsi après un subordonné. Cela autoriserait le jeune homme à n'en faire désormais qu'à sa tête, estimant qu'au bout du compte il n'aurait jamais à assumer les conséquences de ses actes. Cela lui donnerait en outre le sentiment qu'il se trouvait dans son droit, tandis que Mma Makutsi était en tort, ce qui était totalement injuste. Non, résolut-elle, si Charlie devait revenir, ce serait sur sa propre requête, accompagnée, de préférence, d'excuses en bonne et due forme à Mma Makutsi, non seulement pour l'avoir traitée de phacochère, mais aussi pour avoir abîmé sa nouvelle théière. D'ailleurs, il faudrait sans doute le contraindre à remplacer celle-ci, mais on n'insisterait pas trop sur ce point en ces délicates circonstances. Quelques paroles d'excuses suffiraient donc.

Elle regarda Mr. J.L.B. Matekoni bien en face.

— Je ne pense pas que ce soit une bonne idée, expliqua-t-elle. Tu es le patron. Lui, c'est un garçon qui a déserté son lieu de travail après s'être montré impoli vis-à-vis d'une supérieure. Cela ne ferait pas très bon effet, tu ne crois pas, que le patron se mette à courir après son employé et qu'il le supplie de revenir ! Non, il doit avoir la possibilité d'être repris comme apprenti, mais seulement après avoir présenté des excuses.

Mr. J.L.B. Matekoni parut se résigner.

— Oui, reconnut-il. Tu as raison. Mais qu'allons-nous faire en attendant ? Et s'il ne revient pas ? Il y a de l'ouvrage pour trois ici, au garage, même si son travail n'était pas irréprochable, loin de là. Cela va être dur sans lui.

— Je sais, Rra, répondit Mma Ramotswe. C'est pourquoi il nous faut un plan d'action en deux parties. Il est toujours bon d'avoir un plan d'action en deux parties.

Mma Makutsi et Mr. J.L.B. Matekoni la contemplèrent, remplis d'espoir. C'était la Mma Ramotswe qu'ils appréciaient : celle qui avait une vision claire de l'attitude à adopter. Pour eux, il ne faisait aucun doute qu'elle résoudrait le problème et ils attendaient seulement de savoir comment elle s'y prendrait. Un plan d'action en deux parties semblait fort prometteur.

On eût dit que Mma Ramotswe était imprégnée de la confiance qu'ils plaçaient en elle. Elle s'enfonça dans son fauteuil et sourit en esquissant les contours de son programme.

— La première partie du plan consiste à aller tout de suite à Tlokweng chercher l'homme dont la bicyclette a été endommagée. Nous lui proposerons du travail ici, ainsi que je te l'ai suggéré, Mr. J.L.B. Matekoni. Cet homme pourra ainsi effectuer toutes les tâches qui ne nécessitent pas de compétences particulières, comme un apprenti qui débuterait. Je pense qu'il fera un bon employé. Ce ne sera pas un véritable apprenti, bien sûr, mais le jeune ami de Charlie le prendra pour tel. Ce qui signifie que Charlie saura très vite que nous lui avons trouvé un remplaçant. Cela lui fera un gros choc, j'en suis sûre.

À ces mots, Mma Makutsi poussa une exclamation ravie.

— Ça lui apprendra à enlever sa combinaison et à la jeter dans les flaques d'huile ! jubila-t-elle.

Mma Ramotswe lui jeta un regard désapprobateur et elle baissa les yeux.

— La seconde partie du plan d'action, reprit Mma Ramotswe, consiste à en découvrir davantage sur cette femme que fréquente Charlie, afin de voir si nous pouvons tenter quelque chose pour le ramener à la raison. Je suis sûre que cette femme est mariée. Si tel est le cas, il doit y avoir quelque part un mari, un mari qui paie pour permettre à sa femme de rouler en Mercedes-Benz gris métallisé. Croyez-vous que cela fait plaisir aux hommes de payer ce prix-là pour se voir ridiculisés par des garçons qui fréquentent leur femme ? Cela m'étonnerait. Ainsi, tout ce que nous aurons à faire, c'est déterminer où se trouve cet homme et de nous arranger pour qu'il apprenne ce qui se passe. Ensuite, nous n'aurons qu'à laisser les choses se faire et je pense que très vite Charlie viendra frapper à la porte pour nous demander d'oublier ce qu'il a dit sur le garage.

— Et sur moi, ajouta Mma Makutsi.

— Oui, acquiesça Mma Ramotswe. Et sur vous.

Mma Makutsi s'enhardit.

— Et cela n'aiderait-il pas que Mr. J.L.B. Matekoni lui donne une correction ? demanda-t-elle. Qu'il le batte un peu. Cela ne l'aiderait-il pas à mieux se comporter à l'avenir ?

Tous deux la considérèrent, Mma Ramotswe avec étonnement, Mr. J.L.B. Matekoni avec inquiétude.

— Ce temps-là est révolu, répondit Mma Ramotswe. Cela n'est plus possible aujourd'hui, Mma.

— Dommage ! soupira Mma Makutsi.

CHAPITRE VIII

À l'Académie de danse et de mouvement

Chacun se sentait considérablement revigoré par la façon magistrale dont un plan d'action crédible avait émergé d'une dispute désagréable et choquante. Mma Makutsi surtout était heureuse de pouvoir rentrer chez elle ce soir-là sans avoir à porter sur ses épaules le fardeau de l'inquiétude et de la culpabilité. Elle s'embarquait en effet dans un projet nouveau et excitant – l'aventure la plus importante où elle se lançât depuis la création de l'École de dactylographie pour hommes du Kalahari. Cette fois cependant, il ne s'agissait pas de travail, ce qui représentait un changement bienvenu. Car aussi loin qu'elle s'en souvînt, il n'avait été question que de labeur dans son existence : petite fille, elle accomplissait sans relâche toutes les tâches ménagères quotidiennes. Elle parcourait chaque jour neuf kilomètres à pied jusqu'à l'école et neuf autres pour revenir, afin d'acquérir une éducation. Et puis, quand la grande opportunité de sa vie s'était présentée et qu'elle était entrée à l'Institut de secrétariat du Botswana, financée par les économies de sa famille tout entière, elle avait bataillé plus dur encore. Bien sûr, elle s'était vue récompensée – par ce glorieux 97 sur 100 à l'examen final – mais cette victoire avait réclamé une somme d'efforts considérable. Il était temps de danser, maintenant.

Elle avait vu l'annonce dans le journal et le nom de son auteur l'avait aussitôt intriguée. Qui était ce Mr. Fano Fanope ? Il s'agissait là d'un nom peu courant, mais dont la musicalité semblait tout à fait appropriée pour une personne qui proposait des leçons de « danse et de mouvement, avec tous les talents utiles à la vie en société qui en découlent ». Pour ce qui était du nom, Fano Fanope sonnait un peu comme Spokes Spokesi, le célèbre animateur de radio. Tous deux étaient porteurs d'un certain rythme, d'un élan. Ils évoquaient des individus *qui allaient quelque part*. Elle réfléchit à son propre nom : Grace Makutsi. Ce n'était en rien un problème de porter un nom comme celui-là – elle en avait rencontré de beaucoup plus étranges au Botswana, où les gens aimaient de toute évidence donner à leurs enfants des noms originaux et parfois très insolites – mais il ne suggérait ni le mouvement ni l'ambition. En fait, on pouvait le décrire comme un nom sans surprise, un peu indigeste, le genre de nom que porterait l'organisatrice d'un cercle de tricot ou un professeur de catéchisme. Bien sûr, les choses auraient pu être mille fois pires, par exemple si elle s'était vue affublée de l'un de ces noms qu'un enfant cherche à faire oublier tout au long de son existence. Au moins, elle ne portait pas, comme l'une de ses professeurs de l'Institut de secrétariat du Botswana, un nom qui, traduit du setswana, signifiait *celle-ci fait beaucoup de bruit*. Ce n'était pas gentil d'appeler sa fille ainsi, pourtant, ses parents l'avaient décidé.

Donc, le bien nommé Fano Fanope se proposait de dispenser des leçons de danse (discipline qui incluait d'autres talents) tous les vendredis soir. Celles-ci se dérouleraient dans un salon de l'*Hôtel Président* et il y aurait un petit orchestre. L'annonce indiquait aussi que l'on enseignerait un large éventail de danses de salon et que Fano Fanope, qui jouissait d'une grande notoriété dans les cercles de danse de quatre pays, donnerait personnellement les leçons à tous les inscrits. Il serait imprudent d'attendre, poursuivait l'annonce, car de très nombreuses personnes souhaitaient acquérir ces nouveaux talents, qui permettaient de briller en société, et la demande serait donc forte.

Mma Makutsi lut l'annonce avec un intérêt soutenu. Il ne faisait aucun doute dans son esprit qu'il serait bon de pouvoir exécuter certaines de ces mystérieuses danses dont traitaient des articles qu'elle avait lus – le tango, entre autres, semblait intéressant – et il était tout aussi évident qu'une école de danse représentait un bon endroit pour faire des rencontres. Elle rencontrait des gens dans son travail, bien sûr, et il y avait aussi ses nouveaux voisins, qui se montraient tout à fait sympathiques, mais la sorte de rencontres qu'elle avait en tête était d'une nature assez différente. Elle souhaitait faire la connaissance de personnes qui avaient voyagé, qui pouvaient parler d'expériences fascinantes, dont la vie ne se résumait pas à la routine du travail, du ménage et des enfants.

Et pourquoi ne serait-elle pas autorisée à pénétrer dans ce monde-là ? Après tout, elle était quelqu'un d'indépendant et elle avait une situation. N'était-elle pas assistante-détective à l'Agence N° 1 des Dames Détectives et ne possédait-elle pas une petite entreprise, l'École de dactylographie pour hommes du Kalahari, où elle exerçait à temps partiel ? Elle occupait en outre une nouvelle maison, ou du moins une moitié de maison, dans un bon quartier de la ville. Bref, elle avait un bagage, et le fait de porter de grosses lunettes rondes ou d'avoir un teint à problèmes n'avait plus guère d'importance. C'était son tour de profiter un peu de la vie.

Elle se prépara avec soin pour la soirée. Mma Makutsi ne possédait pas beaucoup de robes, mais il y en avait une, au moins, une robe rouge dont le bas était bordé de petits nœuds, qui conviendrait à merveille pour une leçon de danse. Elle la sortit du placard et la repassa avec application. Puis elle se doucha, à l'eau froide, car la maison n'avait pas l'eau chaude, et passa un certain temps à accomplir diverses opérations, afin d'être fin prête pour sortir. Il y avait le vernis à ongles à appliquer, un très joli rose acquis à prix ridicule la semaine précédente ; il y avait la poudre ; il y avait le produit pour les cheveux. Tout cela l'occupa près d'une heure, puis elle dut marcher jusqu'au bout de la rue pour attendre le minibus qui la conduirait en ville.

— Vous êtes très élégante, Mma, lui glissa une vieille femme assise près d'elle dans le véhicule bondé. Vous avez sûrement rendez-vous avec un monsieur. Faites attention ! Les hommes sont dangereux.

Mma Makutsi sourit.

— Je vais à une leçon de danses de salon. C'est la première fois.

La femme se mit à rire.

— Oh, il doit y avoir plein d'hommes à une leçon de danses de salon ! s'exclama-t-elle, en offrant à Mma Makutsi un bonbon à la menthe qu'elle venait de tirer de sa poche. Ils y vont pour ça : pour rencontrer de jolies filles comme vous !

Mma Makutsi ne dit rien mais, tout en suçant son bonbon à la menthe, elle songea à la perspective de rencontrer un homme. Elle n'avait pas été rigoureusement honnête avec elle-même, et elle se sentait désormais prête à l'admettre, ne serait-ce qu'en son for intérieur. Certes, elle avait envie d'apprendre à danser, elle souhaitait connaître des gens intéressants en général, mais ce dont elle rêvait vraiment, au fond, c'était rencontrer *un homme* intéressant, et elle comptait sur cette occasion pour cela. Si sa voisine du minibus disait vrai, peut-être son vœu se réaliserait-il ce soir-là.

Elle descendit en haut du Mall. Aucune lumière ne brillait plus dans le bâtiment administratif derrière elle, car on était vendredi soir et les fonctionnaires ne s'attardaient jamais au bureau le vendredi soir, mais le quartier commerçant, en revanche, était illuminé et des gens flânaient, profitant de la fraîcheur de la nuit et bavardant entre amis. On avait toujours beaucoup à se raconter, même s'il ne se passait pas grand-chose, et les passants revenaient ensemble sur les événements – ou les non-événements, peut-être – de la journée, s'informant des derniers potins et des choses qui se produisaient, ou qui pourraient se produire, pour peu que l'on se montre assez patient.

Devant l'*Hôtel Président*, elle ne vit qu'un petit groupe de jeunes, des adolescents pour la plupart. Ils étaient postés au bas de l'escalier extérieur menant à la véranda où Mma Ramotswe aimait venir fêter les grands événements. Ils se turent à l'approche de Mma Makutsi.

— Vous allez au cours de danse, Mma ? lui lança l'un des garçons. Vous savez, je peux vous apprendre à danser, moi !

Quelques rires saluèrent ces paroles.

— Je ne danse pas avec les petits garçons, répondit Mma Makutsi en continuant d'avancer.

Elle marqua une courte pause, puis ajouta :

— Mais reviens me voir quand tu auras grandi…

Tout le groupe éclata de rire et elle se retourna, souriante, en s'engageant dans l'escalier. Le succès de cette repartie bon enfant lui insuffla un peu de confiance. Elle pénétra vite dans l'hôtel et s'informa à la réception du lieu où se déroulait la leçon. Elle avait éprouvé une certaine anxiété à la perspective de cette soirée : et si elle ne parvenait pas à retenir les pas du tango, ou de la danse enseignée, quelle qu'elle fût ? Aurait-elle l'air stupide ? Et si elle faisait un faux pas et s'étalait de tout son long ? Et puis, quel genre de personnes y aurait-il ? Les gens qui fréquentaient les cours de danse étaient-ils beaucoup plus chic qu'elle ? Plus riches ? C'était bien beau d'être la diplômée la plus brillante de l'Institut de secrétariat du Botswana, mais cela aurait-il le moindre poids ici, dans le monde de la musique, de l'élégance et des miroirs ?

La leçon de danse avait lieu dans un salon situé à l'arrière de l'hôtel, utilisé pour les dîners d'affaires et les soirées privées bon marché. En progressant dans le couloir, Mma Makutsi entendit le son d'une guitare électrique et d'une batterie. C'était l'orchestre promis dans l'annonce et cette musique la remplit d'un sentiment d'impatience. Elle perçut également des bruits de voix. Des gens bavardaient. Il y avait beaucoup de monde, semblait-il.

Devant l'entrée du salon était placée une petite table, à laquelle était assise une femme d'allure agréable vêtue d'une robe rouge pailletée. Elle sourit à Mma Makutsi et désigna du doigt une affichette indiquant le prix de la leçon. Celui-ci s'élevait à quarante pula, ce qui n'était pas donné, mais, après tout, il s'agissait d'une vraie leçon de danse, pensa Mma Makutsi, avec un véritable orchestre à deux instruments, dans un salon de l'*Hôtel Président*. Elle saisit son porte-monnaie, sortit l'argent et paya.

— Avez-vous déjà dansé ou êtes-vous débutante ? demanda la femme.

Mma Makutsi réfléchit. Elle avait déjà dansé, bien sûr, mais ce devait être le cas de tout le monde ou presque. Du point de vue de cette femme en robe pailletée, Mma Makutsi était certainement une novice.

— Il m'est arrivé de danser, répondit-elle. Comme tout le monde. Mais pas souvent.

— Débutante, trancha la femme.

— Oui, je crois... acquiesça Mma Makutsi.

— Si, si, assura la femme. Si vous n'avez jamais pris de leçons dans une académie de danse, vous êtes débutante. Mais n'ayez pas honte. Il faut bien commencer un jour !

Elle ponctua ses paroles d'un sourire encourageant et désigna la porte.

— Entrez. Nous allons bientôt commencer. Mr. Fanope est au bar, mais il va arriver d'une minute à l'autre. C'est un danseur très célèbre, vous savez, Johannesburg, Nairobi, il a dansé dans toutes ces villes…

Mma Makutsi entra et découvrit une grande salle dont on avait retiré meubles et tapis. Seule une série de chaises étaient disposées le long des murs. À l'extrémité, sur une petite estrade, se tenaient deux musiciens perchés sur des tabourets. Le guitariste pinçait distraitement les cordes de son instrument, tandis que le batteur, un homme maigre portant un gilet argenté, contemplait le plafond en tapotant ses baguettes contre son genou.

La plupart des chaises étaient occupées et, pendant quelques instants, Mma Makutsi se sentit mal à l'aise devant tous les regards braqués sur elle. Elle comprit qu'on la jaugeait et chercha à la hâte un visage familier, une personne qu'elle pourrait saluer. Il n'y en avait pas, et, sous une soixantaine de paires d'yeux attentifs, elle traversa la salle pour aller s'asseoir sur l'un des rares sièges encore disponibles. Jetant un coup d'œil autour d'elle, elle s'aperçut avec soulagement que les autres femmes étaient habillées à peu près comme elle. Toutefois, aucune ne portait de lunettes. Elle songea un instant à ôter les siennes et à les ranger, mais y renonça : elle en avait vraiment besoin et, sans elles, elle ne verrait rien.

Au bout de quelques minutes, Mr. Fanope fit son apparition, suivi de la femme en robe rouge pailletée. Plutôt petit et soigné de sa personne, il arborait un habit de soirée blanc et un nœud papillon. Mma Makutsi remarqua ses souliers vernis noirs. C'était la première fois qu'elle voyait un homme avec des souliers vernis et elle les trouva du plus bel effet. Mr. J.L.B. Matekoni pourrait-il en porter de semblables ? se demanda-t-elle. Il était difficile de l'imaginer avec de telles chaussures au garage – la graisse les abîmerait tout de suite –, mais elle avait du mal à se le représenter ainsi chaussé, même dans d'autres circonstances. Cela ne correspondait pas du tout à son monde, ni à celui de Mma Ramotswe, d'ailleurs, à bien y réfléchir. Mma Ramotswe ferait-elle une bonne danseuse ? Les femmes de constitution traditionnelle se montraient parfois douées pour la danse, pensa Mma Makutsi, car elles avaient le bon maintien, du moins pour certaines danses. Le tango, en revanche, conviendrait mal à une femme comme Mma Ramotswe, mais elle pouvait sans peine se la représenter dansant la valse, peut-être, ou un swing pondéré. Les danses traditionnelles ne posaient aucun problème pour elle, bien sûr, car leur principe même était que tout le monde pouvait y prendre part. Quelques semaines auparavant, ils avaient tous été invités à l'anniversaire de Mma Potokwane à la ferme des orphelins et la troupe de danses folkloriques des enfants s'était produite en l'honneur de la directrice, avec la participation de l'ensemble des assistantes maternelles. Certaines d'entre elles étaient de constitution on ne peut plus traditionnelle – elles goûtaient toujours les bons plats qu'elles préparaient avant de les servir aux enfants – et les unes et les autres avaient une allure très digne en se joignant à la rangée de danseurs qui avançaient et reculaient en chantant. Cependant, tout cela était loin, très loin du monde de Mr. Fanope et de son académie de danse de l'*Hôtel Président*.

— Eh bien, *bomma* et *borra*, commença Mr. Fanope au micro, bienvenue à la première leçon de l'Académie de danse et de mouvement. Vous avez fait un très bon choix en venant ici ce soir, car pour apprendre les danses de salon nous sommes les meilleurs au Botswana. Et je suis quant à moi le meilleur professeur que vous pouviez trouver. Je ferai de vous tous d'excellents danseurs, même si vous n'avez jamais dansé jusqu'à présent. Chacun d'entre vous a un danseur ou une danseuse qui sommeille en lui, et je vais le réveiller. Vous pouvez compter sur moi.

Quelqu'un applaudit à ces mots et d'autres battements de mains suivirent. Mr. Fanope remercia par une légère inclinaison de la tête.

— Nous commencerons ce soir par une danse simple. C'est une danse accessible à tous, que l'on appelle le fox-trot. Ça fait lent, lent, rapide ; lent, lent, rapide, rapide. C'est très simple. Mma Betty et moi-même allons vous montrer.

Il fit signe aux musiciens. Tandis que ces derniers commençaient à jouer, il s'éloigna du micro pour rejoindre la femme en robe pailletée. Mma Makutsi regarda, fascinée, le couple évoluer au milieu de la piste. Les deux danseurs étaient d'une extrême légèreté et ils se déplaçaient en parfaite harmonie, comme s'ils ne formaient qu'un seul et même corps actionné par un unique marionnettiste.

— Regardez bien ce que nous faisons ! hurla Mr. Fanope pour couvrir la musique. Regardez-nous ! Lent, lent, rapide, rapide.

Au bout de quelques minutes, il se détacha de Mma Betty et l'orchestre cessa de jouer.

— Choisissez vos partenaires ! cria-t-il. Messieurs, levez-vous et invitez ces dames ! Si quelqu'un se retrouve seul, Mma Betty et moi-même nous relaierons pour lui servir de cavalier. Mma Betty dansera avec les hommes, moi avec les dames. Messieurs, levez-vous et choisissez quelqu'un !

À ce signal, les hommes traversèrent la salle ou se tournèrent vers une dame assise à proximité. L'agitation se fit intense et Mma Makutsi retint son souffle, tout excitée. Un homme venait vers elle, un grand avec une moustache et une chemise bleue. Elle baissa les yeux vers ses chaussures. Ce serait un très bon cavalier, un homme qui mènerait sa partenaire avec assurance.

Ce ne fut pas elle qu'il invita : il s'adressa à la femme assise à ses côtés. Celle-ci se leva en souriant et lui prit la main. Mma Makutsi attendit. Tout le monde semblait à présent avoir trouvé un partenaire et gagnait le centre de la piste – tout le monde, sauf elle. Elle baissa la tête. C'était l'humiliation redoutée. Elle n'aurait pas dû venir. Elle se retrouverait dansant avec Mr. Fanope, son partenaire par charité, et chacun saurait que personne ne l'avait invitée. C'est à cause de mes lunettes, se dit-elle. À cause de mes lunettes, et aussi parce que je suis laide. Je ne suis qu'une pauvre fille très laide de Bobonong.

Elle releva les yeux. Un homme se tenait debout devant elle et se penchait pour lui parler. Dans le brouhaha général, elle ne distingua pas ses mots, mais il s'agissait bien d'un homme, et il était bien en train de l'inviter à danser.

Mma Makutsi sourit et se leva.

— Merci, Rra, dit-elle. Je m'appelle Grace Makutsi.

Il hocha la tête, désigna la piste de danse, et ils se frayèrent ensemble un chemin parmi la foule. Mma Makutsi jeta un coup d'œil furtif à son partenaire. Pas très beau, estima-t-elle, mais un visage aimable. Il marchait de façon un peu étrange, comme si ses chaussures n'étaient pas à sa taille.

— Comment vous appelez-vous, Rra ? interrogea-t-elle, alors qu'ils se tenaient au milieu des autres couples, attendant le début de la musique.

L'homme la regarda fixement. Il semblait avoir des difficultés à parler.

— Je m'appelle Phuti Radiphuti, dit-il.

C'est ce qu'il dit, mais ses paroles ne sortirent pas aussi directement. M'appelle fut m… m… m… m'appelle, et Phuti, fff… fff… Phuti.

C'était là un grave défaut d'élocution et Mma Makutsi en eut un coup au cœur. Comme Mma Ramotswe, elle possédait une nature bienveillante, mais c'était typique de sa malchance, pensa-t-elle, d'être la dernière choisie et de l'être, qui plus est, par un homme qui marchait bizarrement et qui bégayait. Toutefois, c'était un homme, non ? Au moins, elle aurait quelqu'un avec qui danser ; elle ne resterait pas assise comme une malheureuse, délaissée de tous. Elle lui lança donc un sourire encourageant et lui demanda s'il avait déjà pris des cours de danse.

Phuti Radiphuti ouvrit la bouche pour répondre et Mma Makutsi attendit, mais aucun son ne sortit. Il se mordit la lèvre et s'excusa du regard.

— Ne vous en faites pas, Rra, dit Mma Makutsi d'un ton léger. Ce n'est pas le moment de parler, de toute façon. Nous pourrons bavarder un peu tout à l'heure, après avoir dansé. Et ne craignez rien : moi aussi, c'est ma première leçon de danse.

Mr. Fanope disposait à présent les couples sur la piste, puis il fit signe à l'orchestre de commencer.

— Prenez votre partenaire ! cria-t-il. Non, messieurs, ne l'écrasez pas. Un bon danseur tient sa cavalière d'une main légère. Comme ceci. D'accord ?

Ils se mirent à danser et il devint très vite apparent à Mma Makutsi que son cavalier possédait très peu le sens du rythme. Tandis qu'elle comptait lent, lent, rapide, rapide, comme on le leur avait recommandé, il semblait, de son côté, compter lent, lent, lent, rapide, ou même lent, lent, lent, lent. Quoi qu'il fît, ses pas n'avaient pas le moindre rapport avec ceux de Mma Makutsi.

Après quelques minutes de tentatives dénuées de coordination, Mr. Fanope arriva près d'eux et tapota l'épaule de Phuti Radiphuti.

— Non, Rra, dit-il en secouant l'index devant lui. Vous n'y êtes pas du tout. On ne joue pas au football, ici. On danse le fox-trot. Vous devez faire lent, lent, rapide, rapide, comme ceci.

Phuti Radiphuti parut submergé par la honte.

— Je suis vrai… vrai… vraiment dé… dé… désolé, bredouilla-t-il. Je ne suis pas un bon danseur. Je suis désolé.

— Laissez-moi m'occuper de compter, suggéra Mma Makutsi. Cette fois, contentez-vous de m'écouter.

Ils reprirent, Mma Makutsi comptant à haute voix et guidant Phuti Radiphuti de sorte à danser à l'unisson. Ce n'était pas facile : Phuti Radiphuti se montrait d'une gaucherie peu commune et, malgré toute l'application qu'elle mettait à compter, il semblait suivre un rythme radicalement différent de celui de sa cavalière.

— Il faut faire un pas rapide après que j'ai compté deux, hurla Mma Makutsi pour couvrir un passage de batterie particulièrement sonore. C'est deux fois lent, puis deux fois rapide.

Phuti Radiphuti acquiesça. Il paraissait désespéré à présent, comme s'il regrettait sa décision d'assister au cours. Mma Makutsi, pour sa part, était sûre que les autres les regardaient tandis qu'ils esquissaient leurs pas malhabiles. Elle avait changé d'avis : en fait, elle eût de loin préféré rester fermement installée sur sa chaise, ignorée de tous les hommes, plutôt que de se trouver soumise à ce cafouillage humiliant. Et, en plus, à quelques pas à peine, se tenait une personne qu'elle venait de reconnaître. Elle lui jeta un coup d'œil et se détourna en toute hâte. Oui, c'était bien elle, l'une des élèves de sa classe à l'Institut de secrétariat du Botswana, l'une de ces filles ravissantes qui passaient leur temps à s'amuser et qui avaient obtenu de justesse la moyenne à l'examen final. Elle était là, dansant entre les bras d'un cavalier superbe et plein d'assurance. Mma Makutsi s'efforça de ne plus regarder dans sa direction, mais elle y fut contrainte lorsque le couple se rapprocha jusqu'à se retrouver juste à côté.

— Eh ! cria la jolie fille. C'est bien toi ! Grace Makutsi !

Mma Makutsi affecta la surprise, puis sourit à la fille, dont elle vit les yeux passer rapidement à Phuti Radiphuti, puis revenir se poser sur elle, amusés.

— Qui est-ce ? bafouilla Phuti Radiphuti. Qui...

— C'est juste quelqu'un que je connais, répondit Mma Makutsi d'un ton négligent. J'ai oublié son nom.

— Elle danse très bien, fit remarquer Phuti Radiphuti en butant sur chaque syllabe.

— Il n'y a pas que la danse dans la vie, rétorqua Mma Makutsi. Il y a d'autres choses, vous savez.

Le cours de danse dura près de deux heures. On assista à de nouvelles démonstrations de fox-trot, accomplies avec une fluidité chatoyante par Mr. Fanope et Mma Betty, puis les professeurs passèrent à la valse. Mma Makutsi, qui s'était détachée de Phuti Radiphuti pour les regarder, espéra qu'un nouveau partenaire viendrait l'inviter, mais elle fut vite sollicitée par Phuti Radiphuti, qui l'entraîna d'une démarche disgracieuse jusqu'au centre de la piste.

À la fin de la soirée, il la remercia et lui proposa de la ramener chez elle.

— J'ai ma voiture dehors, lui dit-il. Je peux vous raccompagner.

Elle hésita. Elle avait de la peine pour cet homme. Il ne semblait pas méchant, mais ce n'était pas ce qu'elle avait espéré – ce dont elle avait rêvé – pour cette soirée. Elle avait repéré au moins quatre hommes qui lui avaient plu et lui avaient paru intéressants, mais ils ne lui avaient pas accordé un regard, pas même un coup d'œil. En revanche, et c'était bien sa chance, elle avait retenu l'attention de ce malheureux, certes convenable, mais affecté d'un terrible bégaiement et d'une lamentable maladresse. Elle refuserait donc sa proposition, afin de ne pas paraître l'encourager, et prendrait un minibus, à moins qu'elle ne rentrât chez elle à pied. Cela ne représentait qu'une petite demi-heure de marche et, à cette heure de la nuit, elle ne courait aucun danger.

Elle le regarda et remarqua les larges auréoles de transpiration qui maculaient ses aisselles. Nous sommes tous des humains, se dit-elle, des créatures d'eau et de sel, toutes humaines. Et l'espace d'un instant, elle songea à son frère, son pauvre frère Richard, qu'elle avait aimé et dont elle avait pris soin tandis qu'il souffrait de ces atroces accès de fièvre qui le trempaient de sueur la nuit. Elle ne pouvait pas blesser cet homme : elle ne pouvait pas lui dire non, je ne veux pas de votre gentillesse.

Elle accepta donc et ils quittèrent la salle ensemble. À la porte, Mr. Fanope leur sourit et dit qu'il espérait les revoir le vendredi suivant.

— Vous formez un très bon couple, tous les deux, ajouta-t-il. Vous allez bien ensemble. Vous, Mma, vous êtes une bonne danseuse, et vous, Rra, je pense que vous allez progresser.

Mma Makutsi se sentit gagnée par l'accablement. Elle qui redoutait de se retrouver avec le même homme à toutes les leçons voyait soudain sa hantise.

— Je ne suis pas sûre de pouvoir revenir, lança-t-elle avec précipitation. Je suis très occupée.

Mr. Fanope secoua la tête.

— Vous devez revenir, Mma. Votre ami ici a besoin que vous l'aidiez pour progresser, n'est-ce pas, Rra ?

Phuti Radiphuti rougit de plaisir, tout en s'essuyant le front avec un mouchoir rouge.

— Je suis très heureux de danser avec…

Comme les mots sortaient avec une douloureuse lenteur, il fut interrompu par Mr. Fanope avant d'avoir réussi à achever.

— Parfait ! conclut le professeur. Nous vous verrons donc tous les deux vendredi prochain. C'est très bien.

Il fit un signe en direction des autres élèves.

— Certaines de ces personnes n'ont pas vraiment besoin de leçons, ajouta-t-il, mais vous, si.

Une fois à l'extérieur, ils marchèrent en silence jusqu'au parking situé derrière le magasin d'électroménager. Le véhicule de Phuti Radiphuti était stationné tout au bout, une modeste voiture blanche à l'antenne tordue. Toutefois, c'était une voiture, ce qui donnait à Mma Makutsi une indication sur son compagnon. Comme le lui aurait fait remarquer Mma Ramotswe, qu'il possède une voiture nous révèle déjà quelque chose, Mma. Cela signifie qu'il a un bon travail. À présent, regardez ses mains, Mma, et ses chaussures, et voyez ce que vous pouvez en dire. Tandis qu'il mettait le contact, Mma Makutsi observa les mains du conducteur, mais celles-ci ne lui dirent rien. Ou du moins, songea-t-elle avec un petit sourire intérieur, elles lui révélèrent une chose : il avait tous ses doigts. Il n'était pas boucher.

Elle lui indiqua le chemin et il la déposa devant chez elle, sans éteindre le moteur. Soulagée de constater qu'il n'attendait rien de plus, elle le remercia poliment et descendit de voiture.

— Alors à la semaine prochaine ! lança-t-elle.

Elle n'avait pas du tout prévu de dire cela. Elle avait au contraire résolu de ne prendre aucun engagement ; pourtant, elle avait prononcé ces paroles, par pitié surtout. Elle remarqua qu'il semblait apprécier ce geste, car il sourit et commença à parler, sans toutefois terminer sa phrase. Très vite, les mots parurent se bloquer et il demeura muet. Alors elle referma la porte et lui adressa un signe de main, et il repartit au volant de sa voiture blanche, dont elle suivit des yeux les lumières rouges jusqu'à les voir disparaître au bout de la rue, dans l'obscurité.

CHAPITRE IX

Mr. Polopetsi débute au garage

La réparation de la bicyclette avait été effectuée par le plus jeune des apprentis, qui était parvenu à redresser le guidon et la voilure de la roue avant. Ainsi, même si le vélo était loin d'être comme neuf, on pouvait s'en servir sans risque. Mma Ramotswe éprouvait quelques appréhensions à ce sujet. Elle eût aimé pouvoir dire à son propriétaire que tout était parfait, mais elle sentait que c'était impossible. Il faudrait plutôt lui expliquer qu'ils avaient fait de leur mieux et qu'elle espérait qu'il serait satisfait du résultat. Bien sûr, étant donné la proposition qu'elle s'apprêtait à lui soumettre, il semblait peu probable que Mr. Polopetsi se plaigne.

Elle lui avait demandé de passer au garage récupérer sa bicyclette et il était là à présent, frappant à la porte du bureau, son chapeau à la main. Elle l'invita à entrer et il s'exécuta, non avec arrogance comme la plupart des hommes, mais presque d'un air d'excuse. Mma Ramotswe remarqua cette attitude et pensa que ce devait être l'effet de la prison, du moins l'effet que produisait la prison sur un homme honnête envoyé là injustement. Quel plus grand tort pouvait-on faire subir à un individu, quelle plus grande blessure ? Se voir vilipendé pour une action que l'on n'avait pas commise, ou pour laquelle on ne méritait pas d'être puni, devait être infiniment douloureux, pensa-t-elle.

Elle se leva pour l'accueillir.

— Soyez le bienvenu, Rra ! s'exclama-t-elle. Entrez et asseyez-vous, nous allons bavarder un peu. Ensuite…

— Elle n'est pas prête ? Elle n'a pas pu être réparée ?

Elle sourit afin de le mettre à l'aise.

— Mais si, Rra, elle est prête, bien sûr. Nous avons fait le maximum, du moins, l'apprenti qui est là-bas – vous l'avez peut-être aperçu – a fait son possible. Elle est en bon état, je crois.

Le soulagement de son interlocuteur fut manifeste.

— Ah, je suis content, Mma ! J'ai besoin de cette bicyclette pour chercher du travail, vous comprenez.

Mma Ramotswe se tourna un bref instant vers Mma Makutsi, assise à son bureau à l'autre extrémité de la pièce, et les deux femmes échangèrent un regard.

— En fait, Rra, commença-t-elle, à ce propos, j'ai quelque chose à vous dire. Je peux vous…

Mr. Polopetsi avait levé la main pour l'interrompre.

— Non, Mma, coupa-t-il d'un ton soudain plus affirmé. Je vous en prie, ne me dites rien. Des dizaines de gens m'ont expliqué comment je devais m'y prendre pour trouver du travail. Ils me conseillent d'aller à droite et à gauche. Au début, je les écoutais, mais cela n'a jamais servi à rien. C'est toujours la même chose : je raconte ce qui m'est arrivé et l'on me dit merci, mais nous ne pouvons rien pour vous. À chaque fois. Alors je vous en prie, ne recommencez pas. Je sais que vous êtes très gentille, mais j'ai trop souvent entendu ces conseils.

Il se tut et arbora de nouveau son air contrit, comme si le courage exigé par cette déclaration l'avait soudain déserté.

Mma Ramotswe le regarda droit dans les yeux.

— Ce n'est pas ce que j'allais vous dire, Rra, répondit-elle avec douceur. Je n'avais pas l'intention de vous donner des conseils. Non, je m'apprêtais à vous proposer du travail. C'est tout.

Pendant quelques instants, Mr. Polopetsi demeura sans voix. Il dévisagea Mma Ramotswe, puis se tourna à demi vers Mma Makutsi, comme pour obtenir confirmation. Cette dernière lui adressa un sourire encourageant.

— C'est la vérité, Rra, assura-t-elle. Mma Ramotswe ne parle jamais à la légère. Elle va vous proposer un emploi.

Mma Ramotswe se pencha en avant et tapota son bureau.

— Cet emploi se trouve ici, dans ce garage, expliqua-t-elle. Et peut-être accomplirez-vous aussi quelques tâches pour nous. Vous pouvez nous être utile. Ce n'est pas un travail très compliqué.

Mr. Polopetsi sembla éprouver quelque difficulté à assimiler ce qui venait de lui être dit. Il ouvrit la bouche pour parler, puis la referma. Enfin, il posa une question :

— Est-ce un emploi de longue durée ? Ou juste pour quelques jours ?

Mma Ramotswe baissa les yeux sur son bureau. Elle n'avait pas évoqué ce point avec Mr. J.L.B. Matekoni et, à présent, confrontée aux espérances de Mr. Polopetsi, il lui fallait prendre une décision.

— Ce sera au moins pour un an, déclara-t-elle avec assurance. Nous ne pouvons pas prévoir à plus long terme. Mais vous serez tranquille pour un an.

Ces paroles prononcées, elle jeta un coup d'œil à Mma Makutsi, qui haussa un sourcil. Mma Makutsi connaissait le côté impulsif de son employeur, un trait qui caractérisait aussi Mr. J.L.B. Matekoni en certaines circonstances. L'un comme l'autre pouvaient prendre des décisions subites quand leur bon cœur était sollicité, pour s'apercevoir juste après qu'ils encouraient des reproches. Mma Makutsi connaissait deux beaux exemples de ce type de comportement : Mma Ramotswe avait agi exactement de cette façon le jour où elle l'avait élevée au rang d'assistante-détective. Mma Makutsi savait que cette promotion intervenait dans une période de graves difficultés financières, alors que la sagesse économique eût dicté une décision inverse. Toutefois, Mma Ramotswe s'était montrée incapable de la décevoir, elle avait tenu bon et fait ce que lui dictait son cœur. Quant à Mr. J.L.B. Matekoni, il avait agi de même en adoptant les deux enfants de la ferme des orphelins. Chacun savait que Mma Potokwane lui avait forcé la main et qu'elle avait sans doute eu recours à l'intimidation ou à la manipulation pour parvenir à ses fins, mais la rusée directrice connaissait parfaitement la manière de solliciter sa bonne nature. Ainsi la décision présente n'avait-elle rien d'extraordinaire, même si Mma Ramotswe devait savoir qu'à un moment ou à un autre il lui faudrait confesser qu'elle s'était engagée.

— Alors, Rra ? interrogea Mma Ramotswe. Cet emploi vous intéresserait-il ?

Mr. Polopetsi hocha la tête.

— Je suis trop ému pour parler, dit-il. Mon cœur déborde, Mma. Vous êtes une femme d'une grande bonté. Le bon Dieu était présent quand vous m'avez renversé. C'est Lui qui a guidé votre main.

— Vous êtes très aimable, répondit Mma Ramotswe d'un ton professionnel. Mais, à mon avis, ce n'est pas ça du tout. À présent, je pense qu'il serait bon d'aller parler à Mr. J.L.B. Matekoni, afin qu'il vous fasse démarrer.

Mr. Polopetsi se leva.

— Je suis vraiment très content, déclara-t-il. Seulement, je ne connais rien aux voitures. Je ne suis pas sûr d'être compétent pour ce travail.

— Depuis des années, intervint Mma Makutsi, nous avons ici deux jeunes gens qui ne connaissent rien aux voitures. Cela ne les a jamais arrêtés. Et cela ne devrait donc pas vous arrêter non plus, Rra.

— C'est vrai, confirma Mma Ramotswe. Mais nous parlerons de ça plus tard.

Elle s'interrompit un instant, avant d'ajouter :

— Il y a une chose, Rra…

Mr. Polopetsi hésita.

— Oui ?

— Vous avez cet emploi à présent, reprit Mma Ramotswe. Vous pouvez donc nous raconter ce qui vous est arrivé. Vous nous expliquerez tout depuis le début, aujourd'hui, à l'heure du déjeuner, afin que nous le sachions et que nous n'ayons pas à nous demander ce qui a bien pu vous arriver. Dites-le-nous, comme ça, nous n'y penserons plus.

— Aucun problème, répondit Mr. Polopetsi. Je vais tout vous raconter.

— Bien, approuva Mma Ramotswe. À présent, vous pouvez vous mettre au travail. Il y a beaucoup à faire. Nous sommes débordées ces jours-ci et nous serons très heureuses d'avoir un nouvel homme…

— À qui donner des ordres, coupa Mma Makutsi, avant d'éclater de rire. Non, Rra, ne craignez rien, je plaisantais…

À l'heure du déjeuner, Mr. J.L.B. Matekoni dut partir dépanner une voiture immobilisée sur Molepolole Road et il emmena avec lui l'apprenti restant, si bien que seules Mma Ramotswe et Mma Makutsi furent présentes dans le bureau pour écouter Mr. Polopetsi raconter son histoire. Mma Makutsi avait préparé des sandwiches avec le pain qu'elles conservaient dans le placard de l'agence – de grosses tranches qu'elle garnit d'une généreuse couche de confiture – et Mma Ramotswe remarqua avec quelle voracité Mr. Polopetsi les avalait. Cet homme a faim, pensa-t-elle, et elle comprit qu'il laissait sans doute à sa famille le peu de nourriture dont ils disposaient. Elle fit donc signe à Mma Makutsi de préparer d'autres tartines, que Mr. Polopetsi enfourna tout en parlant.

— Je suis né à Lobatse, commença-t-il. Mon père était garçon de salle à l'hôpital psychiatrique de la ville. Vous avez sûrement entendu parler de cet établissement. Le travail de mon père consistait à aider les docteurs à maîtriser les grands malades, qui se débattaient quand on essayait de les soigner. Certains de ces patients étaient très costauds et ils hurlaient et frappaient tout le monde. Mais mon père était fort lui aussi et il avait une camisole qu'il enfilait à ces gens pour pouvoir leur attacher les mains derrière le dos. Cela rendait la tâche plus facile aux docteurs.

« Je travaillais bien à l'école. Je voulais devenir médecin, mais quand j'ai passé les examens, je n'ai pas obtenu d'assez bons résultats. En fait, je connaissais les réponses aux questions, parce que j'avais étudié avec beaucoup d'assiduité, mais j'ai été pris de panique quand les épreuves ont débuté et je n'ai pas réussi à écrire correctement. Ma main tremblait sans arrêt et les examinateurs ont dû se demander qui était cet imbécile qui n'arrivait même pas à former les lettres. Je n'ai donc pas fait aussi bien que j'aurais dû. Si je n'avais pas tremblé comme ça, peut-être aurais-je obtenu une bourse d'études pour partir étudier la médecine en Afrique du Sud. C'est ce qui est arrivé à un garçon de ma classe, mais cela ne m'est pas arrivé à moi.

« Cependant, je ne suis pas resté à me lamenter, parce que je savais que le bon Dieu me trouverait un autre travail. Et j'avais raison. Quand j'ai eu seize ans, on m'a donné un emploi à l'hôpital où travaillait mon père. Il y avait une pharmacie dans cet hôpital et il leur fallait quelqu'un pour laver les flacons et aider à la manutention. Je devais aussi noter des choses dans le registre des médicaments, et pour cela, je comptais les flacons et les pilules. Comme je me débrouillais bien, on m'a promu au rang d'assistant-pharmacien à l'âge de vingt ans. C'était un très bon poste. J'ai même été obligé de passer des examens pour l'obtenir, et, cette fois, je n'ai pas eu peur. J'ai écrit correctement et j'ai réussi.

« J'ai travaillé là pendant douze ans, puis on m'a muté à Gaborone. J'étais très satisfait de cette nouvelle place, parce que j'avais de l'ancienneté et je gagnais donc plus d'argent. Je suis devenu assistant-pharmacien au Princess Marina, qui est un très bon hôpital. Il possède une pharmacie immense avec beaucoup, beaucoup d'étagères pleines de flacons. Comme je travaillais dur, je m'en suis bien sorti. J'ai alors pu épouser une femme que j'avais rencontrée à l'église. C'est quelqu'un de bien et elle m'a donné deux enfants, deux filles, une grande comme ça et l'autre comme ça, qui sont adorables.

« J'étais très heureux, et aussi très fier de moi. Et puis un jour, il m'est arrivé une chose terrible, une chose qui a changé ma vie et que je ne pourrai jamais oublier. Et c'était un jour comme les autres, un jour ordinaire. Quand je suis sorti de chez moi ce matin-là, je ne me doutais pas de ce qui allait m'arriver. Je ne savais pas que c'était le dernier jour de bonheur de ma vie.

Il s'arrêta pour mordre dans la nouvelle tartine que Mma Makutsi venait de lui passer. Il en prit une grosse bouchée et les deux femmes le regardèrent mâchonner en silence. Mma Ramotswe se demanda ce qui avait pu amener une destruction si brutale dans l'univers de cet homme. La première fois qu'elles l'avaient rencontré, il leur avait parlé d'un accident, mais quel genre d'accident avait pu entraîner ces deux années de prison ? Un accident de la route ? Avait-il conduit en état d'ivresse et tué un piéton ? À le regarder, cela semblait peu plausible.

— Nous avions beaucoup de travail ce matin-là, reprit Mr. Polopetsi en essuyant d'un revers de main les miettes de pain sur sa bouche. Cela arrivait quelquefois. Tous les services avaient besoin de médicaments en même temps et, en plus, une file de patients munis d'ordonnances attendaient devant la pharmacie. Alors, nous courions dans tous les sens en essayant de faire les choses l'une après l'autre. Ce jour-là, il y avait une épidémie de grippe en ville et deux de nos pharmaciens étaient malades. Nous étions donc débordés.

« Nous n'étions pas autorisés à faire grand-chose. Nous n'étions que des assistants et nous n'avions pas le droit de réaliser les dosages et les choses comme ça. Mais quand il y avait beaucoup de travail, comme ce matin-là, on nous laissait tout de même accomplir des tâches simples, comme compter les cachets et les mettre dans des flacons.

« C'est ce que j'ai fait ce jour-là. Et c'est là que j'ai commis une erreur. J'ai pris des cachets au mauvais endroit et je les ai mis dans le flacon que m'avait donné le pharmacien. J'ai fait cela parce que j'ai cru qu'il m'avait désigné une certaine étagère, et non une autre. J'ai mal compris ce qu'il m'a dit.

« Les médicaments que j'ai mis dans ce flacon étaient très forts. Ils ont tué une dame qui les a pris. Elle est morte à cause de mon erreur.

« À l'hôpital, ils étaient furieux. Ils ont trouvé le flacon contenant les mauvais médicaments et ont demandé qui les avait mis là. Le pharmacien a dit qu'il m'avait indiqué les bons cachets à mettre dans le flacon et que j'avais dû lui désobéir. Il avait très peur, car il pensait qu'on allait l'accuser. Il était nouveau à ce poste, il venait de l'étranger ; d'ailleurs, il est reparti chez lui à présent. Il a donc menti. Je l'ai entendu mentir et j'ai crié que ce qu'il disait était faux. Ils l'ont réinterrogé et il a dit qu'il se rappelait très bien ce matin-là et qu'il était sûr de m'avoir désigné les bons médicaments, puisqu'il n'y en avait pas d'autres à cet endroit à ce moment-là. Ce n'était pas vrai. Il y avait beaucoup de récipients sur l'étagère et il aurait dû penser que je risquais de me tromper.

« En rentrant chez moi ce soir-là, je me suis assis dans mon fauteuil et je n'ai rien dit. Je n'arrivais pas à parler. Ma femme a essayé de me consoler. Elle m'a expliqué que ce n'était pas ma faute si une personne était morte, et que ce qui s'était passé était un véritable accident, comme quand un chien traverse la route ou qu'une assiette tombe de la table. Mais j'entendais à peine ses paroles, parce que j'avais le cœur serré, serré à l'intérieur de moi, et que je savais que j'allais perdre mon emploi. Comment ferions-nous pour manger si je ne rapportais plus d'argent à la maison ? Mon père était mort et nous ne pouvions pas aller nous installer chez lui. Nous étions perdus.

« À ce moment-là, je ne m'imaginais pas une seconde que la situation pouvait devenir bien pire encore. C'est seulement quelques semaines plus tard, alors que la police m'avait déjà interrogé trois ou quatre fois, que j'ai appris que j'allais être inculpé pour homicide involontaire. C'est ainsi qu'ils appelaient ça. Ils disaient qu'il s'agit d'un homicide involontaire quand quelqu'un fait quelque chose sans réfléchir et qu'une tierce personne en meurt. J'avais du mal à croire que l'on puisse me charger à ce point, mais les enfants de la dame qui était morte ont fait un tas d'histoires. Ils ne cessaient de demander à la police quand l'homme qui avait tué leur mère serait enfin puni pour sa faute.

« Je suis allé les voir. Ils vivaient dans Old Naledi. Je me suis rendu chez eux et je les ai suppliés de me pardonner. Je leur ai expliqué que je n'avais jamais eu l'intention de faire du mal à leur mère. Pourquoi l'aurais-je souhaité ? Je leur ai dit que j'avais autant de peine que si j'avais tué ma propre mère. Je les ai priés de ne plus demander à la police que l'on m'envoie en prison, maintenant que je leur avais raconté ce qui s'était passé. Je me suis mis à genoux devant eux. Mais ils ne m'ont même pas regardé. Ils ont dit que si je ne sortais pas tout de suite de chez eux, ils appelleraient la police.

« Je suis donc reparti et je suis resté chez moi en attendant le procès. Je connaissais un avocat, qui m'a dit qu'il me défendrait si j'avais de quoi le payer. Je suis allé à la caisse d'épargne et j'ai tiré presque toutes mes économies pour les lui donner. Il m'a promis de faire son possible, et je suis sûr qu'il a tenu parole. Seulement, le procureur a dit que j'avais montré une trop grande négligence. Il a ajouté qu'aucune personne consciencieuse n'aurait agi comme je l'avais fait. Et pendant qu'il parlait, le juge me regardait sans arrêt, et je lisais dans ses yeux tout ce qu'il pensait : il pensait que j'étais un homme négligent qui avait tué quelqu'un par distraction.

« Quand il a décrété que je devrais passer deux ans en prison, je n'ai pas osé regarder derrière moi. Ma femme était là et je l'ai entendue pleurer, alors je me suis retourné et je l'ai vue, avec nos deux petites filles, et nos petites filles contemplaient leur papa en se demandant si j'allais rentrer à la maison avec elles, et je n'ai pas su quoi faire. Je ne savais pas s'il fallait leur dire au revoir. Je suis donc resté sans bouger, jusqu'à ce que les deux policiers qui se tenaient auprès de moi me disent que nous devions partir. Ils ont été très gentils avec moi. Ils ne m'ont pas poussé, ils ne m'ont pas parlé méchamment. L'un d'eux m'a même dit : « Je suis désolé, Rra. C'est triste, ce qui s'est passé. Mais il faut y aller, maintenant. » Et j'ai quitté la salle. Je ne me suis pas retourné et je suis parti.

Il se tut et le silence plana. Mma Ramotswe tendit la main sur son bureau pour saisir un stylo qu'elle reposa aussitôt. Mma Makutsi demeura immobile. Aucune ne parla, parce qu'elles sentaient l'une comme l'autre qu'il n'y avait rien à dire.

CHAPITRE X

On trouve toujours le temps
pour prendre un thé et du gâteau (s'il y en a)

Le moment était venu pour Mma Ramotswe de se rendre chez Mma Silvia Potokwane, la redoutable directrice de la ferme des orphelins. Il n'y avait pas de raison particulière à cette visite ; Mma Ramotswe n'avait reçu aucune convocation de la directrice et l'on n'avait pas besoin des services de Mr. J.L.B. Matekoni pour quelque réparation que ce fût. Il s'agissait d'une visite de pure courtoisie, une visite comme Mma Ramotswe aimait en rendre lorsqu'elle estimait qu'il était temps de faire une pause pour bavarder. Les gens ne se consacraient pas assez à cette activité, pensait-elle, alors qu'il était très important de préserver ces moments.

Les deux femmes se connaissaient depuis de nombreuses années et leurs relations avaient atteint un stade des plus agréables, celui d'une solide amitié que l'on pouvait prendre et laisser à volonté sans risquer de lui porter atteinte. Elles passaient parfois plusieurs mois sans se voir et cela ne changeait rien. Une conversation restée en suspens au début de la saison chaude pouvait être reprise après les pluies ; on répondait parfois en juin, voire plus tard, à une question posée en janvier, mais il arrivait aussi que l'on n'y réponde pas du tout. On n'avait nul besoin de s'embarrasser de formalisme ni de précautions, et chacune connaissait les défauts de l'autre.

Quels étaient les défauts de Mma Potokwane ? En fait, Mma Ramotswe pouvait en dresser très vite la liste, pour peu qu'elle y réfléchisse. Tout le monde savait que Mma Potokwane était tyrannique. Depuis des années, elle exploitait sans vergogne les talents de Mr. J.L.B. Matekoni, qui se pliait docilement à ce traitement. On ne comptait plus les demandes de services qu'elle lui avait adressées pour maintenir la vieille pompe à eau en état de marche bien au-delà des limites de sa durée de vie. Il y avait aussi le minibus peu fiable, que l'on aurait dû expédier à la casse depuis des années déjà, mais qui continuait à sillonner les routes grâce aux compétences inégalées de Mr. J.L.B. Matekoni en matière de mécanique. On avait enfin consenti à jeter la pompe à eau le jour où il s'était révolté et avait affirmé que son heure avait sonné, mais, pour ce qui était du minibus, il n'avait pas encore franchi le pas.

Toutefois, le pire avait été l'affaire du saut en parachute sponsorisé : par ses cajoleries, Mma Potokwane avait poussé Mr. J.L.B. Matekoni à accepter de se lancer dans le vide en vue de récolter des fonds au profit de la ferme des orphelins. Ce n'était pas une chose à faire et cet épisode avait mis Mma Ramotswe très en colère. Même si la détective était finalement parvenue à convaincre Charlie de sauter de l'avion à la place de son employeur – et elle n'oublierait jamais la façon dont le garçon avait atterri sur une grosse épine d'acacia – toute cette affaire avait causé une anxiété terrible à Mr. J.L.B. Matekoni. Il fallait donc rester prudent avec Mma

Potokwane, pour empêcher qu'elle vous manipule et vous place dans une situation inconfortable. C'était le cas avec les individus tyranniques : leurs projets se trouvaient parfois mis à exécution sans que les principaux intéressés en aient conscience. Et puis, tout à coup, on s'apercevait qu'on avait donné son accord pour quelque chose qu'on n'avait pas la moindre envie d'accomplir.

Bien entendu, que celle qui n'avait jamais été tyrannique lui lance la première pierre… Mma Ramotswe était forcée d'admettre qu'elle-même n'était pas toujours innocente. Certes, elle ne parlerait pas de tyrannie, mais plutôt de… Bon, à vrai dire, il était difficile de trouver l'expression exacte pour désigner ce mélange de psychologie et de détermination qu'il fallait parfois employer pour obtenir satisfaction. Et l'on devait toujours garder à l'esprit que, même si Mma Potokwane était tyrannique, ce n'était jamais à des fins personnelles. Elle mettait ses indéniables talents au profit des orphelins, et beaucoup d'entre eux lui devaient une fière chandelle.

Il y avait par exemple le petit garçon au pied bot. Mma Ramotswe se souvenait de la première fois qu'elle l'avait aperçu à la ferme des orphelins, quatre ou cinq ans auparavant. Il avait six ans et venait de Selibi Pickwe, ou quelque part dans les environs. Mma Potokwane lui avait raconté son histoire : tout petit, l'enfant avait été abandonné par sa mère, partie avec un homme en le laissant à sa tante, qui était alcoolique. Un jour, un incendie s'était déclaré dans la petite maison traditionnelle qu'habitait celle-ci, une maison aux murs de broussailles, et la tante n'avait rien fait pour l'éteindre. Elle s'était enfuie en courant et nul ne s'était douté que le petit garçon se trouvait à l'intérieur. Ce fut seulement lorsque le feu mourut que l'on s'en aperçut. Le garçon passa plusieurs mois à l'hôpital, puis il fut recueilli à la ferme des orphelins.

Mma Ramotswe l'avait vu jouer avec les autres enfants, courir après un ballon avec eux, dans l'un de ces étonnants jeux spontanés que les petits garçons s'inventent. Elle avait vu les efforts de l'enfant qui tentait de suivre, en vain, car il devait traîner derrière lui son pied gauche contrefait.

— Ce petit-là est très courageux, avait affirmé Mma Potokwane. Il essaie toujours de faire des choses. Il veut monter aux arbres, mais il n'y arrive pas à cause de son pied. Et il aimerait bien jouer au football, mais il ne peut pas taper dans le ballon. C'est un brave petit.

Mma Ramotswe avait remarqué le regard de Mma Potokwane au moment où elle prononçait ces paroles : la détermination y brillait. Elle n'avait donc pas été surprise d'apprendre, quelques mois plus tard, que la directrice avait embarqué l'enfant en bus avec elle pour un long trajet jusqu'à Johannesburg. Là, elle l'avait emmené chez un chirurgien dont elle avait entendu parler, et elle avait insisté pour que celui-ci voie l'enfant. Il s'agissait là d'un acte témoignant d'un extraordinaire courage. Mma Ramotswe avait appris par la suite, de la bouche même de Mma Potokwane, qui lui en avait fait un récit entrecoupé de gloussements, comment la directrice avait installé le garçon dans la salle d'attente de ce médecin, qui exerçait dans un bel immeuble ultra-moderne. Elle avait ignoré les protestations de la secrétaire, qui ne cessait de répéter que le chirurgien ne pourrait jamais voir l'enfant.

— Ça, il n'y a que lui qui puisse le décider, avait rétorqué Mma Potokwane. Vous ne pouvez pas parler à sa place. Il va regarder cet enfant, et il me dira ensuite lui-même si, oui ou non, il accepte de le voir.

Elle avait attendu des heures et des heures. Enfin, le médecin avait entrebâillé la porte. Aussitôt, Mma Potokwane s'était dressée sur ses jambes et avait sorti de son sac un gros gâteau aux fruits confits qu'elle avait elle-même confectionné. La pâtisserie avait atterri entre les mains du chirurgien stupéfait, tandis que l'enfant, accroché aux jupes de la directrice, suivait celle-ci dans le cabinet de consultation.

— Il ne pouvait plus refuser après ça, expliqua Mma Potokwane. J'ai tout de suite coupé une tranche de gâteau et je lui ai dit qu'il pouvait la manger pendant que le petit retirait ses chaussures et ses chaussettes. Alors, il a mangé, et ensuite, il ne lui était plus possible de ne pas examiner l'enfant. Et dès qu'il a terminé, je lui ai demandé quand il pourrait l'opérer, et pendant qu'il cherchait quelque chose à répondre, je lui ai tendu une deuxième tranche de gâteau. Ainsi, le petit a pu être soigné et, maintenant, ça ne va pas mal du tout. Il boite encore, mais beaucoup moins. Il peut jouer au football et même courir. Ce chirurgien était vraiment un as. Et il ne nous a rien fait payer. Il a dit que le gâteau aux fruits confits suffisait.

De tels exploits, pensait Mma Ramotswe, compensaient largement l'irritation occasionnelle qu'inspirait la directrice. Pour l'heure, de toute façon, Mma Ramotswe avait d'autres projets en tête que d'énumérer les défauts de son amie. Elle souhaitait plutôt connaître son point de vue sur les divers problèmes auxquels elle se heurtait. L'un au moins était grave : quel comportement fallait-il adopter avec Charlie ? Quant aux autres, elle se contenterait de les évoquer, afin de voir quels nouveaux éclairages Mma Potokwane pouvait apporter.

Elle aperçut la directrice sous la véranda, en grande conversation avec l'un des hommes à tout faire de la ferme. Ces employés étaient des membres importants du personnel, puisqu'ils s'occupaient de tous les petits soucis inhérents à une ferme d'orphelins, comme les canalisations bouchées, les branches d'arbres cassées ou la chasse aux serpents et aux chiens errants.

Elle attendit la fin de la conversation dans la petite fourgonnette blanche, puis sortit et traversa le parking poussiéreux pour gagner la véranda.

— Eh bien, Mma ! lui lança de loin la directrice. Vous arrivez exactement à l'heure où je me disais que ce serait le moment de préparer du thé. Vous avez un don pour cela.

Mma Ramotswe se mit à rire et la salua de la main.

— Tout comme vous, vous arrivez toujours à mon bureau alors que je pense la même chose, répondit-elle. C'est un don que nous partageons.

Mma Potokwane s'adressa à une jeune femme debout à la porte du bureau voisin et lui demanda de préparer du thé, puis elle fit signe à Mma Ramotswe de la suivre à l'intérieur. Une fois installées, les deux femmes se regardèrent pour savoir qui entamerait la conversation.

Ce fut Mma Ramotswe qui brisa le silence.

— J'ai été débordée ces temps-ci, Mma, commença-t-elle en secouant la tête. Nous avons beaucoup de travail à l'agence et il y a toujours du monde au garage, comme vous le savez. Mr. J.L.B. Matekoni ne sait pas dire non.

Elle n'avait pas dit cela dans l'intention de suggérer que selon certaines personnes – en particulier Mma Makutsi –, Mma Potokwane ajoutait sans vergogne à la lourde charge quotidienne de Mr. J.L.B. Matekoni. Par chance, Mma Potokwane ne parut pas interpréter la remarque de cette façon.

— C'est quelqu'un de très gentil, répondit-elle. Et quand on est gentil, on est souvent débordé. J'ai remarqué cela autour de moi. Tiens, le garçon à qui je parlais tout à l'heure – l'un de nos hommes à tout faire –, il est comme ça. Il est tellement gentil que chacun le sollicite. Avant lui, nous en avions un qui était toujours de mauvaise humeur. Eh bien, il n'avait jamais rien à faire, parce que personne, à part moi, bien sûr, n'osait lui demander quoi que ce soit.

Mma Ramotswe acquiesça : certaines personnes se comportaient en effet de façon hostile. Elle acquiesça encore lorsque Mma Potokwane poursuivit en affirmant qu'en fait les gens ne changeaient jamais vraiment. Il était presque impossible d'amener un homme actif et dévoué à en faire moins : ce n'était pas dans sa nature.

— Vous vous inquiétez pour lui ? interrogea soudain Mma Potokwane. Avec cette maladie qu'il a eue, peut-être faut-il le surveiller. Le Dr Moffat n'a-t-il pas dit qu'il ne devait pas trop en faire ?

— Si, répondit Mma Ramotswe. Mais quand j'ai expliqué cela à Mr. J.L.B. Matekoni, il a dit : « Et le Dr Moffat ? Je ne connais personne qui travaille autant que lui. Je l'ai vu. Il est toujours en train de courir entre l'hôpital et son cabinet pour soigner les gens. S'il pense que je devrais travailler moins dur, pourquoi en fait-il tant, de son côté ? » C'est ce qu'il a dit, Mma, et j'ai eu du mal à lui répondre.

Mma Potokwane eut un petit rire.

— Il est difficile de répondre à cela, en effet, reconnut-elle. Les docteurs ont le droit de nous donner des conseils qu'ils ne suivent pas eux-mêmes. Ils savent ce qu'il faut faire, mais ils sont incapables de le faire eux-mêmes. Cela ne signifie pas que leurs conseils sont mauvais.

C'était une remarque intéressante et Mma Ramotswe la médita soigneusement.

— Il va falloir que je réfléchisse à cela, Mma, répondit-elle enfin. Devons-nous dire aux gens ce qu'ils devraient faire ou ne pas faire ?

Une fois posée, la question resta un long moment en suspens, tandis que l'on apportait le plateau du thé et qu'on le posait sur le bureau de Mma Potokwane. Mma Ramotswe jeta un coup d'œil discret à son contenu ; oui, il y avait du gâteau. Deux belles tranches de cake aux fruits confits tel qu'elle espérait en déguster chaque fois qu'elle venait à la ferme des orphelins. L'absence de gâteau sur le plateau eût sans doute signifié que, pour une raison ou pour une autre, elle se trouvait en disgrâce ou en défaveur ; par chance, tel n'était pas le cas aujourd'hui.

Mma Potokwane tendit la main vers le plateau et posa la plus grosse part de cake sur l'assiette de son amie. Puis elle se servit l'autre, avant de commencer à verser le thé.

— La question que vous posez là est très importante, affirma-t-elle en saisissant son gâteau pour en mordre un morceau. Il faut que j'y réfléchisse moi aussi. Par exemple, il y a peut-être des gens qui pourraient me dire que je mange trop de gâteau.

— Mais ce n'est pas le cas, n'est-ce pas ? fit observer Mma Ramotswe.

La réponse de Mma Potokwane fusa aussitôt.

— Non, bien sûr. Je ne mange pas trop de gâteau.

Elle se tut et contempla avec mélancolie son assiette déjà presque vide.

— Parfois, reprit-elle, j'aimerais bien manger trop de gâteau. Ça, c'est vrai. Parfois, je suis tentée.

Mma Ramotswe soupira.

— Nous sommes tous tentés, Mma. Tout le monde est tenté dès qu'il est question de gâteau…

— C'est sûr, acquiesça Mma Potokwane avec tristesse. Il existe de nombreuses tentations dans la vie, mais les gâteaux représentent sans doute l'une des plus fortes.

Pendant un long moment, ni l'une ni l'autre ne brisa le silence. Mma Ramotswe regardait l'arbre devant la fenêtre, et le ciel au-delà de l'arbre, un ciel bleu délavé, très vide et sans fin, sans fin. Un gros oiseau, une buse sans doute, planait très haut sur un courant d'air, minuscule point noir, cherchant bien sûr sa nourriture, comme le fait chacun d'entre nous, d'une manière ou d'une autre.

Elle quitta le ciel des yeux et regarda de nouveau Mma Potokwane, qui la contemplait elle aussi, un très léger sourire aux lèvres.

— Il est très difficile de résister à la tentation, déclara Mma Ramotswe à mi-voix. Pour ma part, je n'y arrive pas toujours. Je ne suis pas très forte de ce point de vue.

— Je suis contente que vous disiez cela, répondit Mma Potokwane. Moi non plus, je ne suis pas très forte. Tenez, par exemple, en ce moment même, je pense au gâteau.

— Moi aussi, confessa Mma Ramotswe.

À ces mots, Mma Potokwane se leva et cria à l'intention de la femme restée sous la véranda :

— Deux autres tranches de cake, s'il vous plaît ! Deux belles tranches !

Une fois le gâteau terminé et le plateau débarrassé, les deux amies, devant leur tasse de thé, poursuivirent la conversation. Mma Ramotswe songea qu'il serait bon de débuter par le mystère du potiron, que l'on avait un peu oublié avec tous les récents événements, mais qui restait une énigme. Elle relata donc à Mma Potokwane la désagréable expérience qu'elle avait vécue en se retrouvant chez elle avec un intrus, puis la découverte, plus inquiétante encore, du même intrus réfugié sous le lit.

Lorsqu'elle raconta comment le pantalon de l'inconnu était resté accroché à un ressort du sommier, Mma Potokwane éclata de rire.

— Mais vous auriez pu l'écraser, Mma ! commenta-t-elle. Vous auriez pu lui briser les côtes !

Mma Ramotswe songea que l'on aurait dit la même chose de tout intrus assez malavisé pour se réfugier sous le lit de Mma Potokwane, mais elle garda cette réflexion pour elle.

— Et puis, le lendemain matin, poursuivit-elle, j'ai trouvé un magnifique potiron devant la maison. Quelqu'un avait emporté le pantalon et laissé un potiron à sa place. Que dites-vous de cela, Mma ?

Mma Potokwane fronça les sourcils.

— Vous déduisez que le potiron a été posé là par celui qui a pris le pantalon, mais y a-t-il vraiment un lien entre ces deux événements ? N'est-il pas possible que le potiron et le pantalon soient deux choses indépendantes ? Vous avez l'inconnu au potiron, qui apporte le potiron – alors que le pantalon est encore là –, et puis vous avez l'inconnu au pantalon, qui prend le pantalon sans toucher au potiron. Les choses ont très bien pu se passer ainsi.

— Mais qui aurait pu apporter un potiron et le déposer là sans la moindre explication ? demanda Mma Ramotswe. Est-ce que vous feriez une chose pareille, vous ?

Mma Potokwane se gratta la tête.

— Je ne pense pas que je déposerais un potiron devant une maison sans explication. Il me semble que je laisserais un message avec le potiron, ou que je dirais un peu plus tard à la personne concernée : « Au fait, c'est moi qui ai déposé le potiron. »

— C'est vrai, dit Mma Ramotswe. C'est ce que feraient la plupart d'entre nous.

— Remarquez, reprit Mma Potokwane, il est arrivé que des personnes laissent des cadeaux à la grille de la ferme. Une fois, j'ai trouvé une caisse remplie de nourriture, sans un mot d'explication. Quelqu'un de très gentil l'avait laissée là pour les enfants.

— C'est bien, reconnut Mma Ramotswe. Seulement, il y a une différence, non ? Moi, je ne dirige pas une œuvre caritative. Personne ne laisserait un potiron devant chez moi en pensant que je pourrais en avoir besoin.

Mma Potokwane reconnut la logique de l'argument et elle était sur le point de renchérir lorsqu'elle se ravisa tout à coup. Une autre hypothèse venait de lui apparaître. Mma Ramotswe partait du principe que le potiron lui était destiné, mais n'était-il pas possible que quelqu'un l'ait placé là par erreur ? Qu'en réalité le potiron fût destiné à une autre maison de Zebra Drive, mais qu'il ait été livré à la mauvaise adresse ? Elle allait émettre cette suggestion quand elle fut arrêtée par Mma Ramotswe.

— Après tout, qu'est-ce que ça peut faire ? interrogea celle-ci d'un ton songeur. Nous sommes ici, à parler de potirons… Il y a des milliers de potirons dans ce pays. Est-il avisé de perdre son temps à parler de potirons, alors qu'il y a des sujets beaucoup plus importants à aborder ?

Mma Potokwane acquiesça.

— Vous avez tout à fait raison, répondit-elle. Assez parlé de ce potiron ! Intéressons-nous maintenant à quelque chose de plus important.

Mma Ramotswe ne se le fit pas dire deux fois.

— Eh bien, voilà, commença-t-elle. Nous avons un très gros problème avec Charlie. Un problème encore plus gros, je pense, que l'épine qu'il s'est enfoncée dans la fesse le jour du saut en parachute.

— Il s'agit d'une femme ? s'enquit aussitôt Mma Potokwane.

— Oui, répondit Mma Ramotswe. À présent, écoutez ça…

Mma Potokwane s'adossa à son fauteuil. Elle avait un petit faible pour Charlie depuis qu'il avait effectué ce saut en parachute au profit de la ferme des orphelins. Elle le considérait un peu comme une personnalité et la perspective d'apprendre quelque savoureux détail sur ses aventures amoureuses la remplissait d'aise. Cependant, elle se souvint d'une chose qu'elle devait annoncer à Mma Ramotswe. Mieux valait en parler tout de suite : si elle laissait Mma Ramotswe se lancer dans son récit, elle risquerait d'oublier. Elle leva donc une main pour interrompre son amie.

— Avant de commencer, Mma, déclara-t-elle, il y a une chose que je pense devoir vous dire.

Mma Ramotswe la regarda d'un air interrogateur. Était-il possible que Mma Potokwane fût déjà informée de la liaison de Charlie ? Peut-être même savait-elle des choses sur la femme en question ? La directrice était toujours si bien renseignée sur tout ce qui se passait qu'il ne serait pas surprenant qu'elle sût exactement qui était assise au volant de la Mercedes-Benz gris métallisé.

— Vous ne devinerez jamais qui j'ai croisé en ville l'autre jour ! lança Mma Potokwane. J'ai moi-même eu du mal à en croire mes yeux.

— Je ne vois pas, répondit Mma Ramotswe. Était-ce quelqu'un de célèbre ?

— Un peu, acquiesça Mma Potokwane, énigmatique. Assez connu dans le monde du jazz, en tout cas.

Mma Ramotswe ne dit rien, laissant Mma Potokwane poursuivre.

— Note, ajouta simplement cette dernière. Note Mokoti, votre premier mari. Vous vous souvenez de lui ?

CHAPITRE XI

Mma Makutsi en apprend un peu plus sur Mr. Phuti Radiphuti

Tandis que Mma Ramotswe entamait sa deuxième tranche de gâteau en compagnie de Mma Potokwane, Mma Makutsi rangeait son bureau à l'Agence N° 1 des Dames Détectives. Mma Ramotswe l'avait autorisée à fermer plus tôt, dans la mesure où elle-même avait pris son après-midi. Les affaires de leurs divers clients réclamaient encore beaucoup de travail, mais il n'y avait rien qui ne pût attendre et Mma Ramotswe savait que Mma Makutsi serait heureuse de disposer d'un peu plus de temps pour se préparer à sa leçon de danse, la deuxième, qui avait lieu ce soir-là.

Mma Makutsi avait achevé l'archivage des documents, tâche qui, comme on le lui avait dit et répété à l'Institut de secrétariat du Botswana, ne devait jamais être remise au lendemain. Ce message venait d'une personne non moins prestigieuse que la Principale elle-même, une grande femme imposante qui avait placé la barre très haut en matière de secrétariat au Botswana.

— Ne laissez pas les papiers traîner, mesdemoiselles ! leur disait-elle. Chaque papier ne doit traverser votre bureau qu'une fois, et une seule. C'est une règle d'or. Rangez chaque document. Imaginez que la nuit, de gros rats mangeurs de papier viennent grignoter tout ce qui se trouve sur votre bureau !

Mma Makutsi avait trouvé très intelligente cette façon d'exprimer les choses. L'idée d'un rat papivore qui sortait la nuit pour dévorer les lettres non triées était frappante et elle avait estimé qu'il n'était pas très constructif de la part de ces imbéciles du dernier rang de rire comme cela aux paroles de la Principale. Le problème de ces filles-là était qu'elles ne se destinaient pas à devenir des secrétaires consciencieuses. Tout le monde savait que la plupart d'entre elles venaient uniquement à l'Institut de secrétariat du Botswana parce qu'elles avaient compris que le meilleur moyen d'épouser un homme qui avait un bon poste et beaucoup d'argent consistait à devenir la secrétaire de cet homme. Elles assistaient donc aux cours en affichant leur ennui et en déployant très peu d'efforts. Les choses auraient sans doute été différentes, pensait Mma Makutsi, si le cursus avait comporté un cours intitulé : *Comment épouser son patron*. Ce cours-là aurait eu beaucoup de succès auprès de ces filles, qui l'auraient suivi avec une attention extrême.

Dans un moment d'oisiveté, Mma Makutsi s'était demandé quel eût été le contenu d'un tel cours. Une partie du temps aurait été consacrée à la psychologie, incluant un enseignement sur la façon dont les hommes pensent. Cela était très important quand on appartenait à la catégorie des filles qui cherchaient à piéger un homme. Il fallait comprendre ce qui attirait les hommes et ce qui leur faisait peur. Mma Makutsi réfléchit : qu'est-ce qui attirait les hommes ? Un beau physique ? Bien sûr, une fille très belle captait nécessairement l'attention des hommes. Cela ne faisait aucun doute. Toutefois, la beauté n'était pas seule à importer, car il existait de nombreuses femmes d'allure très quelconque qui semblaient n'éprouver aucune difficulté à se faire remarquer du sexe opposé. Elles choisissaient leurs tenues avec le plus grand soin. Elles savaient quelles couleurs plaisaient aux hommes (le rouge et les couleurs vives ; de ce point de vue, hommes et bétail se ressemblaient beaucoup). Elles savaient aussi comment marcher et s'asseoir d'une manière qui faisait tressaillir ces messieurs et captait leur attention. La démarche était importante : on ne se contentait pas d'avancer en posant un pied devant l'autre. Non, les jambes devaient se plier et s'orienter d'une certaine façon, un peu comme si l'on marchait le long d'un cercle. Et puis, il y avait le délicat problème des fesses. Certains croyaient que celles-ci n'avaient qu'à suivre le mouvement, mais non. Il suffisait de jeter un coup d'œil à une jolie fille dans la rue pour comprendre que les fesses avaient leur rôle à jouer.

Mma Makutsi pensait à tout cela en mettant de l'ordre sur son bureau cet après-midi-là. C'était extrêmement décourageant. Elle avait été consternée en apercevant son ancienne camarade de classe au cours de danse – cette fille dont elle avait oublié le nom, mais qui faisait partie des pires élèves de l'Institut de secrétariat du Botswana. La vue de cette femme dansant avec un homme si beau, alors qu'elle-même, Mma Makutsi, piétinait sur place avec le pauvre Phuti Radiphuti en s'efforçant sans succès de comprendre ce qu'il tentait de lui dire... Cette vue l'avait déprimée au plus haut point. Et puis, il y avait le problème de ses lunettes, dont les verres étaient si larges que les gens y voyaient leur reflet et ne prenaient donc pas la peine de chercher la personne qui se trouvait derrière. Que pouvait-elle faire ? Les lunettes coûtaient cher et même si elle jouissait d'une meilleure situation financière désormais, il restait encore beaucoup à payer – le loyer plus élevé de la nouvelle maison, des vêtements neufs qu'il fallait acheter, et davantage d'argent à envoyer à sa famille de Bobonong.

Le cours de ses pensées fut interrompu par l'arrivée de Mr. Polopetsi. Celui-ci travaillait au garage depuis plusieurs jours déjà et il leur avait fait très bonne impression à tous. Mr. J.L.B. Matekoni avait été particulièrement ravi de la façon dont il avait mis de l'ordre dans la réserve. Les bidons d'huile avaient été disposés sur les étagères selon leur taille et les pièces détachées, regroupées par marques.

— Il faut un système de stockage, avait-il annoncé. Cela permet de savoir tout de suite si l'on doit commander des bougies, par exemple. C'est ce qu'on appelle la gestion des stocks.

Il avait également récuré le sol du garage, faisant disparaître quelques larges flaques d'huile dont les apprentis ne s'étaient jamais souciés.

— Quelqu'un pourrait glisser, avait dit Mr. Polopetsi. Il faut être très soigneux.

Ce dernier mot avait rempli d'aise Mr. J.L.B. Matekoni, qui le porta à l'attention de l'apprenti restant.

— Tu as entendu, jeune homme ? lança-t-il. Tu as entendu ce qu'a dit Mr. Polopetsi ? Soigneux. Tu connais ce mot-là ? Tu sais ce qu'il signifie ?

Le jeune apprenti ne répondit pas, mais dévisagea Mr. Polopetsi d'un air hostile. Il s'était montré soupçonneux à son égard dès son arrivée, malgré la courtoisie que lui avait manifestée le nouveau venu et les efforts qu'il avait déployés pour l'amadouer. En l'observant, Mr. J.L.B. Matekoni avait compris que l'hypothèse selon laquelle Charlie serait très vite informé de l'arrivée de son remplaçant était parfaitement correcte. Cependant, le garagiste n'était pas certain que Charlie réagirait de la façon imaginée par Mma Ramotswe. Mais on verrait bien le moment venu et, pour l'instant, l'important était que le travail du garage fût accompli.

Par bonheur, Mr. Polopetsi avait manifesté un talent considérable pour les tâches mécaniques très simples que lui avait confiées Mr. J.L.B. Matekoni. En le regardant changer un filtre à air ou examiner le niveau d'huile sur une jauge, Mr. J.L.B. Matekoni s'était aperçu que cet homme possédait le sens des voitures, ce que les apprentis n'avaient jamais réussi à acquérir, mais qui se révélait une nécessité pour qui voulait devenir vraiment compétent dans le métier.

— Vous aimez les moteurs, n'est-ce pas ? avait-il demandé à Mr. Polopetsi au terme de sa première journée au garage. Je vois que vous les comprenez. Avez-vous déjà travaillé avec eux ?

— Non, jamais, avoua Mr. Polopetsi. Je ne connais pas le nom des pièces et je ne sais pas à quoi elles servent. Celle-ci, par exemple, quel est son rôle ?

Mr. J.L.B. Matekoni observa le moteur.

— Ça, répondit-il, c'est une pièce très intéressante. C'est le Delco. C'est lui qui envoie le courant électrique dans la bonne direction.

— Dans ce cas, il ne faut pas que de l'eau ou des saletés viennent se nicher à l'intérieur.

Mr. J.L.B. Matekoni hocha la tête avec ravissement. Cette observation démontrait que Mr. Polopetsi comprenait intuitivement ce que *ressentait* un moteur. Jamais Charlie n'eût fait une remarque aussi judicieuse.

À présent, Mma Makutsi demandait à Mr. Polopetsi si tout allait bien.

— Oh oui ! répondit-il avec enthousiasme. Tout va très bien. J'ai terminé tout ce que j'avais à faire au garage cet après-midi et je viens voir si vous n'avez pas du travail à me confier.

Ces paroles firent grande impression sur Mma Makutsi. Rares étaient les employés qui, à la place de Mr.Polopetsi, seraient ainsi venus réclamer des tâches supplémentaires. La plupart auraient fait semblant de s'activer jusqu'à cinq heures, puis seraient rentrés chez eux. En demandant si l'on avait besoin de lui, Mr. Polopetsi confirmait que Mma Ramotswe avait eu le nez fin en le jugeant de façon positive.

Elle jeta un coup d'œil au bureau. Il était difficile de trouver un travail à lui confier. Elle se voyait mal lui demander de faire de l'archivage, et, de toute façon, elle venait de ranger. Par ailleurs, il ne fallait pas espérer qu'il fût capable de taper à la machine, même si c'était un ancien assistant-pharmacien, ce qui le plaçait dans la catégorie des employés de bureau. Elle ne pouvait donc pas lui demander de dactylographier du courrier, à moins que…

Mma Makutsi jeta un regard oblique à Mr. Polopetsi.

— Vous ne savez pas taper à la machine, n'est-ce pas, Rra ? interrogea-t-elle d'une voix hésitante.

La réponse de Mr. Polopetsi fut très pratique, sans trace de vanité.

— Je tape très vite, Mma. Ma sœur a étudié à l'Institut de secrétariat du Botswana et elle m'a appris.

Mma Makutsi le dévisagea. Non seulement cet homme se montrait assidu et plein de ressource, mais il avait une sœur diplômée de l'Institut de secrétariat du Botswana ! Elle réfléchit au nom de famille : Polopetsi. Avait-elle connu une élève qui s'appelait ainsi à l'Institut ?

— Elle ne porte pas le même nom que moi, expliqua Mr. Polopetsi. Elle est d'un père différent. Elle s'appelle Difele. Agnes Difele.

Mma Makutsi joignit les mains.

— C'était une amie ! s'exclama-t-elle. Elle était juste avant moi à l'Institut. Elle a bien réussi... elle aussi.

— Oui, acquiesça Mr. Polopetsi. Elle a obtenu 80 sur 100 à l'examen final.

Mma Makutsi hocha gravement la tête. Il s'agissait d'une bonne note, très supérieure à la moyenne. Bien sûr, cela ne valait pas 97 sur 100, mais cela restait honorable.

— Et que fait-elle maintenant ? s'enquit-elle.

— Elle est secrétaire à la Standard Bank, répondit Mr. Polopetsi. Mais je ne la vois plus tellement. Elle a eu honte quand on m'a envoyé en prison et elle ne me parle plus depuis. Elle dit que je l'ai déshonorée.

Mma Makutsi garda le silence. Il était difficile de concevoir qu'une personne puisse renier ainsi son propre frère. Pour sa part, elle n'aurait jamais agi de cette façon. La famille restait la famille, quoi qu'il pût se produire. D'ailleurs, n'était-ce pas précisément son rôle ? Une famille se devait d'accorder un soutien inconditionnel à ses membres, en toutes circonstances.

— Je suis désolée pour vous, Rra, dit-elle.

Mr. Polopetsi détourna un instant le regard.

— Je ne lui en veux pas. J'espère qu'elle changera d'avis un jour. Alors, nous pourrons de nouveau nous parler.

Mma Makutsi réfléchit, les yeux posés sur son bureau. Il restait plusieurs lettres à dactylographier et elle avait prévu de le faire le lendemain. Cependant, il y avait là Mr. Polopetsi, qui tapait très bien à la machine, et elle songea soudain qu'elle ne s'était jamais trouvée en position de dicter à une tierce personne. À présent, voilà qu'elle avait un petit tas de courrier en attente, et un bon dactylographe à sa disposition.

— J'ai là quelques lettres, déclara-t-elle. Vous pourriez les taper sous ma dictée. Cela nous ferait gagner du temps.

Sans hésiter, Mr. Polopetsi prit place devant la machine à écrire posée sur le bureau de Mma Makutsi, tandis que cette dernière s'installait dans le fauteuil de Mma Ramotswe, plusieurs feuillets à la main. C'est délicieux, pensa-t-elle. Après toutes ces années, me voilà assise dans un fauteuil directorial, en train de dicter des lettres *à un homme*. Décidément, elle avait fait du chemin depuis son enfance à Bobonong…

Mma Makutsi était en retard pour sa leçon de danse ce soir-là. Tandis qu'elle se hâtait dans le couloir de l'*Hôtel Président*, elle entendit l'orchestre qui jouait avec entrain et le bruit d'innombrables pieds sur le plancher. Elle atteignit enfin la porte et se fraya un chemin vers un siège, mais fut très vite interceptée par Phuti Radiphuti, qui l'attendait. Elle eut un pincement au cœur. Elle n'était pas méchante par nature, mais elle avait espéré qu'il ne viendrait pas et qu'elle aurait ainsi l'occasion de danser avec un autre cavalier. À présent, elle se trouvait piégée et il lui faudrait recommencer à supporter faux pas et pieds écrasés, pendant que tous les autres réaliseraient des progrès et évolueraient avec de plus en plus d'aisance.

Phuti Radiphuti affichait un sourire ravi en l'entraînant sur la piste. L'orchestre, augmenté d'un nouveau guitariste, jouait plus fort que la dernière fois et il était difficile d'entendre ce que disaient les gens, et plus encore de comprendre ceux qui souffraient d'un défaut d'élocution. Mma Makutsi devait donc s'efforcer de deviner les paroles de son partenaire, et même quand elle pensait y parvenir, elle était frappée par leur absence de signification.

— C'est une valse, tenta-t-il de dire alors qu'ils commençaient à danser.

Cependant, Mma Makutsi comprit : *C'est une farce*, et elle se demanda pourquoi il disait cela. Se rendait-il compte qu'elle ne dansait avec lui que par pitié, par sens du devoir ? Ou voulait-il insinuer quelque chose de totalement différent ?

Elle décida d'en savoir plus.

— Pourquoi ? demanda-t-elle.

Phuti Radiphuti parut perplexe. Une valse était une valse, voilà tout. On appelait ça comme cela. Il ne pouvait répondre à cette question, aussi se concentra-t-il sur les pas, cherchant, malgré la difficulté, à les effectuer correctement. Un, deux, rassemble, avait dit Mr. Fanope. À moins que ce ne fût un, deux, trois, puis côté…

Sentant la confusion de son cavalier, Mma Makutsi résolut de reprendre les choses en main. Elle l'attira dans un coin et lui montra comment exécuter les pas, puis le fit répéter seul tandis qu'elle le regardait. Du coin de l'œil, elle aperçut la femme rencontrée à la première leçon, celle dont elle avait oublié le nom, qui l'observait d'un œil ironique depuis l'autre extrémité de la salle. Elle dansait toujours avec le même jeune homme élégant et lui adressa un petit signe de main avant de virevolter entre les bras experts de son cavalier.

Mma Makutsi pinça les lèvres. Elle était déterminée à ne pas se laisser désarçonner par cette femme à la robe voyante et aux manières condescendantes. Elle savait ce que celle-ci allait penser d'elle, ce qu'elle devait penser d'elle : *C'est la pauvre Grace Makutsi, qui n'a jamais réussi à attirer l'attention d'un homme, et regardez avec qui elle se retrouve à présent ! Elle a eu beau être la première à l'examen, la vie ne l'a pas gâtée, et c'est normal ! Ça ne vaut pas la peine d'avoir 90 et des poussières sur 100 si c'est pour finir comme ça...*

Imaginer les pensées de cette femme ne se révélait pas très encourageant. Mieux valait l'ignorer ou, mieux encore, se dire que c'était elle qui était à plaindre. Après tout, qu'avait-elle dans la vie ? Sûrement pas de carrière, puisqu'elle devait passer son temps à courir après les hommes. Or, avec les années, il deviendrait de plus en plus difficile d'intéresser ceux-ci. Une nouvelle génération de jeunes femmes apparaissait déjà, de belles filles au visage juvénile et au sourire étincelant, alors que, de son côté, elle verrait ses traits s'affaisser et ses dents perdre de leur blancheur.

Durant la demi-heure suivante, ils dansèrent dans un silence presque total. Mma Makutsi dut reconnaître que Phuti Radiphuti faisait des efforts et qu'il semblait réaliser quelques progrès. Il lui marchait moins souvent sur les pieds et parvenait un peu mieux à respecter le rythme. Elle le complimenta et il sourit, reconnaissant.

— Je crois que je m'améliore, bégaya-t-il.

— Il faut nous reposer un peu, décréta Mma Makutsi. Nous avons beaucoup dansé et j'ai soif.

Ils quittèrent la salle de danse et gagnèrent la véranda de l'hôtel. Un garçon vint prendre leur commande : une bière bien fraîche pour Phuti Radiphuti et un grand verre de jus d'orange pour Mma Makutsi.

Au début, la conversation fut très lente, mais Mma Makutsi remarqua qu'à mesure qu'il se détendait en sa compagnie, Phuti Radiphuti parlait avec plus d'aisance et de clarté. Elle comprenait désormais presque tout ce qu'il disait, même si de temps à autre il butait sur un mot. Quand cela se produisait, il fallait souvent un bon moment avant que quelque chose d'intelligible émerge.

Les sujets de conversation ne semblaient pas manquer. Phuti Radiphuti expliqua d'où il était originaire (du sud) et ce qu'il faisait à Gaborone (il travaillait dans un magasin de meubles de Broadhurst, où il vendait des tables et des chaises). Puis il lui posa des questions : sur l'école qu'elle avait fréquentée à Bobonong, sur l'Institut de secrétariat du Botswana et sur son travail à l'Agence N° 1 des Dames Détectives. Il avoua n'avoir aucune idée de ce que faisait une agence de détectives et voulut en savoir plus.

— C'est un métier banal, répondit Mma Makutsi. Les gens croient que c'est passionnant, mais en fait, pas tellement.

— Les métiers passionnants sont rares, remarqua Phuti Radiphuti. La plupart du temps, ce que nous faisons n'a pas grand intérêt. Moi, par exemple, je me contente de vendre des tables et des chaises. Cela n'a rien de passionnant.

— Mais c'est tout de même important, contra Mma Makutsi. Où serions-nous si nous n'avions ni tables ni chaises ?

— Nous serions par terre, répondit Phuti Radiphuti d'un ton solennel.

Ils réfléchirent quelques instants à cela, puis Mma Makutsi se mit à rire. Il lui avait répondu avec une telle gravité, comme si la question était d'une importance extrême, et non une simple remarque ! Elle le regarda et vit qu'il souriait à son tour. Oui, il comprenait ce qu'il y avait de drôle. Cela était important en soi. Il était bon de pouvoir partager ces choses-là ; les menues plaisanteries de la vie, les petites absurdités.

Ils restèrent encore quelques minutes assis sous la véranda, le temps de terminer leur verre, puis

Mma Makutsi se leva et annonça à son compagnon qu'elle allait aux toilettes et qu'elle le retrouverait dans la salle de danse pour la suite de la leçon.

Elle vit une porte qui portait l'inscription *Salon de toilette* avec, au-dessous, un dessin au trait représentant une femme en longue jupe fluide. Elle entra, pour le regretter aussitôt.

— Oh, mais te voilà, Grace Makutsi ! s'exclama la femme debout devant le lavabo.

Mma Makutsi s'immobilisa, mais, déjà, la porte se refermait derrière elle et elle pouvait difficilement prétendre s'être trompée de pièce.

Elle regarda la femme et son nom lui revint soudain en mémoire. C'était celle qu'elle avait reconnue à la leçon de danse et elle s'appelait Violet Sephotho. Elle faisait partie des pires élèves de l'Institut de secrétariat du Botswana, de ces filles jolies mais sans cervelle, et elle était à présent occupée à se repoudrer devant le miroir, dans le Salon de toilette de l'*Hôtel Président.*

— Violet, dit Mma Makutsi. Cela fait plaisir de te revoir.

Violet sourit, referma son poudrier et s'appuya au bord du lavabo avec l'air d'une personne disposée à bavarder un bon moment.

— Oui, bien sûr, répondit-elle. Ça fait des siècles qu'on ne s'est pas vues. Des siècles. Depuis qu'on a fini les cours, en fait…

Elle s'interrompit, détaillant Mma Makutsi de la tête aux pieds, comme si elle évaluait sa robe.

— Tu t'es bien débrouillée, non ? Dans cette école, je veux dire…

La pique ne laissait aucun doute. On pouvait se débrouiller très bien dans les études, mais les choses se présentaient tout autrement dans le monde réel. Et puis, il y avait la référence très dédaigneuse à cette école, comme s'il en existait de bien meilleures pour apprendre le secrétariat.

Mma Makutsi préféra ignorer ces critiques.

— Et toi, Violet, qu'as-tu fait ? As-tu réussi à trouver du travail ?

Le sous-entendu était clair : quand on obtenait tout juste 50 sur 100 à l'examen final, on pouvait s'attendre à rencontrer des difficultés à trouver un emploi. Violet saisit l'allusion et elle plissa légèrement les yeux.

— Trouver du travail ? rétorqua-t-elle. Mais les gens faisaient la queue pour me proposer du travail ! J'ai eu tellement d'offres que je ne savais plus comment choisir ! Alors tu sais ce que j'ai fait ? Tu veux savoir ?

Mma Makutsi hocha la tête. Elle voulait surtout être ailleurs, loin de cette personne, mais elle savait qu'elle devait rester. Il lui fallait tenir tête si elle ne voulait pas sortir effondrée de là.

— Eh bien, j'ai regardé tous les gars qui me proposaient du travail et j'ai pris le plus beau ! proclama-t-elle. Je savais que c'était comme ça que, eux, ils choisissaient leur secrétaire, alors j'ai appliqué la même règle ! Ah, ah !

Mma Makutsi ne dit rien. Elle eût pu commenter la stupidité d'une telle méthode, mais cela eût incité Violet à dire quelque chose comme : « Oui, tu me trouves peut-être stupide, mais regarde tous les emplois qu'on m'a proposés, à moi ! » Elle resta donc silencieuse, soutenant le regard effronté de son interlocutrice.

Violet baissa la tête pour inspecter le vernis étincelant de ses ongles.

— Belles chaussures ! lança-t-elle. Ces chaussures vertes que tu portes... C'est la première fois que je vois quelqu'un avec des chaussures vertes. C'est très courageux de ta part. Moi, j'aurais peur que tout le monde se moque de moi avec des chaussures pareilles !

Mma Makutsi se mordit la lèvre. Quel mal y avait-il à porter des chaussures vertes ? Et comment cette femme, cette créature sans cervelle, osait-elle émettre des commentaires sur ses goûts en matière de chaussures ? Elle regarda les pieds de Violet, chaussés d'escarpins noirs brillants à bouts pointus, très inconfortables pour la danse. Ils semblaient avoir coûté cher, bien plus cher que ses chaussures à elle, des chaussures qu'elle s'était offertes et dont elle était très fière.

— Mais on n'est pas là pour parler de chaussures, même si elles sont rigolotes, poursuivit Violet d'un ton léger. Parlons plutôt des hommes. Tu n'aimes pas parler des hommes, toi ? Ce type qui est avec toi. C'est un de tes oncles ?

Mma Makutsi ferma un instant les yeux et imagina que Mma Ramotswe se tenait à ses côtés. Que conseillerait celle-ci dans de telles circonstances ? Serait-il possible qu'elle lui dicte les mots aptes à contrer cette femme ? À moins qu'elle ne lui dise simplement : « Non, vous ne devez pas vous laisser humilier. Ne vous abaissez pas à son niveau. Vous valez bien mieux que cette petite idiote. » Et Mma Makutsi vit Mma Ramotswe en pensée, et elle l'entendit aussi, et elle répéta exactement ses paroles.

— Toi, en revanche, ton cavalier est superbe, déclara Mma Makutsi. Tu as de la chance de pouvoir danser avec un homme comme ça. Mais il faut dire que tu es une très jolie femme, Mma, et tu mérites d'être avec des hommes très beaux. C'est tout à fait normal.

Violet la dévisagea un moment, puis se détourna. Aucune autre parole ne fut échangée, et Mma Makutsi fit ce qu'elle avait à faire.

— Bien joué, Mma ! lança la voix de Mma Ramotswe. Vous avez eu la bonne réaction. Une excellente réaction !
— Ce n'était vraiment pas facile, souligna Mma Makutsi.
— C'est rarement facile, conclut Mma Ramotswe.

CHAPITRE XII

Où Mma Ramotswe dévoile un problème insoluble

Mma Potokwane avait mentionné la chose avec désinvolture, comme une nouvelle sans importance. Mais le fait que Note Mokoti ait été vu à Gaborone représentait bien plus que cela, du moins pour Mma Ramotswe. Elle avait chassé Note de son esprit et pensait rarement à lui, même s'il lui arrivait de le voir apparaître en rêve et de l'entendre alors la railler et la menacer de nouveau. Elle se réveillait en sursaut, terrorisée, et il lui fallait un moment pour se souvenir qu'il n'était plus là. Il était parti en Afrique du Sud, semblait-il, et avait poursuivi sa carrière musicale à Johannesburg, apparemment avec un certain succès si elle en croyait les magazines qui publiaient régulièrement des photos de lui.

Je ne suis pas quelqu'un de rancunier, se disait Mma Ramotswe. Je ne vois pas l'intérêt de ressasser de vieilles histoires alors qu'il est si simple de les enterrer. Elle avait fait des efforts délibérés pour pardonner à Note et elle estimait qu'ils avaient porté leurs fruits. Elle se rappelait le jour où cela s'était passé : elle était allée se promener dans le bush, avait levé les yeux vers le ciel et vidé son cœur de toute sa haine. C'était ce jour-là qu'elle lui avait pardonné. Elle lui avait pardonné sa cruauté physique, les coups qu'elle avait dû endurer les soirs où il rentrait ivre, les souffrances morales qu'il lui avait infligées en lui faisant des promesses sur lesquelles il revenait aussitôt. Et quant à l'argent qu'il lui avait pris, elle le lui pardonnait aussi, en se disant qu'elle ne souhaitait pas le récupérer.

Quand Mma Potokwane lui avait raconté qu'elle avait croisé Note Mokoti, Mma Ramotswe n'avait pas manifesté de réaction particulière. Mma Potokwane en avait d'ailleurs déduit que la nouvelle ne lui faisait ni chaud ni froid, tant son amie avait paru indifférente, et elles n'en avaient pas parlé davantage. Elles avaient poursuivi la conversation en évoquant Charlie et son inquiétant comportement. Mma Potokwane avait beaucoup à dire à ce sujet et elle avait suggéré des solutions intéressantes, mais par la suite, quand Mma Ramotswe avait tenté de s'en souvenir, rien ne lui était revenu ou presque. Son esprit était submergé par l'horreur de cette nouvelle annoncée d'un ton anodin. Note était de retour.

Tandis qu'elle quittait Tlokweng pour rentrer chez elle ce jour-là, Charlie était bien loin d'occuper ses pensées. Si Note Mokoti avait été aperçu à Gaborone, cela pouvait signifier, soit qu'il était revenu vivre ici – ce qui soulevait certaines difficultés très concrètes –, soit qu'il s'était trouvé là en simple visiteur, de sorte qu'il était peut-être déjà retourné à Johannesburg à l'heure qu'il était, et elle n'avait donc pas à se faire de souci. Cependant, s'il s'était réinstallé à Gaborone, elle finirait tôt ou tard par le voir. Certes, la ville s'était beaucoup étendue et il arrivait que deux personnes y vivent sans jamais se rencontrer, mais il existait malgré tout de très fortes chances pour que leurs chemins se croisent. Les supermarchés n'étaient pas si nombreux et, chaque fois qu'elle s'y rendait, elle tombait sur des connaissances. Et puis, il y avait le Mall, au centre-ville, où chacun se rendait à un moment ou à un autre. Que se produirait-il si, en se promenant là, elle voyait soudain Note venir vers elle ? Ferait-elle demi-tour ou réagirait-elle comme si de rien n'était, passant près de lui avec la même indifférence que s'il s'agissait d'un parfait étranger ?

C'était cette question qui la préoccupait au moment où elle s'engagea dans Tlokweng Road au volant de la petite fourgonnette blanche. Il existait sans doute de nombreuses personnes qui estimaient devoir éviter Untel ou Untel. Des disputes éclataient constamment et les gens se faisaient des ennemis pour des histoires de terrains ou de bétail, ou encore des problèmes d'héritage (ces derniers constituaient une importante source de querelles en ce monde). Certains se réconciliaient et se parlaient de nouveau. D'autres s'y refusaient et entretenaient colère et ressentiment. Et il y avait aussi ceux qui quittaient leur conjoint. Quand on abandonnait son épouse pour une autre femme et que l'épouse ne parvenait pas à comprendre que c'était une bonne chose, que se passait-il si, en se promenant main dans la main avec sa nouvelle amoureuse, on voyait son ancienne femme arriver au bout de la rue ? Cela devait se produire très souvent, songea Mma Ramotswe, et il fallait croire que les gens faisaient face à la situation d'une manière ou d'une autre. La vie continuait en dépit de tous ces écueils.

Elle tenta d'imaginer ce qu'elle dirait à Note si elle se retrouvait un jour sans autre choix que de lui adresser la parole. Peut-être vaudrait-il mieux lui parler de façon très banale, lui demander comment il allait, comment la vie l'avait traité toutes ces années. Elle pourrait ajouter par exemple qu'elle espérait que sa musique avait du succès, et que son existence à Johannesburg devait être passionnante. Oui, ce serait tout. Ainsi, elle lui aurait montré qu'elle ne lui voulait aucun mal et même Note, même ce personnage malveillant qui l'avait traitée avec tant de méchanceté, la laisserait tranquille ensuite.

Elle engagea la petite fourgonnette blanche dans Odi Drive pour couper par le Village. À cet instant, elle aperçut Mrs. Moffat au bord de la route, un lourd sac de commissions à la main. Elle était presque arrivée chez elle et il ne lui restait que quelques dizaines de mètres à parcourir, mais il eût été inconcevable de ne pas s'arrêter en voyant une amie. Mma Ramotswe immobilisa donc la fourgonnette à sa hauteur et se pencha pour ouvrir la portière du passager.

— Votre sac a l'air très lourd, dit-elle. Venez, je vous emmène.

Mrs. Moffat sourit.

— C'est gentil, Mma Ramotswe. Parfois, je me sens paresseuse. En ce moment, par exemple, je suis très paresseuse.

Elle monta en voiture et les deux femmes parcoururent ensemble le court trajet qui les séparait de la maison des Moffat. Samuel, qui travaillait une fois par semaine à l'entretien du jardin, se tenait près de la grille, et il ouvrit pour laisser entrer la petite fourgonnette blanche.

— Merci, dit Mrs. Moffat en se tournant vers son amie. Ce sac commençait à se faire lourd et je…

Elle n'acheva pas sa phrase : elle venait de remarquer l'expression de Mma Ramotswe.

— Il y a un problème, Mma Ramotswe ?

Mma Ramotswe se détourna avant de donner sa réponse.

— Oui, il y a un problème. Je ne voulais pas vous le dire, mais il y a un problème.

Dans l'esprit de Mrs. Moffat, l'évidence s'imposa aussitôt. Mma Ramotswe et Mr. J.L.B. Matekoni s'étaient mariés quelques mois auparavant. La cérémonie, à laquelle le docteur et elle avaient assisté, avait surpris tout le monde, car, à l'époque, on était déjà sûr que Mr. J.L.B. Matekoni, aussi gentil fût-il, ne se déciderait jamais à passer devant l'autel. Peut-être n'était-il pas prêt, après tout. Peut-être ces fiançailles interminables avaient-elles été sa façon d'expliquer que son cœur n'était pas fait pour le mariage, et peut-être Mma Ramotswe le constatait-elle aujourd'hui. Cette pensée consterna Mrs. Moffat. Elle savait que Mma Ramotswe avait déjà été mariée, de longues années auparavant, et elle avait entendu parler de cette union, l'un de ces mariages atrocement violents que bien des femmes étaient forcées d'endurer. À présent, songeait-elle, quelle injustice que les choses se passent mal de nouveau, si tel était le cas ! Pourtant, le problème ne pouvait être le même : Mr. J.L.B. Matekoni était incapable de violence. Cela, au moins, était certain.

Mrs. Moffat posa la main sur le bras de Mma Ramotswe.

— Venez, dit-elle. Il faut me raconter tout ça. Allons nous asseoir dans le jardin, ou sur la véranda, si vous préférez.

Mma Ramotswe hocha la tête et coupa le moteur.

— Je ne veux pas vous ennuyer, soupira-t-elle. En fait, ce n'est pas grand-chose.

— Vous allez m'expliquer de quoi il s'agit, répondit Mrs. Moffat. Quelquefois, cela fait du bien de parler.

Elles décidèrent de s'installer sur la véranda, où il faisait bon et d'où l'on pouvait admirer le jardin que Mrs. Moffat avait mis tant de soin à agrémenter. Un immense jacaranda poussait à côté et son large feuillage prodiguait une ombre bienfaisante sur toute la maison. C'était un lieu parfait pour s'asseoir et réfléchir.

Mma Ramotswe en vint tout de suite au fait et livra à Mrs. Moffat la nouvelle annoncée par Mma Potokwane. Tandis qu'elle parlait, elle vit le visage de son amie se détendre, passant d'une expression inquiète à un évident soulagement.

— Alors, c'est tout ? s'exclama Mrs. Moffat. Ce n'est que cela ?

Mma Ramotswe parvint à sourire.

— Je vous avais bien dit que ce n'était pas grand-chose.

Mrs. Moffat se mit à rire.

— Ce n'est pas grand-chose, en effet, dit-elle. Je craignais qu'il y ait des problèmes dans votre couple. Je m'étais imaginé que Mr. J.L.B. Matekoni voulait vous quitter, ou quelque chose comme cela. Je me demandais ce que j'allais bien pouvoir vous dire.

— Mr. J.L.B. Matekoni ne me quittera jamais, affirma Mma Ramotswe. Il apprécie ma cuisine. Il n'a aucune raison de s'en aller.

— C'est une bonne façon de garder un homme, approuva Mrs. Moffat. Mais revenons à cet autre monsieur, ce Note Mokoti… Il est revenu, et alors ? Vous n'avez pas à vous inquiéter. Contentez-vous d'être polie avec lui si vous le croisez. Ce n'est pas la peine de vous engager plus que ça. Dites-lui que vous vous êtes remariée…

Tandis qu'elle parlait, Mma Ramotswe ne l'avait pas quittée des yeux, mais, à ces derniers mots, elle se détourna brusquement et Mrs. Moffat hésita. Pour une raison ou pour une autre, ses paroles semblaient avoir bouleversé Mma Ramotswe et elle s'interrogea. Était-il possible que Mma Ramotswe ne veuille pas que Note apprenne son remariage ? Avait-elle conservé des sentiments pour lui et préférait-elle qu'il ne sût rien de son union avec Mr. J.L.B. Matekoni ?

— Vous ne lui en parlerez que s'il vient vous voir, précisa-t-elle. Vous lui direz que vous vous êtes mariée, non ?

Mma Ramotswe serrait entre ses doigts le bord de sa jupe, l'air tourmenté. Elle releva la tête et regarda Mrs. Moffat.

— Je suis toujours mariée avec lui, murmura-t-elle dans un souffle. Je suis encore mariée à cet homme. Nous n'avons jamais divorcé.

Au cours du long silence qui suivit, une tourterelle grise d'Afrique progressa délicatement le long d'une branche du jacaranda, procédant par petits bonds vifs, les yeux baissés vers les deux femmes assises au-dessous. Sur une pierre, hors de la pénombre projetée par l'arbre, un petit lézard aux flancs teintés de bleu orientait la tête vers le soleil du soir.

Mrs. Moffat ne disait rien. Elle n'attendait pas que Mma Ramotswe poursuive ; non, elle n'avait tout simplement rien à dire.

— Alors vous voyez, Mma, reprit Mma Ramotswe. Je suis très malheureuse. Très malheureuse.

Mrs. Moffat hocha la tête.

— Mais pourquoi n'avez-vous pas demandé le divorce ? C'est lui qui vous a quittée, n'est-ce pas ? Vous l'auriez obtenu.

— J'étais très jeune, expliqua Mma Ramotswe. Cet homme me faisait peur. Quand il est parti, je me suis contentée de le chasser de mon esprit et je me suis efforcée d'oublier que nous avions été mariés. J'ai essayé de ne plus y penser.

— Mais vous avez dû vous en souvenir par la suite, non ?

— Non, confessa Mma Ramotswe. Sinon, j'aurais fait quelque chose. Mais je ne pouvais pas me résoudre à y réfléchir. Je n'y arrivais pas. Je suis désolée, Mma…

— Mais vous n'avez pas à vous excuser ! s'exclama Mrs. Moffat. Seulement, la situation est un peu compliquée maintenant, non ? Vous n'étiez pas censée vous marier tant que vous n'aviez pas divorcé.

— Je sais, murmura Mma Ramotswe. J'ai agi en dépit du bon sens.

Le silence tomba de nouveau. Mrs. Moffat cherchait quelque chose à dire, un conseil à donner, mais elle ne voyait pas de quelle manière Mma Ramotswe pouvait résoudre son problème. Les amies se comportaient parfois de façon déraisonnable – elle le savait parfaitement – et elle en avait là un bon exemple. Certes, Mma Ramotswe n'avait pas commis une action répréhensible sur le plan moral, mais elle avait pris à la légère une formalité, une formalité légale d'une importance extrême, et Mrs. Moffat ne parvenait pas à entrevoir la moindre solution.

Au bout de quelques minutes, Mma Ramotswe se leva avec un soupir. Elle tira sur son chemisier et épousseta sa jupe pour en chasser une poussière plus imaginaire que réelle.

— Voilà mon problème, Mma, déclara-t-elle. Je ne vous demande pas de me tirer de là. Il faut que je me débrouille toute seule.

Elle s'interrompit, avant de conclure :

— Seulement j'ai beau réfléchir, je ne vois pas ce que je peux faire, Mma. Je ne vois pas du tout !

CHAPITRE XIII

Mma Makutsi et Mr. J.L.B. Matekoni visitent la maison de Mr. J.L.B. Matekoni

Le lendemain, Mma Makutsi s'aperçut très vite que Mma Ramotswe avait l'esprit ailleurs. Son employeur se montrait rarement maussade, mais, en certaines occasions, des problèmes extérieurs semblaient l'empêcher de consacrer toute son attention aux affaires de l'agence. Il s'agissait en général de soucis domestiques – l'un des enfants rencontrait des difficultés à l'école, ou Rose, la femme de ménage, lui avait parlé des épreuves endurées par un parent ou un ami. Il y avait tant de besoins, même dans un pays aussi heureux que le Botswana ! On eût dit que les réserves de souffrance n'étaient jamais épuisées et, en dépit des progrès accomplis, il restait toujours des individus sans travail, sans domicile ou affamés. Et lorsqu'on prenait conscience de ces problèmes, surtout s'ils touchaient des proches qui se tournaient alors vers vous, il devenait difficile de penser à autre chose.

Chacun connaissait des personnes dans le besoin. Mma Makutsi, par exemple, venait d'entendre parler d'une jeune fille dont les deux parents étaient morts. Cette jeune fille, qui vivait chez sa tante, était intelligente. Elle avait réussi tous ses examens, mais n'avait pas d'argent pour poursuivre ses études et allait devoir abandonner si elle n'en trouvait pas très vite. Que pouvait-on y faire ? Mma Makutsi n'avait pas les moyens de l'aider. Certes, elle gagnait un peu plus grâce à l'École de dactylographie pour hommes du Kalahari, mais il lui fallait s'occuper des siens, restés à Bobonong. Il n'y avait donc personne pour porter secours à cette jeune fille, qui allait perdre ses chances de faire quelque chose de sa vie.

Bien sûr, il importait de ne pas se laisser submerger par ces drames. Chacun devait continuer à vaquer à ses occupations quotidiennes. L'Agence N° 1 des Dames Détectives était là pour résoudre les problèmes des gens – elle le faisait avec succès, comme le soulignait souvent Mma Ramotswe – mais les deux femmes ne pouvaient s'attaquer à tous les malheurs du monde. On était obligé de se détourner d'un grand nombre de difficultés pour lesquelles on eût aimé faire quelque chose, en espérant que la vie apporterait des solutions à ceux qui les rencontraient. On n'avait pas le choix.

En observant Mma Ramotswe, assise à son bureau à l'autre extrémité de la pièce, Mma Makutsi s'interrogeait. Fallait-il lui dire quelque chose ou garder le silence ? Après mûre réflexion, elle résolut de parler.

— Vous avez l'air préoccupé, Mma Ramotswe, hasarda-t-elle. Est-ce que vous vous sentez bien ?

Pendant un long moment, Mma Ramotswe ne dit rien et la question resta étrangement suspendue dans l'air.

Enfin, Mma Ramotswe prit la parole.

— J'ai un souci, Mma, avoua-t-elle. Mais je ne souhaite pas vous ennuyer avec ça. C'est une affaire privée.

Mma Makutsi la dévisagea. Au Botswana, il y avait très peu de choses que l'on pouvait présenter comme des affaires privées. Dans cette société, chacun connaissait les problèmes d'autrui.

— Je n'ai aucune intention de me mêler de ce qui ne me regarde pas, affirma-t-elle. Mais si cette chose-là vous donne du souci, il faut que vous me laissiez m'occuper du reste. Ce sera ma façon de vous aider.

Mma Ramotswe soupira.

— Je ne vois pas de quels soucis je pourrais me décharger sur vous. Il y a tellement...

Mma Makutsi ne la laissa pas achever.

— Eh bien, pour commencer, il y a Charlie, lança-t-elle avec vivacité. Ça, c'est un gros souci. Laissez-moi m'occuper de ce garçon. Ainsi, vous pourrez déjà cesser de vous en faire pour lui.

Pendant quelques instants, Mma Ramotswe chercha le moyen de décliner cette proposition. Charlie était un problème propre au garage et son bien-être concernait donc Mr. J.L.B. Matekoni, et elle-même indirectement, puisqu'elle était sa femme. Mr. J.L.B. Matekoni et elle s'étaient toujours occupés des apprentis et il semblait naturel qu'ils continuent ainsi. Cependant, la proposition de Mma Makutsi était bien tentante. Elle n'avait pas la moindre idée de ce qu'elle pouvait faire pour Charlie – à supposer que l'on pût faire quelque chose. Mma Makutsi était une femme intelligente et pleine de ressource, parfaitement apte à secouer les jeunes gens. Elle avait déjà pris les apprentis en main par le passé, avec un indéniable succès, aussi était-il peut-être judicieux de la laisser réessayer.

— Mais pouvez-vous faire quoi que ce soit pour Charlie ? interrogea-t-elle. Pouvons-nous, autant que nous sommes, faire quoi que ce soit pour lui ?

Mma Makutsi sourit.

— Je peux tenter de découvrir ce qui se passe exactement, répondit-elle. Ensuite, je chercherai le moyen de régler le problème.

— Mais nous savons très bien ce qui se passe, protesta Mma Ramotswe. Il fréquente une dame très riche qui roule en Mercedes-Benz. Tout le monde le sait. Voilà ce qui se passe.

Mma Makutsi ne pouvait qu'acquiescer. Pour elle toutefois, il y avait toujours d'autres choses à découvrir sous la surface et, bien sûr, elles avaient vu la dame et l'apprenti s'engager dans l'allée de la maison de Mr. J.L.B. Matekoni. Voilà un mystère qu'il fallait élucider.

— Il reste encore des détails à examiner, expliqua-t-elle à Mma Ramotswe. J'ai pensé que Mr. J.L.B. Matekoni et moi-même devrions aller y regarder de plus près. Voilà ce que j'ai pensé.

— Il faut faire attention à Mr. J.L.B. Matekoni, prévint Mma Ramotswe. C'est un excellent mécanicien, mais je ne crois pas qu'il soit très bon détective. À vrai dire, je suis même sûre du contraire.

— C'est moi qui tiendrai les commandes, garantit Mma Makutsi. Je veillerai à ce qu'il n'arrive rien à Mr. J.L.B. Matekoni.

— Bon, fit Mma Ramotswe. Parce que c'est le seul mari que…

Elle s'interrompit. Elle était sur le point de dire qu'elle n'avait pas d'autre mari, mais, saisie d'un sombre pressentiment, elle s'était tout à coup souvenue que ce n'était pas rigoureusement exact.

Lorsque Mma Makutsi suggéra à Mr. J.L.B. Matekoni de rendre visite avec elle à son nouveau locataire, il regarda sa montre et se gratta la tête.

— J'ai beaucoup de travail, vous savez, Mma, objecta-t-il. Il y a cette voiture, là-bas, qui n'a plus de plaquettes de frein et ce minibus qui brait comme un âne. J'ai beaucoup de véhicules mal en point et je ne peux pas les abandonner.

— Ils ne vont pas mourir, rétorqua Mma Makutsi avec fermeté. Ils seront encore là à notre retour.

Mr. J.L.B. Matekoni poussa un soupir.

— Je ne vois pas pourquoi nous devrions aller là-bas. Ces gens paient leur loyer. La maison n'a pas brûlé...

— Mais il y a Charlie, fit remarquer Mma Makutsi. Nous devons découvrir ce qu'il est allé faire dans votre maison. Imaginez qu'il se soit laissé embarquer dans des activités criminelles, avec cette belle dame et sa Mercedes-Benz...

À l'évocation d'activités criminelles, Mr. J.L.B. Matekoni tressaillit. Il avait pris ces garçons sous son aile quelques années auparavant et il se doutait qu'ils fréquentaient toutes sortes de filles. Il ne posait jamais aucune question à ce sujet : au fond, c'étaient leurs affaires et il n'avait pas à s'en mêler. Des activités criminelles, en revanche, c'était une tout autre histoire. Que se passerait-il si les journaux publiaient des articles racontant qu'un employé du Tlokweng Road Speedy Motors avait été arrêté par la police pour racket ? La honte serait trop dure à supporter. Il dirigeait un garage qui se consacrait jour après jour aux clients et à leurs voitures, et qui s'y consacrait en toute honnêteté. Mr. J.L.B. Matekoni n'employait jamais des pièces bas de gamme ou inadaptées en les facturant au prix fort. Jamais il n'avait versé ni accepté de pots-de-vin. Il avait fait de son mieux pour instiller son sens de la morale – cette morale commerciale, voire mécanique – aux deux garçons, mais il doutait d'y être parvenu. Il soupira de nouveau. Ces femmes le poussaient toujours à faire des choses contre sa volonté. Il ne souhaitait pas s'immiscer dans la vie de son locataire. Il n'avait pas envie de retourner à son ancien domicile, maintenant qu'il était si paisiblement installé dans la maison de Zebra Drive. Pourtant, il était clair qu'il n'avait guère le choix, aussi accepta-t-il. Ils pourraient y aller ce soir-là, concéda-t-il, peu après cinq heures. Jusque-là, il entendait se consacrer à ces malheureux véhicules sans interruption.

— Je ne viendrai pas vous déranger, promit Mma Makutsi. Mais à cinq heures tapantes, je serai là, prête à partir.

À cinq heures très exactement, après avoir adressé un signe d'au revoir à Mma Ramotswe, qui repartait chez elle au volant de sa petite fourgonnette blanche, elle alla informer Mr. J.L.B. Matekoni qu'il était temps de quitter le garage. Il venait d'achever un travail sur une voiture et il était de bonne humeur, car tout s'était bien passé.

— J'espère que ce ne sera pas trop long, déclara-t-il en s'essuyant les mains sur un chiffon. Je n'ai pas grand-chose à dire à ce monsieur qui m'a loué la maison. En fait, je n'ai rien à lui dire du tout.

— Nous pourrons prétendre que nous sommes venus voir si tout allait bien, suggéra Mma Makutsi. Et ensuite, nous lui parlerons de Charlie. Nous lui demanderons s'il l'a vu.

— Je n'en vois pas l'intérêt, répondit Mr. J.L.B. Matekoni. S'il l'a vu, il dira oui, et s'il ne l'a pas vu, il dira non. À quoi cela nous avancera-t-il de lui poser cette question ?

Mma Makutsi sourit.

— Vous n'êtes pas détective, Rra. Ça se voit.

— C'est évident que je ne suis pas détective, répliqua Mr. J.L.B. Matekoni. D'ailleurs, je n'ai aucune envie de l'être. Je suis garagiste.

— Mais vous êtes marié à une détective, souligna Mma Makutsi d'un ton bienveillant. Quand on épouse une personne, on apprend parfois de petites choses sur son métier. Regardez la femme du Président : elle est obligée de tout savoir sur les ouvertures d'écoles ou les signatures…

— Mais moi, je n'ai jamais demandé à Mma Ramotswe de réparer des voitures, objecta Mr. J.L.B. Matekoni. Alors qu'elle ne vienne pas me demander de faire le détective.

Mma Makutsi décida de ne pas répondre à cette remarque. Jetant un coup d'œil à sa montre, elle déclara qu'il était temps de partir s'ils ne voulaient pas arriver à l'heure où toute la famille du locataire se trouverait à table pour le dîner, ce qui serait très impoli. À contrecœur, Mr. J.L.B. Matekoni retira son bleu de travail et saisit son chapeau, accroché à sa patère habituelle. Puis tous deux montèrent dans la camionnette pour parcourir le court trajet sur la route de l'ancien terrain d'aviation militaire.

En arrivant aux abords de la maison, Mr. J.L.B. Matekoni commença à ralentir et observa les alentours.

— Ça fait drôle, Mma, lança-t-il. Ça fait toujours drôle de revenir dans un lieu où l'on a vécu.

Mma Makutsi hocha la tête. C'était vrai. Elle n'était retournée que de rares fois à Bobonong depuis son installation à Gaborone et cela avait toujours représenté une expérience déroutante. Tout était familier, c'était vrai, curieusement, tout semblait différent. D'abord, il y avait la petitesse, et aussi la pauvreté. À l'époque où elle vivait là, les maisons lui paraissaient parfaitement normales, et celle où elle habitait avec sa famille était très confortable. Mais considérée avec des yeux qui avaient vu Gaborone et les grands bâtiments de cette ville, la maison était devenue minuscule et délabrée. Quant à la pauvreté, elle ne l'avait jamais remarquée du temps où elle vivait là. Jamais elle ne s'était rendu compte qu'avec une couche de peinture Bobonong aurait pu être transfiguré. Lorsqu'on avait connu Gaborone, où tout était si bien entretenu, il était impossible de ne pas voir la saleté des murs.

Les gens eux aussi lui avaient paru diminués. Sa tante préférée restait bien sûr sa tante préférée, mais alors que Mma Makutsi avait toujours admiré la sagesse de ses paroles, celles-ci lui apparaissaient à présent comme des lieux communs. Pis encore, Mma Makutsi avait même éprouvé de l'embarras en l'écoutant parfois, songeant qu'à Gaborone de telles observations seraient passées pour désuètes. Elle s'était alors sentie coupable et avait tenté d'esquisser un sourire approbateur, mais cela lui avait réclamé un effort immense. Ce n'était pas bien, elle le savait : il importait de ne pas oublier tout ce que l'on devait à ses origines, à sa famille et aux lieux qui nous avaient nourris, mais il se révélait parfois difficile d'appliquer ce principe.

Mma Ramotswe, pour sa part, semblait très à l'aise avec ce qu'elle était et le lieu d'où elle venait, et cela avait toujours impressionné Mma Makutsi. De toute évidence, elle était restée très attachée à Mochudi et elle parlait de son enfance avec une immanquable tendresse. C'était une grande chance d'aimer l'endroit où l'on avait été élevé. Tout le monde n'en était pas capable. Et c'était une chance encore plus grande d'avoir eu un père comme Obed Ramotswe, dont Mma Ramotswe avait tant parlé à Mma Makutsi. Cette dernière avait presque l'impression de le connaître désormais, comme si à tout moment elle pouvait citer des remarques qu'il avait faites, alors que, bien sûr, elle ne l'avait jamais rencontré. C'étaient des choses qu'elle imaginait. Plus d'une fois, elle avait dit à Mma Ramotswe : « Comme le disait votre père, Mma… ». Alors, Mma Ramotswe souriait et répondait : « C'est vrai, il disait toujours ça, n'est-ce pas ? »

Bien entendu, elle n'était pas la seule à faire cela. Mma Ramotswe parlait très souvent de Seretse Khama en citant des paroles qu'il avait prononcées, mais Mma Makutsi était un peu sceptique à ce sujet. Non que Seretse Khama n'ait pas fait un grand nombre de remarques très sages, mais il lui semblait que Mma Ramotswe avait une légère tendance à exprimer des points de vue – des points de vue personnels – en les attribuant à Seretse Khama, même si ce dernier ne s'était jamais prononcé sur le sujet en question. Il y avait eu récemment un exemple de ce phénomène lorsque Mma Ramotswe avait affirmé qu'il ne fallait jamais faire traverser un cours d'eau à une chèvre et que Seretse Khama lui-même avait dit quelque chose là-dessus. Mma Makutsi éprouvait des doutes à ce propos : si sa mémoire était bonne, Seretse Khama n'avait jamais parlé de chèvres – et elle avait étudié tous ses discours à l'école. Pour elle, Mma Ramotswe cherchait simplement à donner du poids à un point de vue qui lui était propre.

— Quand a-t-il dit cela ? avait-elle demandé pour l'éprouver.

Mma Ramotswe avait eu un geste vague.

— Il y a longtemps, je crois. J'ai lu ça quelque part…

Cette réponse n'avait pas convaincu Mma Makutsi, qui avait alors été tentée de dire à son employeur : « Mma Ramotswe, vous devez vous souvenir que vous n'êtes pas Seretse Khama ! » Toutefois, elle n'en avait rien fait, heureusement, car cela eût semblé impoli, et Mma Ramotswe n'avait pas de mauvaises intentions quand elle évoquait Seretse Khama, même si elle ne disait pas toujours la stricte vérité. Le vrai problème, songeait Mma Makutsi, c'était que Mma Ramotswe n'avait pas étudié à l'Institut de secrétariat du Botswana. Si elle y était allée, elle se serait peut-être montrée un peu plus précise sur certaines de ses affirmations. Car l'intuition et l'expérience pouvaient certes mener quelqu'un très loin, mais on avait malgré tout besoin d'un peu plus que cela pour parachever les choses. Et si Mma Ramotswe avait eu la chance d'étudier à l'Institut de secrétariat du Botswana, se demandait Mma Makutsi, quelle note aurait-elle obtenue à l'examen final ? C'était là une question fascinante. Il ne faisait aucun doute qu'elle s'en serait très bien sortie et aurait même pu atteindre un… disons un 75 sur 100. Un résultat très honorable, même à vingt-deux points sous celui qu'elle-même avait atteint. Le problème, lorsqu'on avait obtenu un 97 sur 100, c'était que cela plaçait la barre à une hauteur surélevée pour les autres.

Les pensées de Mma Makutsi furent interrompues par Mr. J.L.B. Matekoni, qui lui tapa légèrement sur l'épaule.

— Faut-il que je m'engage dans l'allée, Mma ?

Mma Makutsi réfléchit.

— Ce serait préférable, Rra. N'oubliez pas que vous n'avez rien à cacher. Vous rendez juste visite à cet homme pour vous assurer que tout va bien.

— Et vous ? interrogea Mr. J.L.B. Matekoni en faisant franchir la grille familière à la camionnette. Qu'est-ce qu'ils vont penser en vous voyant ?

— Je pourrais être votre nièce, suggéra Mma Makutsi. Il y a beaucoup d'hommes de votre âge qui ont des nièces et qui les emmènent avec eux dans leur camionnette. Vous n'avez jamais remarqué, Rra ?

Mr. J.L.B. Matekoni lui décocha un regard perplexe. Il ne savait jamais très bien comment prendre Mma Makutsi et cette remarque un peu ambiguë était caractéristique du genre de choses qu'elle disait. Il ne répondit pas et se concentra sur la conduite, s'appliquant à garer le camion à côté des deux voitures déjà stationnées devant la maison.

Ensemble, ils marchèrent jusqu'à la porte d'entrée. Mr. J.L.B. Matekoni frappa fort, tout en appelant.

— Le jardin n'est pas très bien entretenu, fit remarquer Mma Makutsi à mi-voix en désignant discrètement plusieurs boîtes de paraffine retournées que l'on avait utilisées pour une raison ou pour une autre et laissées là ensuite.

— Ces gens travaillent beaucoup, je crois, répondit Mr. J.L.B. Matekoni. Peut-être n'ont-ils pas le temps de s'en occuper. On ne peut pas leur en vouloir.

— Si, rétorqua Mma Makutsi d'une voix plus forte.

— Chut ! fit Mr. J.L.B. Matekoni. Quelqu'un vient…

La porte fut ouverte par une femme d'environ quarante-cinq ans, vêtue d'un chemisier rouge bariolé et d'une longue jupe verte. Elle les détailla de la tête aux pieds et leur fit signe d'entrer.

— Il n'y a pas beaucoup de monde, déclara-t-elle sans leur laisser le temps de se présenter. Mais je peux vous servir quelque chose si vous allez vous asseoir au fond. J'ai du rhum, mais vous pouvez aussi vous contenter d'une bière. Alors, qu'est-ce que ce sera ?

Mr. J.L.B. Matekoni se tourna à demi vers Mma Makutsi, stupéfait. Il ne s'attendait pas à un accueil aussi énergique et il lui semblait plutôt étrange d'offrir à boire à des inconnus avant même qu'un seul mot n'eût été prononcé. Comment cette dame savait-elle qui il était ? Peut-être était-ce la femme du locataire : il n'avait eu affaire qu'au locataire lui-même et n'avait pas vu les autres membres de sa famille.

Si Mr. J.L.B. Matekoni fut pris au dépourvu, tel ne fut pas le cas de Mma Makutsi. Elle sourit à la femme et accepta aussitôt une bière pour Mr. J.L.B. Matekoni. Quant à elle, elle prendrait une boisson sans alcool, dit-elle, quelque chose de bien frais. La femme hocha la tête et disparut dans la cuisine, laissant les visiteurs pénétrer dans ce qui avait été la salle à manger de Mr. J.L.B. Matekoni.

C'était la pièce préférée de Mr. J.L.B. Matekoni lorsqu'il habitait là, car elle avait une belle vue sur le jardin arrière planté de papayers et, au-delà, sur une colline qui se profilait au loin. À présent, la vue n'existait plus, car d'épais rideaux masquaient la fenêtre. Le seul éclairage était fourni par deux petites lampes rouges placées sur une table basse devant les rideaux. Mr. J.L.B. Matekoni regarda autour de lui avec étonnement. Il savait que les gens pouvaient avoir des goûts particuliers, mais il lui semblait extraordinaire que l'on pût préférer plonger une pièce dans l'obscurité et gaspiller l'électricité quand une lumière naturelle de qualité était disponible gratuitement à l'extérieur.

Il se tourna de nouveau vers Mma Makutsi. Peut-être avait-elle déjà vu ce genre de chose et n'était-elle pas surprise. Il l'interrogea du regard, mais elle se contentait de lui sourire d'une drôle de façon.

— Qu'ont-ils fait de ma salle à manger ? chuchota-t-il. C'est très bizarre.

Mma Makutsi continua de sourire.

— C'est très intéressant, répondit-elle à voix basse. Bien sûr, vous savez que…

Elle n'acheva pas sa phrase. Déjà, la femme au chemisier rouge revenait avec un plateau chargé d'une bière et d'un verre de Coca. Elle posa le plateau sur la table et désigna un grand canapé de cuir adossé contre un mur.

— Vous pouvez vous asseoir, dit-elle. Je vais mettre de la musique si vous voulez.

Mma Makutsi saisit son verre de Coca.

— Joignez-vous à nous, Mma. Il a fait très chaud aujourd'hui et vous devez avoir soif. Prenez une bière et mettez-la sur notre note. Nous vous l'offrons.

La femme ne se fit pas prier.

— C'est gentil à vous, Mma. Je vais la chercher et je reviens.

Dès qu'elle eut quitté la pièce, Mr. J.L.B. Matekoni se tourna vers Mma Makutsi.

— Est-ce que… commença-t-il.

— Oui, coupa Mma Makutsi. C'est un *shebeen*. Votre maison, Mr. J.L.B. Matekoni, a été transformée en débit de boissons clandestin.

Mr. J.L.B. Matekoni se laissa choir lourdement sur le canapé.

— C'est affreux, gémit-il. Tout le monde va croire que je suis impliqué là-dedans. Les gens vont dire que je tiens un *shebeen* tout en cherchant à me faire passer pour une personne respectable. Et que va penser Mma Ramotswe ?

— Elle comprendra que vous n'avez rien à voir avec ça, affirma Mma Makutsi. Et je suis sûre que les autres penseront la même chose.

— Je n'aime pas ce genre d'endroits, déclara Mr. J.L.B. Matekoni en secouant la tête. Ils font crédit aux clients, qui finissent par se ruiner.

Mma Makutsi acquiesça. Elle était amusée par cette découverte, à laquelle elle ne s'attendait pas, mais savait qu'il n'y avait rien de drôle dans les *shebeen*. Les gens pouvaient fréquenter les bars légaux, mais certains avaient besoin de boire à crédit, et les *shebeen* en profitaient. Ils encourageaient les gens à boire beaucoup et, à la fin du mois, ils leur soutiraient une part toujours plus importante de leur salaire. Plus grave encore, ces bars clandestins étaient associés aux jeux d'argent et, là aussi, ils exploitaient la faiblesse humaine.

La femme revint avec une bouteille de bière, qu'elle leva pour trinquer. Mr. J.L.B. Matekoni l'imita à contrecœur, mais la réaction de Mma Makutsi fut plus convaincante.

— Alors, Mma, lança-t-elle d'une voix forte, c'est un bien bel établissement que vous avez là ! Très agréable !

La femme se mit à rire.

— Oh non, Mma, ce n'est pas à moi ! Je ne suis qu'une employée. C'est une autre dame qui tient cet endroit.

Mma Makutsi réfléchit. Bien sûr : une femme comme cela, qui roulait dans une puissante Mercedes-Benz, ne se rendrait pas dans un *shebeen* en simple cliente. C'était la reine des lieux, la reine en personne !

— Ah, mais oui ! s'exclama Mma Makutsi. Je la connais. C'est celle qui conduit cette grosse Mercedes-Benz et qui est avec un garçon tout jeune, son nouvel ami. Je crois qu'il s'appelle Charlie.

— Oui, c'est elle, répondit la femme. Charlie est son petit ami. Il vient parfois ici avec elle. Mais elle a aussi un mari, qui vit à Johannesburg. C'est un monsieur important là-bas. Il possède plusieurs bars, je crois.

— Oui, acquiesça Mma Makutsi. Je le connais très bien.

Elle marqua un temps d'arrêt, avant d'ajouter :

— Croyez-vous qu'il soit au courant, pour Charlie ?

La femme but une gorgée de bière et s'essuya la bouche d'un revers de main.

— Hum ! À mon avis, il ne sait rien. Et si j'étais Charlie, je ferais très attention. Ce monsieur revient au Botswana tous les quelques mois pour la voir, et le week-end où il sera là, Charlie a intérêt à déguerpir ! Ah, ah ! Si j'étais lui, je filerais tout droit à Francistown ou à Maun à ce moment-là ! Plus il sera loin, mieux ça vaudra pour lui.

Mma Makutsi jeta un coup d'œil à Mr. J.L.B. Matekoni, qui suivait la conversation avec une vive attention. Puis elle s'adressa de nouveau à la femme.

— Est-ce que cet homme, ce mari, l'aide parfois à tenir ce bar ? Est-ce qu'il lui arrive de venir ici ?

— Oui, quelquefois, répondit la femme. Et de temps en temps, il nous téléphone pour lui laisser des messages.

Mma Makutsi prit une profonde inspiration. Mma Ramotswe lui avait enseigné que lorsqu'on posait *la* question importante – la question sur laquelle pouvait reposer l'élucidation d'une enquête –, il fallait veiller à paraître calme, comme si la réponse n'avait pas grande importance. Or, le moment était venu de poser une question de ce type ; Mma Makutsi sentait son cœur cogner dans sa poitrine et elle était certaine que la femme l'entendait.

— Alors il téléphone ? Et vous n'auriez pas son numéro ici, par hasard ? J'ai besoin de lui parler au sujet d'un ami que nous avons à Johannesburg et qui voudrait le rencontrer pour une affaire. J'avais son numéro, mais…

— Si, répondit la femme. Il est à la cuisine, sur un morceau de papier. Je peux aller vous le chercher.

— C'est très gentil, répondit Mma Makutsi. Et quand vous serez à la cuisine, prenez une deuxième bière, Mma. C'est Mr. J.L.B. Matekoni qui vous l'offre.

CHAPITRE XIV

Tu te souviens de moi ?

Mma Ramotswe s'était efforcée de réprimer la sensation de terreur qui l'enveloppait à présent comme une ombre noire. Elle avait essayé d'extirper Note Mokoti de son esprit ; ce n'était pas parce que Mma Potokwane l'avait croisé, s'était-elle dit et répété, qu'elle le rencontrerait à coup sûr elle-même. Toutefois, aucun argument n'avait eu le moindre effet et elle ne pouvait s'empêcher de penser à son premier mari et à la rencontre qu'il ne manquerait pas, elle le savait, de provoquer.

Elle avait d'abord été tentée de révéler à Mr. J.L.B. Matekoni ce que lui avait appris Mma Potokwane, mais elle s'était vite aperçue qu'elle ne le pouvait pas. Note Mokoti appartenait à son passé – à une période douloureuse de ce passé – et elle ne s'était jamais résolue à en parler à Mr. J.L.B. Matekoni. Elle lui avait dit, bien sûr, qu'elle avait eu un premier mari qui s'était montré cruel envers elle. Mais elle n'était pas allée plus loin et il avait senti que c'était un sujet qu'elle n'aimait pas évoquer. Il avait donc respecté sa réserve. Elle n'en avait guère parlé non plus à Mma Makutsi, même si elle y avait fait une ou deux fois allusion au cours de leurs discussions sur les hommes en général, et sur les maris en particulier.

Toutefois, quelle que fût la fermeté avec laquelle elle avait relégué Note dans le royaume de l'oubli, il restait dans la réalité un homme de chair et de sang qui était revenu à Gaborone et qui, tôt ou tard, croiserait son chemin. L'événement se produisit un matin, deux jours à peine après la conversation avec Mma Potokwane, alors que Mma Ramotswe et Mma Makutsi travaillaient à l'Agence N° 1 des Dames Détectives. Mr. J.L.B. Matekoni était allé chercher des pièces détachées chez son distributeur habituel et Mr. Polopetsi aidait le jeune apprenti à fixer des suspensions sur un fourgon mortuaire. C'était un matin très ordinaire.

Ce fut Mr. Polopetsi qui l'annonça. Après avoir frappé à la porte séparant le garage de l'agence, il jeta un coup d'œil prudent à l'intérieur et indiqua que quelqu'un souhaitait voir Mma Ramotswe.

— Qui est-ce ? interrogea Mma Makutsi.

Elles étaient très occupées et n'avaient aucune envie d'être dérangées pour rien, mais on ne pouvait refuser d'accueillir un client.

— C'est un homme, répondit Mr. Polopetsi.

À ces mots, Mma Ramotswe sut qu'il s'agissait de Note.

— Mais qui est-ce ? insista Mma Makutsi. Il n'a pas donné son nom ?

Mr. Polopetsi secoua la tête.

— Il n'a pas voulu. Il porte des lunettes noires et une veste en cuir marron. Il ne me plaît pas.

Mma Ramotswe se leva.

— J'y vais, dit-elle d'une voix calme. Je crois savoir qui c'est.

Mma Makutsi regarda son employeur d'un air étonné.

— Vous ne pourriez pas lui dire de venir ici ? suggéra-t-elle.

— Je préfère le voir dehors, répondit Mma Ramotswe. Je crois qu'il s'agit d'une affaire privée que je dois régler avec lui.

Elle sortit du bureau en prenant soin d'éviter le regard de Mma Makutsi. À l'extérieur, la luminosité intense l'aveugla ; c'était l'une de ces journées où le soleil se faisait implacable et les ombres courtes, une journée où rien ne pouvait vous préserver de la chaleur montante, une journée où l'air semblait écrasant. En franchissant la large porte du garage, tandis que Mr. Polopetsi retournait à son travail, elle vit les pompes à essence et les acacias, et une voiture qui descendait Tlokweng Road et puis, juste là, sur la gauche, debout dans l'ombre d'un arbre, tourné vers elle, Note Mokoti, les pouces passés dans sa ceinture, dans cette pose familière dont elle se souvenait si bien.

Elle parcourut les quelques pas qui la séparaient de lui. Elle leva les yeux et vit que son visage s'était empâté, mais qu'il était toujours cruel, et qu'il avait une petite cicatrice sur le menton. Elle constata qu'il avait pris du ventre, un défaut à demi dissimulé par la veste en cuir qu'il portait malgré la chaleur. Et elle pensa soudain qu'il était étrange de remarquer ces choses chez un être qui vous effrayait tant, et que le condamné, au moment de son exécution, devait remarquer lui aussi, durant ces terribles derniers instants, que l'homme qui allait lui dérober la vie avait la gorge irritée par le rasage ou des poils sur le dos des mains.

— Note, dit-elle. C'est toi.

Les muscles autour de la bouche se relâchèrent et il sourit. Elle vit les dents, si importantes, avait-il coutume de dire, pour un trompettiste. De bonnes dents. Puis elle entendit sa voix.

— Oui, c'est moi, tu ne te trompes pas, Precious. C'est moi, après toutes ces années.

Elle scruta les verres des lunettes noires, mais n'y découvrit rien d'autre que le minuscule reflet des branches d'acacia et du ciel.

— Tu vas bien, Note ? Tu viens de Johannesburg ?

— De Joeies, précisa-t-il en riant. D'Egoli. De Joburg. C'est une ville qui a plein de noms.

Elle attendit qu'il ajoute quelque chose et, pendant quelques instants, il n'y eut que le silence. Puis il parla enfin.

— Je sais tout de toi. J'ai appris que tu étais une fameuse détective par ici.

Il se remit à rire, comme si l'idée que ce pût être vrai lui semblait ridicule. Il avait toujours eu cette conception des femmes, toujours pensé qu'elles ne pouvaient exercer leur métier aussi bien que les hommes. *Combien connais-tu de femmes trompettistes ?* avait-il coutume de lui demander autrefois, moqueur. Elle était trop jeune à l'époque pour lui tenir tête et à présent, maintenant qu'elle pouvait le faire, avec les preuves de sa réussite, elle ne ressentait rien d'autre que la terreur de jadis, cette terreur qui depuis des siècles faisait trembler les femmes devant de tels individus.

— Mon agence marche bien, articula-t-elle.

Il jeta un coup d'œil vers le garage par-dessus l'épaule de Mma Ramotswe, puis leva la tête vers la pancarte de l'agence, cette pancarte qu'elle avait fièrement accrochée au-dessus de la porte de ses premiers locaux, au pied de Kgale Hill, et qu'elles avaient emportée lors du déménagement.

— Et ton père ? lança-t-il d'un ton négligent en la dévisageant de nouveau. Comment il va, le vieux ? Toujours avec son bétail ?

Elle sentit son cœur défaillir, puis une bouffée d'émotion la submergea et il lui sembla que l'air désertait ses poumons.

— Alors ? insista-t-il. Comment il va ?

Elle s'efforça de se calmer.

— Mon père est décédé, dit-elle. Cela fait plusieurs années. Il est décédé.

Note haussa les épaules.

— Bah, des gens qui meurent, il y en a plein. Tu as dû t'en apercevoir.

Pendant quelques secondes, Mma Ramotswe demeura incapable de penser, mais lorsqu'elle reprit ses esprits, elle songea à son père, le défunt Papa, Obed Ramotswe, qui n'avait jamais rien dit de malveillant ni de méprisant sur cet homme, bien qu'il eût très vite compris quelle sorte de personnage il était. À Obed Ramotswe, qui représentait tout ce qu'il y avait de beau au Botswana et dans le monde, qu'elle aimait encore et qui restait présent dans sa mémoire, aussi présent que s'il avait été vivant la veille encore.

Elle tourna les talons et parcourut quelques pas chancelants en direction du garage.

— Où tu vas ? cria Note d'une voix rude. Où tu vas, la grosse ?

Elle s'immobilisa, se refusant à le regarder. Elle l'entendit venir à elle. Il se tenait à présent juste derrière et son âcre odeur corporelle parvenait aux narines de Mma Ramotswe.

Il se pencha pour lui parler à l'oreille.

— Écoute, lui dit-il. Tu t'es mariée avec ce type, non ? Et moi, je compte pour du beurre ? Je ne suis plus ton mari, peut-être ?

Elle baissa la tête vers le sol et vers ses orteils qui dépassaient des sandales.

— Bon, reprit Note. Maintenant, tu vas m'écouter. Je ne suis pas revenu pour te reprendre, ne t'en fais pas. Je ne t'ai jamais beaucoup aimée, tu le sais, ça, non ? Je voulais une femme pour me faire un gosse, un gosse bien costaud. Tu comprends ? Pas un bébé qui ne durerait pas deux jours. Donc, ce n'est pas pour toi que je suis revenu. Alors écoute-moi : je prépare un concert ici – un gros truc au *One Hundred Bar*. Seulement, j'ai besoin d'un coup de main, parce que ça coûte des sous, tu comprends ? Dix mille pula. Je reviendrai chercher l'argent dans deux ou trois jours, chez toi. Ça te laisse le temps de réunir la somme. Compris ?

Elle demeura inerte et il s'écarta avec brusquerie.

— Bon, ben… salut ! lança-t-il. Je reviendrai pour ce prêt. Et si tu ne paies pas, peut-être que je pourrais aller raconter à quelqu'un – à la police, pourquoi pas ? – que tu as épousé un homme avant de t'être débarrassée de ton premier mari. Ce n'est pas prudent de faire ça, Mma. Pas prudent du tout !

Elle retourna à l'agence, où Mma Makutsi, toujours assise à son bureau, était occupée à écrire une adresse sur une enveloppe avec une application intense. La recherche du financier zambien délinquant n'avait toujours rien donné. La plupart des lettres avaient été ignorées par leurs destinataires. Une seule d'entre elles, envoyée à un médecin zambien censé connaître à peu près tout le monde dans sa communauté, avait suscité une réponse hostile : « Vous autres, vous dites toujours que les Zambiens sont malhonnêtes et que si de l'argent disparaît, il faut le rechercher dans les poches zambiennes. C'est de la diffamation et nous en avons plus qu'assez de ces stéréotypes. Tout le monde sait que c'est plutôt dans les poches nigérianes qu'il faudrait regarder… »

Mma Ramotswe s'assit à son bureau. Elle prit une feuille de papier, la plia et saisit un stylo. Puis elle reposa le stylo et ouvrit un tiroir sans savoir pourquoi, mais le cœur rempli d'angoisse et d'effroi. Prendre un stylo, ouvrir un tiroir, décrocher le téléphone… autant d'actions que l'on effectuait dans les moments de détresse, quand on ne savait que faire, mais dont on espérait qu'elles tiendraient la peur en respect, ce qui, bien sûr, ne se produisait pas.

En l'observant, Mma Makutsi comprit que, qui qu'elle fût, la personne qui était arrivée ce matin-là avait bouleversé et terrorisé son employeur.

— Vous avez vu ce monsieur ? interrogea-t-elle d'un ton bienveillant. C'est quelqu'un que vous connaissiez ?

Mma Ramotswe releva la tête et Mma Makutsi aperçut la douleur dans ses yeux.

— Oui, répondit-elle à voix basse. C'est quelqu'un que je connaissais. Que je connaissais très bien.

Mma Makutsi ouvrit la bouche pour poser une autre question, mais s'arrêta net en voyant Mma Ramotswe lever la main.

— Je n'ai pas envie d'en parler, Mma, déclara cette dernière. Je vous en prie, ne me posez pas de questions. S'il vous plaît.

— D'accord, acquiesça Mma Makutsi. D'accord, je ne vous poserai pas de questions.

Mma Ramotswe consulta sa montre et murmura quelque chose au sujet d'un rendez-vous pour lequel elle était en retard. Là encore, Mma Makutsi fut sur le point de demander de quel rendez-vous il s'agissait, car rien n'avait été dit à ce sujet, mais elle se ravisa et se contenta de regarder Mma Ramotswe rassembler ses affaires et quitter le bureau. Elle attendit d'entendre démarrer le moteur de la petite fourgonnette blanche, puis se leva et se pencha à la fenêtre pour voir Mma Ramotswe s'engager dans Tlokweng Road et disparaître en direction de la ville.

Alors elle quitta le bureau et alla trouver Mr. Polopetsi, qui travaillait avec l'apprenti.

— J'ai quelque chose à vous demander, Rra, lui dit-elle. Cet homme qui est venu voir Mma Ramotswe, qui était-ce ?

Mr. Polopetsi se redressa et s'étira. Travailler sur des voitures, dans des espaces confinés, se révélait difficile, même s'il commençait à s'y habituer. Cela l'amusait de penser que durant toute sa scolarité il avait étudié avec assiduité pour obtenir un poste qui ne réclamerait aucun travail manuel, et voilà qu'à présent la redécouverte de ses mains l'emplissait de bonheur. Bien sûr, on lui avait dit que cet emploi de mécanicien serait temporaire, mais il y prenait goût et se demandait s'il n'allait pas postuler pour un véritable contrat d'apprentissage. Pourquoi pas, après tout ? Le Botswana avait besoin de mécaniciens, tout le monde le savait, et il n'y avait aucune raison pour que les personnes d'un certain âge n'aient pas le droit d'acquérir ce type de compétences.

Mr. Polopetsi se gratta la tête.

— C'est la première fois que je le vois, répondit-il. C'est un Motswana, à en juger à sa façon de parler. Mais il y a quelque chose chez lui qui en fait un étranger. Vous savez, comme ces gens qui vivent longtemps loin de chez eux. Ils ont une manière différente de se comporter.

— Johannesburg ? suggéra Mma Makutsi.

Mr. Polopetsi hocha la tête. C'était difficile à expliquer, mais il y avait, chez les gens qui revenaient de Johannesburg après y avoir vécu longtemps, des choses qui ne trompaient pas. À Johannesburg, on marchait d'une certaine façon, on se tenait d'une certaine façon, différente de celle du Botswana. Johannesburg était la ville de la fanfaronnade, un comportement fort éloigné de la mentalité botswanaise. Bien sûr, il arrivait désormais à certaines personnes de fanfaronner ici aussi, surtout lorsqu'elles avaient de l'argent, mais ce n'était pas une façon d'être habituelle dans le pays.

— Et à votre avis, que voulait ce monsieur à Mma Ramotswe ? interrogea Mma Makutsi. Croyez-vous qu'il lui ait apporté une mauvaise nouvelle, annoncé la mort de quelqu'un ?

Mr. Polopetsi secoua la tête.

— J'ai l'ouïe très, très fine, Mma, répondit-il. Je peux percevoir le bruit d'une voiture qui est encore très loin. Dans le bush, j'arrive à entendre les animaux avant de les voir apparaître. Je fais partie de ces gens qui peuvent vous raconter tout ce qui se passe dans la savane rien qu'en écoutant le vent. De sorte que, là, je peux vous affirmer que ce monsieur ne lui a annoncé la mort de personne.

Cette révélation soudaine de Mr. Polopetsi stupéfia Mma Makutsi. Lui qui apparaissait comme un individu paisible et inoffensif, voilà qu'il révélait des talents de traqueur. Un tel homme pourrait être des plus utiles dans une agence de détectives. Il était défendu de mettre les gens sur écoute téléphonique, mais cela ne servait plus à rien dès lors que l'on disposait d'un Mr. Polopetsi. Il suffirait de le placer en face, les oreilles pointées dans la bonne direction, et il vous rapporterait toute une conversation tenue derrière des portes fermées. Ce serait l'une de ces solutions de basse technologie dont on entendait quelquefois parler.

— Cela doit être très utile d'avoir une ouïe comme la vôtre, commenta Mma Makutsi. Il faudra que nous en discutions à l'occasion. Mais en attendant, peut-être souhaitez-vous me confier ce que cet homme a dit à Mma Ramotswe ?

Mr. Polopetsi regarda Mma Makutsi droit dans les yeux.

— En temps normal, je ne répéterais jamais ce que Mma Ramotswe a dit, énonça-t-il, mais là, c'est différent. J'allais vous en parler quoi qu'il en soit... tout à l'heure.

— Alors ? fit Mma Makutsi.

Mr. Polopetsi baissa la voix. Debout derrière la voiture sur laquelle ils travaillaient, l'apprenti les observait avec une attention extrême.

— Il lui a réclamé de l'argent, chuchota-t-il. Il lui a demandé dix mille pula. Oui, dix mille !

— Et alors ?

— Et il lui a dit que si elle ne payait pas, il irait dire à la police qu'elle est toujours mariée avec lui et qu'elle n'aurait pas dû épouser Mr. J.L.B. Matekoni.

Il se tut et observa l'effet de sa révélation.

Pendant un long moment, Mma Makutsi ne dit rien. Puis elle leva la main et plaça l'index sur ses lèvres.

— Il ne faut parler de cela à personne, déclara-t-elle. Promettez-le-moi.

Il hocha la tête avec gravité.

— Bien sûr que je ne dirai rien.

Mma Makutsi fit volte-face et regagna son bureau, le cœur serré. Vous êtes ma mère et ma sœur, pensait-elle. Vous m'avez donné mon travail. Vous m'avez aidée. Vous m'avez tenu la main et avez pleuré avec moi quand mon frère est mort. Vous êtes la personne qui m'a convaincue qu'il est possible pour une femme de Bobonong de réussir et de garder la tête haute face à n'importe qui. Et à présent, voilà que cet individu menace de vous couvrir de honte. Je ne peux pas permettre cela. Je ne le peux pas.

Elle s'arrêta. Mr. Polopetsi, qui l'avait suivie des yeux en silence, l'appelait.

— Mma ! Ne vous inquiétez pas. Je vais faire quelque chose pour arrêter cet homme. Mma Ramotswe m'a donné du travail. Elle m'a renversé, c'est vrai, mais elle m'a aussi relevé. Je vais m'occuper de ce monsieur.

Mma Makutsi se retourna pour regarder Mr. Polopetsi. C'était gentil à lui de parler ainsi et cette loyauté la touchait. Mais que pouvait un homme comme lui ? Pas grand-chose, malheureusement.

CHAPITRE XV

Mma Ramotswe et Mr. J.L.B. Matekoni dînent dans leur maison de Zebra Drive

Mr. J.L.B. Matekoni arriva en retard pour le dîner ce soir-là. D'ordinaire, il rentrait vers six heures, soit environ une heure après Mma Ramotswe. Elle-même quittait le bureau à cinq heures, voire un peu plus tard, mais elle pouvait aussi partir plus tôt. S'il ne se passait rien de particulier à l'agence, elle se tournait vers Mma Makutsi et lui demandait si une raison quelconque les obligeait à rester au bureau. Parfois, elle n'avait même pas besoin de dire quoi que ce fût. Elle se contentait de lancer à son employée un coup d'œil qui signifiait : « J'en ai assez ; il fait chaud et nous serions beaucoup mieux chez nous. » Alors, Mma Makutsi lui adressait un regard qui disait : « Vous avez raison, Mma Ramotswe. Comme toujours. » Après cet échange silencieux, Mma Ramotswe saisissait son sac et fermait la fenêtre donnant sur le côté du garage. Puis elle accompagnait Mma Makutsi en ville ou chez elle, dans le quartier d'Extension Two, avant de regagner Zebra Drive.

Rentrer tôt offrait entre autres l'avantage d'être là pour accueillir les enfants à leur retour de l'école.

Motholeli arrivait toujours après Puso, car il fallait pousser son fauteuil roulant sur tout le trajet. Les filles de sa classe avaient mis au point un système de rotation et, à tour de rôle, elles se chargeaient de ramener leur camarade chez elle. Au départ, les garçons y participaient eux aussi, se disputant pour avoir le privilège de pousser le fauteuil, mais on avait rapidement jugé leurs services insatisfaisants. Certains – et même la plupart – ne pouvaient résister à la tentation de pousser le fauteuil trop vite et il y avait eu un malheureux accident lorsque l'un d'eux en avait perdu le contrôle. Motholeli avait été propulsée à toute vitesse dans le fossé et était tombée du fauteuil. Elle ne s'était pas fait mal, mais le garçon, effrayé, s'était enfui à toutes jambes et un passant, un cuisinier qui travaillait dans une grande maison de Nyerere Drive, était venu à son secours. Il l'avait aidée à se rasseoir dans le fauteuil et l'avait raccompagnée, à vitesse raisonnable, jusque chez elle.

— Ce garçon est un imbécile, avait-il dit.

— D'habitude, il est gentil, avait protesté Motholeli. Mais là, il a eu peur. Il a dû croire que j'étais morte ou quelque chose comme ça.

— Il n'aurait pas dû se sauver, avait répondu le cuisinier. On appelle ça un délit de fuite. Ce n'est pas bien du tout.

Puso, pour sa part, était trop jeune pour qu'on le charge de ramener sa sœur. Certes, il parvenait à pousser le fauteuil roulant, mais il avait tendance à la distraction. On ne pouvait compter sur lui pour aller chercher Motholeli dans sa classe à l'heure dite et il serait capable de perdre tout intérêt pour sa mission au beau milieu du trajet et de courir après un lézard ou un autre animal qui aurait capté son attention. Il était rêveur, lunatique même, et il était souvent difficile de savoir à quoi il pensait.

— Il pense autrement, disait Mma Ramotswe.

Par délicatesse, elle n'ajoutait pas que la raison évidente de cette différence – dans son esprit et dans celui de la plupart des gens, sans doute – était que dans les veines de Puso coulait une bonne mesure de sang bushman. À cet égard, les gens étaient curieux. Certains se montraient hostiles à ce peuple, mais, de l'avis de Mma Ramotswe, il ne devait pas en être ainsi. « Il y a dans nos cœurs assez de place pour tous les peuples du pays, disait-elle, et les Bushmen sont nos frères et sœurs comme les autres. C'est leur pays aussi bien que le nôtre. » Cela lui semblait évident et elle n'avait pas de temps à consacrer à ceux qui avaient froncé les sourcils en apprenant l'adoption des deux enfants de la ferme des orphelins. Il existait des familles chez lesquelles une telle initiative n'eût jamais été prise, sous prétexte que les deux orphelins n'étaient pas de pur sang tswana, mais ce n'était pas le cas de cette maison de Zebra Drive.

Pourtant, Mma Ramotswe devait reconnaître que le comportement de Puso présentait certains aspects que l'on pouvait montrer du doigt en disant : « Eh bien, voilà ! Ça, c'est parce qu'il pense toute la journée au Kalahari et qu'il rêve de retourner là-bas, dans la savane ! Vous n'y pouvez rien, son cœur est fait comme ça ! » Soit, pensait Mma Ramotswe, peut-être était-ce vrai. Peut-être y avait-il chez cet étrange petit garçon des aspirations très anciennes qui lui venaient de ses ancêtres. Toutefois, même si tel était le cas, quelle différence cela faisait-il ? Il avait droit au bonheur et cela seul importait. Il était heureux à sa façon. Il ne serait jamais mécanicien, il ne reprendrait pas le garage de Mr. J.L.B. Matekoni, mais après tout, quelle importance ? Sa sœur, à la surprise générale, avait manifesté un immense intérêt pour les machines et affirmé son intention d'apprendre le métier de mécanicien. Cela laissait donc à Puso la liberté de se lancer dans une tout autre carrière, même s'il était encore difficile, pour le moment, de se faire une idée de ce que celle-ci pourrait être. Il aimait chasser les lézards et s'asseoir sous les arbres pour observer les oiseaux. Il aimait aussi constituer de petits tas de cailloux – il y en avait partout dans le jardin – sur lesquels Rose, la femme de ménage de Mma Ramotswe, butait régulièrement en allant étendre le linge. Quel métier pouvait-on envisager pour un tel enfant, une fois qu'il serait adulte ? Quels indices fournissaient ces occupations sur son avenir ?

— Il y a des postes au ministère de la Nature, avait un jour souligné Mr. J.L.B. Matekoni. Dans les réserves, on a besoin de gens pour localiser les animaux. Peut-être sera-t-il heureux là-bas, dans la savane, à traquer des girafes ou des choses comme ça. Pour certaines personnes, il n'existe pas de plus beau métier…

Ce soir-là, après la terrible rencontre avec Note Mokoti, les enfants avaient vite remarqué que quelque chose n'allait pas chez Mma Ramotswe. Puso avait posé une question à laquelle elle avait commencé à répondre, baissant peu à peu la voix pour sombrer finalement dans le silence, comme si ses pensées s'échappaient. L'enfant avait répété sa question, mais, cette fois, elle n'avait rien dit et il était reparti, perplexe. Motholeli, qui l'avait trouvée debout devant la fenêtre de la cuisine, le regard perdu dans le lointain, avait proposé de l'aider à préparer le dîner, mais elle avait reçu une réponse non moins distraite. Elle avait attendu que Mma Ramotswe dise autre chose, puis, voyant que rien ne venait, elle lui avait demandé si tout allait bien.

— Je réfléchis, dit Mma Ramotswe. Je suis désolée de ne pas t'écouter. Je pense à une chose qui s'est produite aujourd'hui.

— Une chose mauvaise ? demanda Motholeli.

— Oui, répondit Mma Ramotswe. Mais je ne peux pas en parler maintenant. Excuse-moi. Je suis triste et je n'ai pas envie de discuter.

Les enfants l'avaient donc laissée seule. Les adultes avaient parfois des comportements étranges – tous les enfants savaient cela – et, dans ces circonstances, la meilleure chose à faire consistait à les laisser tranquilles. Des problèmes les tourmentaient, des problèmes auxquels les enfants ne pouvaient être mêlés, et quand on avait du tact, on comprenait cela très bien.

Cependant, lorsque Mr. J.L.B. Matekoni rentra ce soir-là et qu'il leur apparut tout aussi soucieux et distant, ils surent qu'il se passait quelque chose de grave.

— Il doit y avoir de gros problèmes au garage, chuchota Motholeli à son frère. Ils sont très malheureux, tous les deux.

Il la regarda avec angoisse.

— Tu crois que nous allons devoir retourner à la ferme des orphelins ? interrogea-t-il.

— J'espère que non, répondit-elle. Je suis bien contente d'habiter ici, à Zebra Drive. Ils vont sûrement réussir à s'en sortir.

Elle tentait de paraître confiante, mais c'était difficile. Son optimisme la déserta totalement lorsqu'ils se mirent à table pour le dîner et que Mma Ramotswe oublia même de dire le bénédicité et garda le silence presque tout au long du repas. Ce soir-là, Motholeli guida son fauteuil roulant jusqu'à la chambre de Puso, qu'elle découvrit effondré sur son lit. Elle lui expliqua que, quoi qu'il arrivât, il ne devait pas avoir peur de se retrouver seul.

— Même si nous retournons chez Mma Potokwane, lui dit-elle, elle s'arrangera pour que nous restions ensemble. Elle a toujours fait ça.

Puso redressa la tête, désespéré.

— Mais je ne veux pas partir ! Je suis très bien ici, dans cette maison. Je n'ai jamais aussi bien mangé de ma vie !

— Et nous n'avons jamais rencontré de gens aussi gentils, renchérit Motholeli. Il n'y a personne au Botswana, personne, qui soit aussi bon et aussi gentil que Mma Ramotswe et Mr. J.L.B. Matekoni. Personne.

Le petit garçon hocha vigoureusement la tête.

— Je sais, dit-il. Tu crois qu'ils viendront nous voir, à la ferme des orphelins ?

— Évidemment… si nous sommes obligés d'y retourner…

Toutefois, ces paroles de réconfort n'empêchèrent pas les larmes de Puso de jaillir, des larmes versées pour tous les malheurs endurés, pour la perte de cette mère dont il ne se souvenait pas, pour l'idée que, dans ce monde vaste et inquiétant, il n'y avait personne, en dehors de sa sœur, sur qui il pût s'appuyer et que l'on ne pût pas lui enlever.

Lorsque les enfants se furent retirés dans leurs chambres pour la nuit, Mma Ramotswe se prépara une tasse de thé rouge et gagna la véranda. Elle avait pensé que Mr. J.L.B. Matekoni se trouvait dans le salon, car la radio était allumée dans cette pièce, et elle l'avait imaginé installé dans son fauteuil favori, en train de réfléchir à ce problème de mécanique qui l'avait rendu si taciturne ce soir-là. À son sens, il ne pouvait s'agir que d'un problème de mécanique, dans la mesure où c'était la seule chose susceptible d'émouvoir Mr. J.L.B. Matekoni à ce point. Et de tels problèmes trouvaient tôt ou tard leur solution.

— Tu es très silencieux ce soir, déclara-t-elle en le découvrant sous la véranda.

Il leva les yeux vers elle.

— Toi aussi, répondit-il.

— Oui, reconnut-elle. Nous sommes tous les deux silencieux.

Elle s'assit près de lui et posa la tasse en équilibre sur son genou. En faisant cela, elle jeta un bref regard à Mr. J.L.B. Matekoni ; l'idée qu'il était peut-être déprimé – une idée très alarmante – venait de l'effleurer, mais elle la rejeta aussitôt. À l'époque de sa dépression, Mr. J.L.B. Matekoni se comportait de façon tout à fait différente, indolente et vague. Là, en revanche, il semblait réfléchir à un sujet précis.

Elle scruta le jardin et la nuit. Il faisait doux et la lune presque pleine lançait des ombres sous l'acacia, le mopipi et les arbustes qui n'avaient pas de nom. Mma Ramotswe aimait se promener dans son jardin la nuit, en prenant soin d'avancer avec lenteur et d'un pas ferme. Ceux qui se faufilaient sans bruit dans l'obscurité couraient le risque de marcher sur un serpent, car les reptiles ne fuient que s'ils sentent le sol vibrer. Une personne légère – une personne qui n'était pas de constitution traditionnelle, par exemple – risquait bien plus de se faire mordre par un serpent pour cette raison même. C'était là un argument supplémentaire, bien sûr, en faveur de la constitution traditionnelle : le problème des serpents et de la sécurité.

Mma Ramotswe avait pleine conscience des difficultés que rencontraient désormais les personnes de constitution traditionnelle, surtout les femmes. On avait connu au Botswana un temps où personne ne prêtait attention aux gens minces. Parfois, on ne les voyait même pas du tout, puisque le regard pouvait facilement passer à côté. Quand une personne mince se tenait devant un paysage constitué d'herbe et d'acacias, ne se fondait-elle pas dans le décor et ne pouvait-on pas la prendre pour un morceau de bois, ou même une ombre ? Les individus de constitution traditionnelle ne couraient pas ce danger : ils se détachaient dans le décor avec la même distinction et la même autorité que les baobabs.

Dans l'esprit de Mma Ramotswe, il ne faisait aucun doute que le Botswana devait revenir à ces anciennes valeurs, qui avaient toujours nourri le pays et fait de lui la meilleure nation d'Afrique. Ces valeurs-là étaient nombreuses, et parmi elles figurait le respect du grand âge – en particulier des grand-mères, qui connaissaient beaucoup de choses et avaient été témoins de maintes souffrances – et des personnes de constitution traditionnelle. C'était bien beau d'être une société moderne, mais la prospérité et la croissance des villes constituaient une coupe empoisonnée qu'il fallait boire avec mille précautions. On disposait certes de tous les bienfaits qu'offrait le monde moderne, mais à quoi servaient ceux-ci s'ils détruisaient tout ce qui vous avait donné la force, le courage et la fierté vis-à-vis de vous-mêmes et du pays ? Mma Ramotswe était horrifiée, par exemple, de lire dans les journaux des articles présentant les gens comme des consommateurs. C'était là un terme épouvantable, épouvantable. Non, les gens n'étaient pas des consommateurs gloutons qui agrippaient tout ce qui leur passait à portée de main ; ils étaient des Batswana, ils étaient des êtres humains !

Ce n'était cependant pas sur ces questions, si graves fussent-elles, que méditait Mma Ramotswe. Elle ne pouvait songer qu'à sa rencontre avec Note et à la menace que celui-ci avait proférée. Il viendrait chercher l'argent dans deux ou trois jours, avait-il affirmé, et c'était la perspective de cette visite, plutôt que l'idée de devoir le payer, qui l'horrifiait. Elle avait pu réunir la somme – tout juste –, mais elle redoutait de voir Note se présenter chez elle. Cela lui apparaissait comme une sorte de souillure. La maison de Zebra Drive était un lieu de lumière et de bonheur et elle ne voulait en aucun cas l'associer à cet homme. À vrai dire, elle avait déjà pris sa décision et réfléchissait aux moyens de la mettre en pratique. Elle avait rédigé le chèque l'après-midi même et elle le lui porterait le plus tôt possible.

Mr. J.L.B. Matekoni but une gorgée de thé.

— Tu as l'air très soucieuse, dit-il avec douceur. Tu ne veux pas me confier ce qui te tracasse ?

Mma Ramotswe ne répondit pas. Comment lui expliquer ce que Note avait dit ? Comment lui avouer qu'en fait ils n'étaient pas mariés, que la cérémonie célébrée par le révérend Trevor Mwamba n'avait aucune valeur légale et qu'en outre elle constituait une violation de la loi, dont Mma Ramotswe était responsable ? S'il existait des mots pour dire tout cela, elle ne pouvait se résoudre à les prononcer.

Le silence qui planait entre eux fut brisé par Mr. J.L.B. Matekoni.

— Un monsieur est venu te voir, n'est-ce pas ?

Mma Ramotswe serra sa tasse. Mma Makutsi avait dû lui raconter, à moins que ce ne fût Mr. Polopetsi. Cela n'avait rien de surprenant : il ne pouvait guère exister de secrets dans une entreprise aussi petite.

— Oui, soupira-t-elle. Il est venu me demander de l'argent. Je vais le lui donner... pour me débarrasser de lui.

Mr. J.L.B. Matekoni hocha la tête.

— Cela arrive souvent avec ces gens, affirma-t-il. Ils reviennent. Il faut faire attention. Quand on leur donne de l'argent, ils en redemandent sans arrêt.

Mma Ramotswe savait qu'il disait vrai. Elle expliquerait à Note qu'il n'aurait rien de plus et que la prochaine fois, s'il revenait la voir, elle refuserait. Mais le ferait-elle vraiment ? Comment réagirait-elle s'il menaçait de nouveau d'aller voir la police ? Elle ferait tout, sans doute, pour éviter la honte.

— Je vais lui donner l'argent et lui dire de ne plus revenir, affirma-t-elle. Je ne veux plus le voir.

— D'accord, répondit Mr. J.L.B. Matekoni. Mais sois prudente.

Elle le regarda. Ils n'avaient pas beaucoup parlé et elle ne lui avait pas révélé le fond du problème, pourtant, elle se sentait mieux. À présent, elle pouvait le questionner à son tour.

— Et toi ? s'enquit-elle.

Mr. J.L.B. Matekoni émit un grognement.

— Oh, moi... répondit-il. Je suis dans un sacré pétrin. J'ai découvert quelque chose à propos de ma maison.

Mma Ramotswe fronça les sourcils. Elle savait que l'on courait toujours des risques avec les locataires. Ils traitaient le mobilier sans le moindre respect, faisaient des trous dans le sol ou au bord des tables avec leurs cigarettes. Elle avait même entendu parler d'une ferme proche de la ville louée par des contrebandiers qui faisaient commerce de pythons. Quelques serpents s'étaient échappés et avaient élu domicile dans le toit, une fois les locataires expulsés. L'un d'eux avait failli dévorer le bébé des propriétaires. En entrant dans la chambre où dormait l'enfant, le père avait découvert le serpent étendu sur le bébé, mâchoires grandes ouvertes autour du petit pied. Il était parvenu à sauver son enfant, mais l'un et l'autre avaient été gravement mordus par les crochets acérés comme des aiguilles.

Il était peu probable que Mr. J.L.B. Matekoni ait trouvé des pythons dans sa maison, bien sûr, mais quelque chose le troublait. Elle l'interrogea du regard.

— Ils l'ont transformée en *shebeen*, lâcha-t-il. Je n'en savais rien. Je ne l'aurais jamais permis. Mais c'est bel et bien un bar clandestin.

Mma Ramotswe s'esclaffa.

— Ta maison ? Un *shebeen* ?

Mr. J.L.B. Matekoni lui lança un regard chargé de reproches.

— Je ne crois pas que ce soit drôle, protesta-t-il.

Elle se reprit aussitôt.

— Non, bien sûr. Il faut que tu fasses quelque chose, ajouta-t-elle d'une voix grave.

Elle s'interrompit. Pauvre Mr. J.L.B. Matekoni ! Il était bien trop doux, trop gentil ! Il ne serait pas de taille à affronter une reine de *shebeen*. Elle devrait donc régler elle-même le problème : les reines de *shebeen* ne lui faisaient pas peur.

— Veux-tu que je m'en occupe ? s'enquit-elle. Je peux te débarrasser de ces gens. C'est une mission facile pour une agence de détectives.

La gratitude s'afficha sur le visage de Mr. J.L.B. Matekoni.

— Ce serait très gentil, répondit-il. Ce problème me concerne, mais, en vérité, je ne suis pas très doué pour ce genre de chose. J'aime m'occuper des voitures, mais les gens…

— Tu es un grand mécanicien, déclara Mma Ramotswe en lui tapotant le bras. C'est déjà beaucoup pour une personne.

— Et toi, tu es une grande détective, rétorqua Mr. J.L.B. Matekoni.

C'était vrai, bien sûr, et ce compliment était sincère, mais insuffisant. Non seulement Mma Ramotswe était une grande détective, mais elle pouvait également être qualifiée de grande cuisinière, de formidable épouse, et de formidable mère adoptive pour les enfants. Il n'existait rien que Mma Ramotswe ne sût faire – de son point de vue à lui, du moins. Elle pourrait gouverner le Botswana, si on lui en donnait l'occasion.

Mma Ramotswe termina sa tasse de thé, se leva et consulta sa montre. Il n'était que huit heures. Elle partirait à la recherche de Note, lui remettrait le chèque et se libérerait de ce problème avant d'aller se coucher. Sa conversation avec Mr. J.L.B. Matekoni lui avait insufflé une résolution nouvelle. Attendre ne servait à rien. Elle avait une idée de l'endroit où Note séjournait : sa famille vivait dans un petit village situé à une quinzaine de kilomètres au sud. Il faudrait tout au plus une demi-heure à Mma Ramotswe pour s'y rendre, le payer et le chasser de sa vie. Ensuite, elle rentrerait à Zebra Drive et s'endormirait sans plus de craintes. Il ne viendrait pas ici.

CHAPITRE XVI

La petite fourgonnette blanche

Mma Ramotswe n'aimait pas rouler de nuit. Conduire ne lui faisait pas peur, mais elle savait qu'il existait la nuit sur les routes un danger contre lequel on ne pouvait rien, aussi prudent fût-on : le bétail errant. Les vaches aimaient rester au bord des routes et, lorsqu'elles voyaient arriver une voiture, elles traversaient soudainement, comme pour découvrir ce qui se cachait derrière les phares. Peut-être pensaient-elles qu'il s'agissait de torches tenues par leurs propriétaires et venaient-elles voir si ceux-ci ne leur apportaient pas de la nourriture. Peut-être cherchaient-elles un peu de chaleur et prenaient-elles les phares pour le soleil. Peut-être aussi ne songeaient-elles à rien de particulier, ce qui était possible avec le bétail, tout comme avec certaines personnes, d'ailleurs.

Barbara Mooketsi comptait parmi les nombreuses connaissances de Mma Ramotswe qui étaient entrées en collision avec une bête la nuit. En revenant de Francistown, un soir, elle avait percuté une vache au nord de Mahalapye. Le malheureux animal, qui était noir, et donc presque invisible dans l'obscurité, avait été soulevé par le choc et avait pénétré dans la voiture par le pare-brise. L'une de ses cornes avait éraflé Mma Mooketsi à l'épaule et elle l'aurait tuée si la conductrice avait été assise dans une autre position. Mma Ramotswe était allée lui rendre visite à l'hôpital et elle avait vu, sur son visage et ses bras, des myriades de petites plaies dues aux bris de glace. C'était le danger de conduire de nuit et cela avait suffi à la dissuader de le faire en règle générale. Bien sûr, les choses étaient différentes en ville. On n'y croisait pas de bêtes vagabondes, même s'il arrivait que du bétail venu de la campagne environnante s'aventure dans la banlieue de Gaborone et y provoque des accidents.

Mma Ramotswe avait à présent quitté la ville et elle scrutait l'obscurité qui s'étendait devant elle afin d'y repérer les obstacles. Elle ne roulait pas sur une vraie route, mais sur une piste ménagée dans la terre rouge et minée de canyons miniatures creusés par les pluies. La famille de Note habitait avec une vingtaine d'autres dans un village situé à l'extrémité de cette piste, un lieu à mi-chemin entre ville et campagne. Certains des jeunes qui vivaient là travaillaient à Gaborone et, chaque matin, ils gagnaient à pied la grand-route pour prendre le minibus qui conduisait en ville. D'autres habitaient Gaborone et revenaient le week-end pour se transformer en villageois, s'occuper du bétail et labourer quelques maigres lopins de terre.

Mma Ramotswe se demanda si elle reconnaîtrait la maison des parents de Note. Il était tard pour des villageois et peut-être les lumières seraient-elles déjà éteintes. Dans ce cas, il lui faudrait rebrousser chemin et rentrer chez elle. Il était également possible que Note ne fût pas là, qu'il séjourne quelque part en ville. Tout en envisageant ces diverses hypothèses, elle songea que son idée de venir ici était ridicule. Elle était là, à la recherche d'un homme qui lui avait gâché plusieurs années de sa vie, prête à lui remettre une somme d'argent gagnée à la sueur de son front, afin qu'il réalise un projet absurde, et tout cela par peur. Pourtant, elle était forte, pleine de ressource, elle avait bataillé pour créer son agence à partir de rien et prouvé en une multitude d'occasions qu'elle savait tenir tête aux hommes. Mais pas à cet homme-là. Cet homme-là était différent. Face à lui, elle se sentait insignifiante, et tel avait toujours été le cas. C'était une curieuse expérience : il lui semblait être redevenue très jeune, pleine d'incertitude et de crainte.

Elle atteignit la première maison, une construction brune qui se détacha dans les phares vacillants de la petite fourgonnette blanche. Si sa mémoire était bonne, la maison des Mokoti était la quatrième. Elle la découvrit quelques instants plus tard, telle que dans son souvenir : une petite bâtisse blanchie à la chaux composée de quatre pièces communicantes, flanquée d'un appentis, avec une vieille réserve à grain au bord de la cour. Une lumière brillait dans la pièce principale.

Elle éteignit le moteur. Il était encore temps de repartir si elle le décidait, de faire demi-tour et de rentrer chez elle. Encore temps de déchirer le chèque qu'elle avait préparé – le chèque de banque de dix mille pula, payable au porteur. Encore temps de résister à Note et de le mettre au défi d'aller trouver la police, après quoi elle pourrait repartir et se libérer de son fardeau en avouant tout à Mr. J.L.B. Matekoni, qui comprendrait certainement. C'était un homme d'une infinie bonté, qui savait que les gens oubliaient parfois de faire des choses importantes, comme obtenir un divorce avant de se remarier.

Elle ferma les yeux et prit une profonde inspiration. Elle avait conscience de ce qu'il aurait convenu de faire en ce moment précis, mais elle sentait au fond de son être cette partie d'elle-même qui avait survécu à toutes ces années, cette partie qui n'avait pas la force de résister à Note et qui l'attirait vers cet homme comme la lumière attire le papillon de nuit. Ce fut cette partie-là qui la propulsa à la grille, puis à la porte de la maison.

On mit un certain temps à lui ouvrir, et lorsqu'on le fit, ce fut avec précaution, en restant prêt à la refermer aussitôt. Mma Ramotswe aperçut une silhouette qu'elle ne distingua pas tout d'abord, puis elle reconnut sa belle-mère et tressaillit. Celle-ci avait pris de l'âge et se tenait voûtée, mais c'était bien la même femme, qu'elle n'avait pas revue depuis des années et qui la reconnut elle aussi, après une légère hésitation.

Pendant un moment, ni l'une ni l'autre ne parla. Il y avait tant à dire et Mma Ramotswe aurait sans doute éclaté en sanglots si elle s'était lancée dans un discours, mais elle n'était pas venue pour cela et cette femme ne le méritait pas. Bien sûr, elle avait toujours défendu Note et fermé les yeux sur ce qui se passait, mais quelle mère aurait avoué devant autrui – ou se serait avoué à elle-même – que son propre fils était capable d'une telle cruauté ?

Au bout d'une minute, la vieille femme s'effaça en hochant la tête.

— Entrez, Mma, dit-elle.

Mma Ramotswe s'exécuta et, aussitôt, l'odeur lui monta aux narines. C'était l'émanation de la pauvreté, d'une existence passée à tenter de joindre les deux bouts, l'odeur du charbon de bois utilisé avec parcimonie, des vêtements que l'on ne lave guère par manque de savon. Elle regarda autour d'elle. Elle se tenait dans une pièce qui servait à la fois de cuisine et de salle de séjour. Une ampoule nue créait un halo au-dessus d'une table, sur laquelle étaient posés un pot de confiture à moitié vide et deux couteaux, ainsi qu'une nappe pliée. Sur une étagère, de l'autre côté, s'empilaient quelques assiettes en fer-blanc près de casseroles et de marmites. Une page de magazine avait été épinglée au mur.

Elle était venue souvent dans cette maison. Des années s'étaient écoulées depuis et elle ressentait à présent l'effet habituel produit par le souvenir, l'impression que les lieux s'étaient rétrécis, qu'ils étaient plus pauvres et plus délabrés qu'autrefois. C'était comme si l'on regardait les choses de très loin, et que tout était plus petit. Elle tenta de se souvenir exactement de sa dernière visite, mais c'était il y avait longtemps et les épisodes douloureux avaient été effacés.

— Je suis désolée d'arriver chez vous si tard, déclara Mma Ramotswe.

Elle parlait avec respect, parce qu'elle s'adressait à une vieille femme et qu'il importait peu que ce fût la mère de Note Mokoti. C'était une Motswana âgée et cela seul comptait.

La femme baissa les yeux sur ses mains.

— Il n'est pas là, dit-elle. Note n'est pas là.

Mma Ramotswe ne répondit rien. À l'extrémité de la salle, deux portes communiquaient avec le reste de la maison, les chambres. Elles étaient fermées.

Mma Mokoti suivit son regard.

— Non, insista-t-elle. Il n'y a que mon mari dans une chambre et, dans l'autre, nous avons une locataire, une jeune femme qui travaille pour le gouvernement. Elle paie pour loger ici. C'est tout.

L'idée que la mère de Note eût perçu ses doutes gêna Mma Ramotswe.

— Je vous crois, Mma, assura-t-elle. Pouvez-vous me dire où le trouver ?

La vieille femme esquissa un geste vague en direction de Gaborone, puis laissa retomber sa main.

— Quelque part en ville. Il loge en ville.

— Mais vous ne savez pas où ?

Mma Mokoti soupira.

— Non. Il est venu nous voir et il a dit qu'il reviendrait. Mais je ne sais pas quand.

Elle murmura encore quelques mots que Mma Ramotswe ne parvint pas à distinguer, puis releva la tête vers sa visiteuse et Mma Ramotswe remarqua ses yeux embués, avec leur iris sombre et leur blanc laiteux et terne. Ce n'étaient pas les yeux d'une personne malveillante, mais ceux d'une femme qui avait vu beaucoup de choses et fait son possible pour tirer parti d'une existence pénible. Des yeux comme on pouvait en rencontrer partout, à toutes les époques, ceux de gens qui menaient une vie difficile et qui parvenaient à conserver leur dignité humaine face aux souffrances et aux privations.

Mma Ramotswe n'aurait pu dire ce qui la poussa à parler à ce moment-là. Une chose était sûre, ses paroles n'avaient pas été préméditées.

— Je voudrais que vous sachiez, Mma, commença-t-elle, je voudrais que vous sachiez que je ne vous en veux pas, ni à vous ni à Note. Tout cela s'est passé voilà longtemps. Ce n'était pas votre faute. Et puis, il y a des choses, chez votre fils, dont vous pouvez être fière. Oui. Sa musique. C'est là un don magnifique et il rend les gens heureux. Vous pouvez en être fière.

Le silence s'installa. Mma Mokoti contemplait de nouveau ses mains. Puis elle se détourna et fixa l'étagère où étaient posées les casseroles.

— Je ne voulais pas qu'il se marie avec vous, déclara-t-elle à mi-voix. Je me suis disputée avec lui. Je lui ai dit que vous étiez trop jeune, que vous n'étiez pas prête pour la vie qu'il menait. Et puis, il fréquentait une autre fille. Vous ne le saviez pas, hein ? Il y avait une autre fille, et elle a eu un bébé de lui. Elle était déjà là quand il vous a rencontrée. Il était même marié avec elle.

Mma Ramotswe demeura immobile. Dans l'une des chambres, un homme toussa. À l'époque, elle avait soupçonné Note de fréquenter d'autres femmes, mais pas une fois elle n'avait imaginé qu'il pût être marié. Cela change-t-il quoi que ce soit ? se demanda-t-elle. Quel sentiment devrais-je éprouver ? Ce n'était qu'un mensonge de plus, une dissimulation parmi tant d'autres, et cela ne devait pas la surprendre. Tout ce qu'il lui avait dit était mensonge, semblait-il. Cet homme n'était pas capable de vérité.

— Savez-vous qui était cette fille ? interrogea-t-elle.

Elle avait posé la question sans réfléchir et elle n'était pas sûre de souhaiter connaître la réponse. Mais elle avait besoin de dire quelque chose.

Mma Mokoti lui refit face.

— Je crois qu'elle est morte, répondit-elle. Et moi, je n'ai jamais vu ce bébé. C'est mon petit-fils, mais je ne l'ai jamais vu. C'est bien triste.

Mma Ramotswe fit un pas vers la vieille femme et l'entoura de son bras. L'épaule était rigide et osseuse.

— Il ne faut pas être triste, Mma, dit-elle. Vous avez travaillé dur. Vous avez fait de cette maison un vrai foyer pour votre mari. Vous ne devez pas être triste pour ces choses-là. Et le reste n'a pas d'importance, n'est-ce pas ?

La vieille femme demeura un long moment silencieuse et Mma Ramotswe garda le bras autour de ses épaules. C'était une impression étrange : sentir, tout près, le souffle de l'autre, un souffle qui nous rappelle que nous partageons tous le même air et que nous sommes infiniment fragiles. Au moins, il y avait assez d'air dans le monde pour que chacun pût respirer. Au moins, les gens ne se battaient pas pour cela. Il serait difficile aux riches de priver les pauvres d'air, même s'ils parvenaient à les priver de beaucoup d'autres choses. Les Noirs, les Blancs : un seul et même air…

La vieille femme releva soudain la tête vers elle.

— Votre père, lança-t-elle. Je me souviens de lui, le jour du mariage. C'était un homme très bon, hein ?

Mma Ramotswe sourit.

— Oui, un homme très bon. Il est décédé à présent, vous le savez peut-être. Mais je continue d'aller sur sa tombe, là-bas, à Mochudi. Et je pense à lui tous les jours.

La vieille femme hocha la tête.

— C'est bien.

Mma Ramotswe retira son bras avec douceur.

— Je dois partir maintenant, déclara-t-elle. Je dois rentrer chez moi.

Elle dit au revoir à Mma Mokoti, qui la raccompagna jusqu'à la porte, pour sortir dans la nuit et regagner la petite fourgonnette blanche garée non loin. Le moteur démarra au quart de tour, comme toujours puisqu'il était entretenu par Mr. J.L.B. Matekoni, et peu après, elle négociait son chemin sur la mauvaise piste, le chèque non remis en sûreté dans sa poche. Elle savait désormais qu'elle ne le donnerait pas, à cause de cette conversation qu'elle avait eue avec Mma Mokoti. Ainsi, Note était marié lorsqu'il l'avait rencontrée. Eh bien, si tel était le cas, on pouvait se poser la question : *avait-il divorcé ?*

Elle avait presque atteint l'extrémité de la piste lorsque la petite fourgonnette blanche rendit l'âme. La fin se produisit soudainement, comme chez une personne frappée d'une crise cardiaque ou d'une attaque, sans prévenir, au moment où l'on s'y attendait le moins. Et il était clair que Mma Ramotswe n'avait pas songé une seconde à l'éventualité d'une panne mécanique. Ses pensées étaient accaparées par la conversation qu'elle venait d'avoir avec Mma Mokoti. La visite avait été douloureuse, du moins au début. Il lui avait été pénible de retourner dans cette maison, où s'était déroulé, elle s'en souvenait à présent, un épisode particulièrement violent. C'était un dimanche, tous deux étaient seuls dans la maison ; Note était ivre et s'était jeté sur elle avec une brutalité perverse. Pourtant, elle se félicitait d'y être retournée et d'avoir pu parler à la vieille femme. Même si celle-ci ne lui avait pas révélé cette information sur son fils, cela leur aurait de toute façon fait du bien à l'une et l'autre. Pour la mère, il y aurait peut-être du soulagement à savoir que Precious Ramotswe ne lui gardait pas rancune et avait pardonné à son fils. Cela ferait un souci de moins, dans une vie qui devait en être pleine. Et de son côté à elle, les paroles qu'elle avait dites à la mère ne lui avaient pas coûté grand-chose et elle se sentait mieux à présent. Et puis, il y avait cet immense soulagement à l'idée qu'elle ne s'était peut-être pas rendue coupable de bigamie. Si Note était encore marié quand il l'avait épousée, leur mariage n'avait aucune valeur. Ce qui signifiait que son union avec Mr. J.L.B. Matekoni était parfaitement légale.

Elle songeait à cela lorsque le moteur de la petite fourgonnette blanche s'arrêta tout à coup. Elle ne roulait pas vite à ce moment-là, à peine quinze kilomètres à l'heure sur cette surface irrégulière, mais le véhicule s'immobilisa très vite et le moteur se tut.

Mma Ramotswe crut d'abord à une panne d'essence. Toutefois, elle n'avait fait le plein que quelques jours plus tôt et lorsqu'elle regarda le tableau de bord, elle vit que le réservoir était encore à moitié plein. Cette hypothèse était donc à exclure. Ce ne pouvait non plus être une panne électrique, puisque les phares illuminaient toujours la piste devant elle. Le problème, se dit-elle, venait donc du moteur.

Gagnée par l'inquiétude, elle coupa le contact puis tenta de redémarrer. Le bruit du starter se fit entendre, mais rien d'autre ne se produisit. Elle réessaya, avec le même résultat.

Mma Ramotswe éteignit les phares et sortit de la fourgonnette. La lune donnait un peu de clarté et, pendant quelques instants, elle demeura là, les yeux levés vers le ciel, envahie par un sentiment d'humilité face à son immensité et au silence de la savane. La petite fourgonnette blanche avait représenté un cocon rassurant au cœur de l'obscurité. À présent, il n'y avait plus qu'elle, une dame africaine, sous le grand ciel, avec une longue marche en perspective. La grand-route se trouvait à vingt minutes environ, estima-t-elle, et il resterait ensuite une quinzaine de kilomètres jusqu'à la ville. Elle pouvait les parcourir, bien sûr, s'il le fallait, mais combien de temps cela prendrait-il ? Elle savait qu'une personne normale marchait à la vitesse moyenne de six kilomètres à l'heure en terrain plat, mais elle craignait de ne pas être une personne normale. La vitesse, pour les gens de constitution traditionnelle, devait être de quatre à cinq kilomètres à l'heure. Cela représenterait donc un trajet de trois heures, et ce jusqu'aux abords de la ville seulement. Il faudrait ensuite une demi-heure de plus, au moins, pour atteindre Zebra Drive.

Avec un peu de chance, bien sûr, elle pourrait héler un minibus. Peut-être en passait-il encore à cette heure. Il y avait fort à parier que le chauffeur profiterait de la situation et lui ferait payer beaucoup plus cher que la normale, mais elle était prête à tous les sacrifices pour être chez elle avant minuit. Une autre possibilité consistait à persuader un automobiliste de s'arrêter et de la laisser monter dans son véhicule par charité. À une époque, tout le monde faisait cela au Botswana et Mma Ramotswe continuait à prendre les gens en stop à l'arrière de sa fourgonnette quand elle se rendait à Mochudi. Elle doutait cependant qu'une personne fût tentée de s'arrêter en pleine nuit pour embarquer une femme qui, sans raison apparente, se tenait sur le bord de la route.

Après avoir verrouillé la portière de la petite fourgonnette blanche, elle allait se mettre en marche lorsqu'elle entendit un bruit. Il y en avait beaucoup la nuit dans la savane – des insectes qui bourdonnaient, des petites créatures qui se déplaçaient. Toutefois, ce bruit-là ne leur ressemblait pas. C'était celui d'un liquide qui s'écoulait goutte à goutte. Elle s'immobilisa et dressa l'oreille. Pendant quelques instants, elle ne perçut que le silence, mais soudain, elle l'entendit de nouveau et, cette fois, il apparut clairement qu'il émanait de sous la fourgonnette.

Contrairement à Mma Makutsi ou à Motholeli, Mma Ramotswe n'avait pas l'âme d'un mécanicien. Pourtant, il était difficile d'être mariée à un garagiste sans acquérir quelques bribes de connaissances sur les voitures. Ainsi avait-elle appris une chose : quand un moteur perdait son huile, il finissait par se gripper. L'écoulement qu'elle percevait devait être l'huile. Alors, elle se souvint. Tandis qu'elle roulait sur la piste, elle avait senti un choc violent en passant sur une grosse pierre. Elle n'y avait guère pris garde sur le moment, mais à présent, elle imaginait bien ce qui s'était produit. La pierre avait dû endommager le carter, d'où l'huile s'était écoulée. Comme le trou ne devait pas être très gros, cela avait réclamé un certain temps, puis le moteur s'était tout bonnement arrêté. Mma Ramotswe savait aussi que lorsqu'un moteur se grippait, les dommages étaient considérables. Mma Makutsi et elle-même pourraient survivre durant de longues périodes sans boire de thé, mais les moteurs, hélas, se révélaient différents.

Elle se détourna, le cœur gros, et se mit péniblement en chemin. Elle était plus près de la nationale qu'elle ne l'avait pensé et elle parvint au croisement en moins de quinze minutes. La route de Lobatse était assez fréquentée et elle n'eut guère à patienter avant de voir apparaître une paire de phares au sommet de la colline. Elle regarda le camion arriver à toute allure et sentit le vent lui fouetter le visage lorsqu'il passa à sa hauteur. Il allait dans la mauvaise direction, vers Lobatse, mais, tôt ou tard, des véhicules passeraient dans l'autre sens. Elle commença à avancer.

Marcher le long de la route, sur le bitume lisse, était plus facile que sur la piste. C'était une voie bien entretenue et l'on y progressait assez vite. Toutefois, il paraissait étrange de se retrouver dans un isolement aussi total, au cœur de la nuit, avec cette obscurité qui s'étendait de part et d'autre de la route. À quelle distance, se demandait-elle, se trouvait la bête sauvage la plus proche ? Il n'y avait pas de lions si près de Gaborone, mais si l'on parcourait une cinquantaine de kilomètres vers l'est, peut-être ne pourrait-on pas en dire autant. Et que se passerait-il si un lion décidait de partir en promenade ? Pour un félin, cinquante kilomètres ne représentaient rien, et après avoir couvert une telle distance, l'animal aurait sans doute grand-faim. Il serait alors d'humeur à déguster un repas de constitution traditionnelle…

Penser aux lions n'était pas rassurant et Mma Ramotswe décida de se concentrer sur autre chose. Elle se mit à réfléchir à Mr. Polopetsi et à l'aisance avec laquelle il s'était adapté à son nouveau travail au garage. Elle n'avait pas encore évoqué la situation avec Mr. J.L.B. Matekoni, mais elle entendait proposer à ce dernier d'embaucher le nouvel employé de façon permanente et de le former au métier. Il y avait vraiment trop de travail au garage et elle commençait à s'inquiéter devant l'ampleur de la tâche que devait abattre chaque jour Mr. J.L.B. Matekoni. Les apprentis lui avaient toujours causé du souci et lorsqu'ils auraient terminé leur apprentissage – si cela arrivait un jour –, il faudrait les encourager à aller voir ailleurs. Cela laisserait Mr. J.L.B. Matekoni sans assistant, sauf si Mr. Polopetsi restait. La collaboration du nouvel employé était également souhaitable pour d'autres raisons. Mma Makutsi l'avait déjà mis à contribution pour diverses tâches de secrétariat et elle avait loué ses compétences. Il pourrait être attaché à l'agence de détectives à un titre quelconque, qui resterait vague. Oui, c'était de toute évidence la meilleure personne à employer, et elle se félicitait de l'avoir fait tomber de sa bicyclette. La vie était pleine d'heureux hasards comme celui-là, quand on y songeait. Si elle n'avait pas apporté sa petite fourgonnette blanche au Tlokweng Road Speedy Motors – et elle aurait très bien pu se rendre ailleurs –, elle n'aurait jamais revu Mr. J.L.B. Matekoni et elle ne se serait pas retrouvée mariée avec lui. Et si Mma Makutsi n'avait pas cherché du travail au moment précis où elle-même ouvrait l'Agence N° 1 des Dames Détectives, elle ne l'aurait pas connue et Mma Makutsi ne serait jamais devenue assistante-détective. C'était là une heureuse coïncidence et, pendant quelques minutes, elle réfléchit à ce qui serait arrivé si elle avait embauché l'une de ces secrétaires incapables dont lui avait parlé Mma Makutsi, l'une de ces filles qui avaient obtenu à grand-peine 50 sur 100 à l'examen final de l'Institut de secrétariat du Botswana. Mieux valait ne pas y penser.

Cette succession de réflexions, si spéculatives fussent-elles, auraient pu l'aider à marcher encore un bon moment. Elle fut toutefois interrompue par le bruit d'un véhicule qui approchait derrière elle et par l'apparition soudaine des phares. Mma Ramotswe s'arrêta et se plaça de telle sorte que le conducteur la voie de face.

La voiture roulait vite et Mma Ramotswe fit un pas en arrière en voyant les phares se rapprocher dangereusement. Elle continua toutefois à agiter le bras de haut en bas, signal convenu pour qui faisait du stop. Comme elle le redoutait, la voiture la dépassa sans ralentir. Cependant, alors que Mma Ramotswe se retournait, dépitée, la lumière rouge des feux de stop éclaira la nuit et la voiture s'arrêta. N'osant croire à sa bonne fortune, Mma Ramotswe se mit à courir vers le véhicule.

Un homme la considérait par la vitre du côté conducteur, mais dans l'obscurité elle ne distingua pas son visage.

— Où allez-vous, Mma ?

— En ville, Rra, répondit-elle. Ma fourgonnette est tombée en panne là-bas.

— Vous pouvez monter à l'arrière. Nous y allons aussi.

Elle ouvrit la portière, reconnaissante, et se glissa sur la banquette. Elle constata aussitôt la présence d'une deuxième personne dans la voiture, une femme, qui se tourna vers elle et la salua. Mma Ramotswe la voyait mal, mais son visage lui parut familier, même si elle ne put déterminer de qui il s'agissait.

— Ce n'est pas de chance de tomber en panne comme ça, déclara la dame. Cela aurait fait une sacrée trotte jusqu'à la ville !

— Oui, répondit Mma Ramotswe. Il y a des années, j'avais l'habitude de marcher, mais depuis que j'ai ma fourgonnette…

— La marche, ça s'oublie vite, acquiesça la femme. Avant, les gosses faisaient quinze kilomètres à pied pour aller à l'école, vous vous rappelez ?

— Il y a des enfants qui les font encore, remarqua Mma Ramotswe.

Elles poursuivirent un moment la conversation, s'accordant sur toute une série de sujets. Déjà, les lumières de Gaborone apparaissaient, formant un halo qui nimbait le ciel, même à cette heure tardive. On serait bientôt à la maison.

CHAPITRE XVII

Mma Ramotswe, Mr. J.L.B. Matekoni et Mr. Polopetsi ont une surprise désagréable

Mr. J.L.B. Matekoni dormait profondément à l'heure où rentra Mma Ramotswe, après sa visite chez les Mokoti. Et lorsqu'il s'éveilla le lendemain matin, elle était déjà debout et se promenait dans le jardin, une tasse de thé rouge entre les mains. Mr. J.L.B. Matekoni se leva, fit sa toilette et s'habilla, puis sortit, pour la trouver plongée dans ses pensées, debout devant le mopipi.

— Encore une belle journée qui s'annonce, lança-t-il en la rejoignant.

Elle se retourna et lui sourit.

— C'est le moment que je préfère, dit-elle. J'adore rester là, dans le jardin, à regarder les plantes se réveiller. Cela fait beaucoup de bien.

Mr. J.L.B. Matekoni approuva. Il lui était difficile de sortir du lit d'aussi bonne heure que Mma Ramotswe, mais il savait que le début du jour était le meilleur moment de la journée, un temps de fraîcheur et d'optimisme. Il aimait arriver au garage assez tôt pour sentir les premiers rayons du soleil sur sa nuque alors qu'il se penchait sur un moteur. C'était une expérience de perfection pure, un état de félicité absolue pour un mécanicien : éprouver la chaleur (mais une chaleur agréable) et se sentir bien tout en travaillant sur un moteur qui donnait du fil à retordre. Bien sûr, cela dépendait en grande partie du moteur. Certains étaient à désespérer (des moteurs avec des angles inaccessibles et des pièces difficiles à trouver), mais réparer un moteur qui se montrait coopératif se révélait un plaisir.

La petite fourgonnette blanche en était un exemple typique. Il avait passé beaucoup de temps sur ce véhicule et estimait bien le connaître. Le moteur ne posait pas de difficulté majeure, dans la mesure où l'on avait accès aux pièces essentielles sans trop de peine. Cependant, on ne pourrait pas la maintenir indéfiniment en état de marche et Mr. J.L.B. Matekoni se demandait si Mma Ramotswe en avait conscience. Il rencontrait le même problème avec Mma Potokwane et le vieux minibus affecté au transport des orphelins. Que ce véhicule continue de rouler tenait du miracle – ou, plutôt, ne pouvait être attribué qu'aux soins constants prodigués par Mr. J.L.B. Matekoni. Tôt ou tard néanmoins, il faudrait regarder les choses en face et reconnaître qu'il avait atteint le terme de son existence. Mr. J.L.B. Matekoni comprenait l'attachement qu'éprouvaient les gens vis-à-vis de leur voiture ou de leur camion, mais les sentiments n'avaient pas leur place ici. Puisqu'on était prêt à jeter ses vieux vêtements, pourquoi ne pas agir de même avec les véhicules qui avaient fait leur temps ? Il avait vu Mma Ramotswe entreprendre un jour de lui trier ses vêtements et il avait dû batailler ferme pour réussir à conserver quelques vestes et pantalons qui l'avaient toujours servi de façon satisfaisante et qui, selon lui tout au moins, avaient encore beaucoup à offrir. Cependant, sa rébellion n'avait pas empêché Mma Ramotswe de jeter plusieurs pantalons (qui auraient pu lui faire de l'usage et qui n'avaient qu'une ou deux pièces), sa paire préférée de *veldskoens*[1] marron et une veste achetée chez OK Bazaars, juste derrière la frontière, à Mafikeng, avec son premier salaire de mécanicien. Il avait été tenté de lui demander ce qu'elle éprouverait s'il passait en revue sa garde-robe à elle pour la débarrasser de certaines jupes, mais il s'était ravisé. Cela aurait été une question purement hypothétique, dans la mesure où jamais une telle idée ne lui serait venue à l'esprit. Car il admettait sans peine que, comme la plupart des hommes, il ne connaissait rien en matière d'habillement féminin. Cependant, les femmes affirmaient savoir quels vêtements convenaient pour un homme. Il y avait là une injustice, pensait Mr. J.L.B. Matekoni, mais il n'était pas certain de la façon dont il pourrait soutenir ce point de vue.

Debout près de Mma Ramotswe, Mr. J.L.B. Matekoni inspira l'air frais du petit matin.

— Et comment cela s'est-il passé hier soir ? interrogea-t-il lorsqu'il eut chassé l'air de ses poumons. L'as-tu trouvé ?

— Il n'était pas là, répondit Mma Ramotswe. Mais j'ai discuté avec sa mère et la conversation s'est révélée très utile. J'ai appris une chose importante.

— Quelle chose importante ? s'enquit Mr. J.L.B. Matekoni en fermant les yeux pour prendre une nouvelle inspiration.

Mma Ramotswe ne répondit pas à sa question. Elle venait de s'apercevoir qu'elle n'aurait pas dû se confier ainsi, même si elle mourait d'envie de

1. Chaussures de brousse en cuir souple. (*N.d.T.*)

partager l'intense soulagement procuré par la visite de la veille. Mr. J.L.B. Matekoni rouvrit les yeux.

— Alors ? demanda-t-il. Cette chose importante ? Pourquoi est-ce que…

Il s'interrompit net et fronça les sourcils.

— Où est la fourgonnette blanche ?

Mma Ramotswe soupira.

— Je suis tombée en panne sur le chemin du retour. Elle est restée là-bas.

Elle désigna vaguement la direction du sud, celle de Lobatse, du Cap et de l'océan, plus loin encore.

— Elle est là-bas, conclut-elle.

— En panne ? fit Mr. J.L.B. Matekoni d'un ton sévère. Que s'est-il passé ?

Mma Ramotswe lui expliqua comment le moteur avait soudain perdu de sa puissance, puis s'était arrêté. Elle lui dit que c'était arrivé tout d'un coup, alors qu'elle n'avait pas encore atteint la route principale. Puis elle mentionna l'huile et ses soupçons quant à la cause de la panne : le carter avait dû se trouer sur une pierre.

Mr. J.L.B. Matekoni fit la grimace.

— Tu dois avoir raison, déclara-t-il d'une voix chargée de reproche. Ces cailloux font beaucoup de dégâts. Tu ne devrais pas rouler sur ce genre de pistes avec une petite fourgonnette comme la tienne. Elle n'est pas faite pour ça.

Mma Ramotswe accepta la remontrance sans broncher.

— Et si le moteur est grippé ? Que va-t-il se passer ?

Mr. J.L.B. Matekoni secoua la tête.

— C'est très mauvais. Il faudra remplacer tout le bloc moteur. À mon avis, ça n'en vaut pas la peine.

— Alors je devrai racheter une fourgonnette ?

— Oui.

Mma Ramotswe réfléchit un moment.

— Cela fait longtemps que j'ai celle-ci, dit-elle. Je l'aime beaucoup. On n'en fabrique plus des comme ça aujourd'hui.

Mr. J.L.B. Matekoni la regarda et sentit une immense fierté l'envahir. Bien des femmes auraient été ravies de remplacer leur fourgonnette ou leur voiture, et certaines auraient même envoyé la leur à la casse de bon cœur pour en acquérir une neuve plus élégante. Penser que Mma Ramotswe n'était pas de celles-là l'emplissait de fierté. Car jamais une telle femme ne chercherait à échanger un mari devenu vieux et inutile contre un autre, neuf et plus chic. C'était fort rassurant.

— Nous allons y jeter un coup d'œil, déclara-t-il. On ne doit jamais dire qu'une fourgonnette est fichue tant qu'on ne l'a pas examinée de près. Nous irons la chercher avec la dépanneuse. Je te remorquerai.

Il ne se passait pas grand-chose ce matin-là à l'Agence N° 1 des Dames Détectives. Mma Makutsi envisageait de sortir pour poursuivre, sans grand espoir de succès, l'enquête sur le financier zambien en fuite, et, la correspondance étant à jour, Mma Ramotswe n'avait pas beaucoup à faire. Mr. J.L.B. Matekoni avait une voiture à réviser, mais c'était un travail simple que l'on pouvait confier sans crainte à l'apprenti restant. Quant à Mr. Polopetsi, qui n'aimait pas demeurer oisif, il occupait chaque minute de répit à mettre de l'ordre dans le garage, à balayer le sol, et même à laver les voitures. En plusieurs occasions, des clients de l'agence étaient sortis d'un entretien avec Mma Ramotswe pour découvrir que leur véhicule avait été nettoyé et astiqué pendant qu'ils se trouvaient dans le bureau des détectives. L'initiative était généralement très appréciée et ajoutait un nouveau point en faveur de Mr. Polopetsi.

— Vous imaginez ce qui se passerait si tout le monde était comme lui au Botswana ? avait fait remarquer Mma Ramotswe à Mma Makutsi. Vous imaginez comme le pays serait prospère ? Nous serions si riches que nous ne saurions pas quoi faire de notre argent !

— Peut-on vraiment être riche à ce point ? avait demandé Mma Makutsi. On trouve toujours une façon de dépenser son argent. En achetant de nouvelles chaussures, par exemple.

Mma Ramotswe s'était mise à rire.

— On ne peut porter qu'une paire de chaussures à la fois, avait-elle objecté. Les gens riches sont comme nous, ils n'ont que deux pieds, dix orteils. Nous sommes tous fabriqués de la même façon.

Mma Makutsi n'en était pas si sûre. Sans doute ne pouvait-on porter qu'une paire de chaussures à la fois, mais cela ne signifiait pas que l'on ne puisse pas en mettre chaque jour une différente, ou même une le matin et une autre l'après-midi. Les gens riches faisaient-ils ce genre de chose ? se demanda-t-elle. Elle-même ne possédait pour le moment que deux paires de chaussures, mais elle prévoyait d'en acheter une troisième très bientôt. Elle avait ses chaussures de travail marron, qui avaient été ressemelées et réparées un nombre incalculable de fois. Et elle avait ses beaux souliers, verts à l'extérieur et bleu ciel à l'intérieur, achetés avec les premiers bénéfices de l'École de dactylographie pour hommes du Kalahari et dont elle était excessivement fière. Elle les portait de temps à autre pour aller travailler, mais trouvait dommage de les gaspiller pour un usage aussi banal et les réservait surtout aux grandes occasions, dont la leçon de danse. Elle avait à présent besoin d'en acquérir une paire plus élégante pour le bureau, et elle en avait déjà repéré une dans une vitrine. Les chaussures étaient rouges, sans doublure particulière, mais avec une grosse boucle décorative dorée, qui leur conférait un air d'autorité que ses autres paires ne possédaient pas. C'étaient des chaussures pleines d'audace, qu'elle porterait lorsqu'elle aurait affaire à des hommes difficiles, ce qui arrivait quelquefois. Ces hommes seraient fascinés par les boucles et cela lui donnerait l'avantage nécessaire face à de tels individus.

Bien qu'elle répugnât à évoquer le sujet, Mma Makutsi souhaitait depuis longtemps glisser quelques mots à Mma Ramotswe à propos des chaussures qu'elle portait. Mma Ramotswe ne cherchait pas à faire sensation, elle préférait les jupes solides et bien coupées et les chemisiers amples, mais elle avait le sens des couleurs, de sorte qu'elle paraissait toujours très élégante. En ce qui concernait les chaussures toutefois, il semblait que son bon goût la désertât, car elle avait généralement aux pieds une paire de souliers marron informes avec, de chaque côté, des saillies révélant la forme de ses orteils. Ces chaussures n'étaient en aucune manière élégantes et Mma Makutsi estimait qu'il conviendrait de les remplacer par de nouvelles, plus conformes à la position sociale de Mma Ramotswe, qui était tout de même la plus grande détective privée du Botswana.

Les chaussures de Mma Ramotswe avaient été évoquées une seule fois, lors d'une conversation dont l'issue ne s'était pas révélée satisfaisante. Mma Makutsi avait indiqué qu'un magasin du Game Centre proposait des promotions et que, selon elle, il y avait des affaires à réaliser.

— Peut-être que les personnes qui portent les mêmes chaussures depuis longtemps pourront trouver là-bas quelque chose qui leur convienne, avait-elle ajouté d'un ton évasif.

Mma Ramotswe l'avait regardée.

— Vous voulez dire, les personnes comme moi ?

Mma Makutsi avait éclaté de rire pour masquer son embarras.

— Non, ce n'était pas à vous que je pensais. Mais en effet, peut-être avez-vous envie de vous acheter des nouvelles chaussures ? Vous avez de quoi vous les offrir.

— Mais qu'est-ce qui ne va pas avec les miennes ? demanda Mma Ramotswe. Vous savez, j'ai les pieds très larges et ça, ce sont des chaussures très larges qui me vont parfaitement. Que diraient mes pieds si j'achetais une paire de souliers à la mode, très serrés ? Ils penseraient certainement que quelque chose cloche.

Mma Makutsi résolut de défendre sa position.

— Mais vous pouvez en trouver qui soient à la fois larges et jolis, fit-elle remarquer. Il existe des modèles pour tout le monde.

— Moi, je suis très satisfaite de mes chaussures, affirma Mma Ramotswe. Elles ne me posent jamais de problèmes.

— Alors vous pourriez peut-être en acheter à Mr. J.L.B. Matekoni ? suggéra Mma Makutsi.

— Qu'est-ce qu'elles ont, les chaussures de Mr. J.L.B. Matekoni ?

Mma Makutsi regretta d'avoir évoqué le sujet. Il y avait beaucoup à dire des chaussures de Mr. J.L.B. Matekoni, de son point de vue du moins. Pour commencer, elles étaient maculées de taches d'huile, et elle avait même repéré un début de trou à l'extrémité de l'une d'elles. Comme Mma Ramotswe, Mr. J.L.B.

Matekoni occupait un certain rang dans la société, en tant que propriétaire du Tlokweng Road Speedy Motors, et l'on attendait d'une telle personne qu'elle porte des chaussures en bon état.

Voyant que Mma Makutsi ne fournissait pas de réponse à sa question, Mma Ramotswe poursuivit en expliquant que ce serait du gâchis d'acheter des chaussures neuves à Mr. J.L.B. Matekoni.

— Il n'y a aucun intérêt à acheter des chaussures neuves à un homme. Cela revient à jeter l'argent par les fenêtres. Les hommes ne portent aucun intérêt aux chaussures, c'est bien connu. Si un homme pense à cela sans arrêt, c'est qu'il a un problème.

— Mais alors, à quoi pensent les hommes ? s'enquit Mma Makutsi. S'ils ne pensent pas aux chaussures, à quoi peuvent-ils penser ?

Mma Ramotswe haussa les sourcils.

— Les hommes consacrent une grande partie de leur temps à penser aux femmes, expliqua-t-elle. Ils y pensent d'une façon irrespectueuse. Ils sont ainsi faits et on ne peut pas les changer. Quand ils ne pensent pas aux femmes, ils pensent au bétail et aux voitures. Et certains pensent aussi au football. Voilà à quoi pensent les hommes.

Ce matin-là toutefois, la conversation ne portait ni sur les chaussures ni sur les faiblesses des hommes, mais sur le drame de la petite fourgonnette blanche. Mr. Polopetsi avait été frappé de consternation en apprenant la panne du véhicule, envers lequel il s'estimait en dette, puisque c'était lui qui l'avait fait entrer en contact avec Mma Ramotswe et lui avait apporté son nouveau travail. Lorsque Mma Ramotswe annonça qu'elle et Mr. J.L.B. Matekoni allaient bientôt partir le chercher pour le remorquer jusqu'à Gaborone, il demanda à les accompagner. Mma Ramotswe accepta et, quand Mr. J.L.B. Matekoni eut expliqué à l'apprenti ce qu'il devait faire sur la voiture à réviser, tous trois s'installèrent dans la remorqueuse, laissant Mma Makutsi seule à l'agence.

Le temps était agréable. Au moment où ils dépassèrent Kgale Hill, le soleil semblait peindre en or les arbres et les roches de la colline. Au-dessus d'eux, le ciel était vide, mis à part quelques oiseaux de proie qui décrivaient des cercles, planant très haut sur les courants d'air chaud ascendants. Devant eux, la route était claire et droite, tel un ruban noir traçant son chemin à travers la broussaille gris-vert. C'était une matinée qui rendait heureux d'être en vie et de se trouver en ce lieu.

Mr. Polopetsi était d'humeur loquace et il leur livra son point de vue sur un discours que le chef Linchwe avait récemment prononcé à Gaborone, suscitant de nombreux débats dans les journaux. Le chef Linchwe avait-il raison ? Mr. Polopetsi estimait que oui. Il éprouvait un immense respect pour cet homme, expliqua-t-il, et il pensait que l'on devrait davantage tenir compte de ses opinions. Puis il changea de sujet et évoqua les mesures à prendre contre les gens qui salissaient la ville en jetant leurs déchets n'importe où. Il y avait eu des discussions à ce propos dans le quartier de Tlokweng, où il habitait, et certaines personnes avaient suggéré que ceux qui ne se souciaient pas de propreté soient condamnés à effectuer des corvées de ramassage d'ordures. Sinon, on pouvait aussi les obliger à porter dans le dos des pancartes indiquant PERSONNE SALE. De l'avis de Mr. Polopetsi, cela les dissuaderait très vite.

Mma Ramotswe n'en était pas aussi sûre.

— La honte peut être une excellente façon d'encourager les individus à bien se comporter, reconnut-elle. Oui, c'est certain. Mais on ne peut pas mettre un panneau PERSONNE SALE dans le dos des gens, parce que cela laisserait penser qu'ils ne se lavent pas. Alors qu'en fait ils se lavent peut-être beaucoup.

— Moi, je trouve l'idée des pancartes très bonne, intervint Mr. J.L.B. Matekoni. On pourrait aussi en mettre sur les voitures. CONDUCTEUR DANGEREUX, par exemple, ou même CHAUFFARD. Cela encouragerait la population à conduire plus prudemment, je pense.

— Mais cela aurait l'air un peu ridicule, non ? répondit Mma Ramotswe. À la fin, tout le monde se promènerait avec sa pancarte. Sur la mienne, on marquerait MMA RAMOTSWE, ou bien DÉTECTIVE, peut-être. Ce serait complètement idiot.

Une pensée la traversa à cet instant, qu'elle préféra garder pour elle : *Et Mma Makutsi aurait sur le dos une pancarte où serait écrit 97 sur 100.*

— Mais je n'ai pas dit ça ! protesta Mr. Polopetsi avec un soupçon de mauvaise humeur. J'ai seulement proposé que les gens qui jettent leurs ordures n'importe où portent une pancarte. C'est tout.

Ce fut Mr. J.L.B. Matekoni qui mit un terme à la conversation.

— Nous y sommes presque, dit-il. N'est-ce pas l'embranchement dont tu m'as parlé ?

Ils ralentirent et Mr. J.L.B. Matekoni engagea avec prudence la dépanneuse sur la piste. À la lumière du jour, les trous et les crevasses semblaient bien pires que la veille au soir. Dans ces conditions, songea Mma Ramotswe, il n'était pas surprenant que la petite fourgonnette blanche ait été endommagée. Des pierres, mises en évidence par les mouvements du sol, dressaient leurs pointes menaçantes et, en certains endroits, c'étaient des branches d'arbres qui faisaient saillie, plâtrées dans la terre desséchée par d'énergiques fourmis blanches. Au bord du chemin, suivant le passage du camion de leurs yeux mélancoliques, se tenait un petit troupeau de vaches réduites à l'oisiveté.

— Ce bétail n'est pas en bonne santé, fit remarquer Mr. J.L.B. Matekoni. Regardez cette vache-là, on voit ses côtes…

Mma Ramotswe jeta un coup d'œil d'expert sur la bête grise et acquiesça.

— Elle est malade, affirma-t-elle. Mon père aurait su comment la soigner.

— Oui, il s'y connaissait en bétail, confirma Mr. J.L.B. Matekoni.

Il avait côtoyé Obed Ramotswe dans son enfance et n'ignorait rien de sa réputation de fin juge du bétail. Il était toujours disposé à écouter des anecdotes à son sujet, même s'il les avait toutes entendues des dizaines de fois déjà de la bouche de Mma Ramotswe. Il connaissait l'histoire de la rencontre entre Obed Ramotswe et Seretse Khama, en visite à Mochudi, et de la poignée de main échangée avec le grand homme. Il connaissait l'histoire du chapeau perdu, que quelqu'un avait soigneusement posé sur un muret, à côté de la *kgotla*[1], afin qu'il fût retrouvé sans peine. Il connaissait aussi l'histoire du même chapeau emporté par une rafale de vent et parti se coincer dans un arbre. Il en existait encore beaucoup d'autres, dont il comprenait l'importance et qu'il écoutait avec patience et respect. Une vie sans anecdotes ne serait pas une vie. Celles-ci n'avaient-elles pas pour fonction de nous relier les uns aux autres, les vivants aux morts, les hommes aux animaux, les hommes à la terre ?

1. Salle communale de construction batswana traditionnelle, où se réunit le conseil municipal. (*N.d.T.*)

Le camion progressait lentement sur la piste. Au bout d'un moment, Mr. J.L.B. Matekoni se tourna vers Mma Ramotswe.

— Ne m'avais-tu pas dit que c'était arrivé assez près de l'embranchement ? interrogea-t-il. En fait, cela devait être plus loin que tu le pensais.

Mma Ramotswe jeta un coup d'œil inquiet en arrière. Elle était sûre d'avoir laissé la fourgonnette dans cette courbe, là où la piste prenait une nouvelle direction. Oui, ce devait être à cet endroit, mais il n'y avait pas trace du véhicule.

Elle regarda Mr. J.L.B. Matekoni.

— Il faut s'arrêter, résolut-elle. Je suis certaine que c'était là.

Mr. Polopetsi, qui était assis entre Mma Ramotswe et Mr. J.L.B. Matekoni, se pencha en avant.

— On vous l'a volée ! s'exclama-t-il. Votre fourgonnette a été volée !

— Nous allons voir, répondit Mma Ramotswe.

Elle craignait de devoir lui donner raison, mais elle lui en voulait d'avoir prononcé ces paroles. Si sa fourgonnette avait été volée, c'était elle qui devait l'annoncer, non Mr. Polopetsi.

Ils descendirent de la dépanneuse et Mma Ramotswe parcourut quelques mètres en arrière sur le bord de la piste. Les yeux rivés au sol, elle aperçut bientôt ce qu'elle recherchait : une tache d'huile dans le sable. Celle-ci mesurait une quinzaine de centimètres de diamètre à peine, mais elle était sombre et aisément identifiable, de sorte qu'il n'y eut plus aucun doute dans l'esprit de Mma Ramotswe. Elle était en train de contempler l'endroit exact où s'était arrêtée la petite fourgonnette blanche, et celle-ci avait indubitablement disparu.

Mr. J.L.B. Matekoni la rejoignit et suivit son regard.

— Oh ! fit-il, avant de se tourner vers elle. Oh !

— Quelqu'un l'a prise, confirma-t-elle d'une voix tremblante. Ma fourgonnette ! Elle n'est plus là.

Mr. Polopetsi arriva près d'eux.

— Quelqu'un a dû la réparer et s'en aller avec.

— C'est bizarre, objecta Mr. J.L.B. Matekoni. Ou alors, cela signifie que ton moteur n'était pas grippé. La panne devait venir d'autre chose. Le voleur n'aurait pas pu rouler avec si le moteur était grippé.

Mma Ramotswe secoua la tête.

— Il va falloir déclarer ce vol à la police. C'est tout ce que nous pouvons faire. Ma fourgonnette doit être loin à présent.

— Je crois que tu as raison, malheureusement, répondit Mr. J.L.B. Matekoni avec douceur. Un véhicule volé disparaît vite. En un clin d'œil. Hop, envolé !

Mma Ramotswe fit demi-tour et repartit vers la dépanneuse, suivie de Mr. J.L.B. Matekoni. Mr. Polopetsi demeura là où il était.

— Allez, il faut rentrer ! appela Mr. J.L.B. Matekoni sans se retourner.

Mr. Polopetsi examina l'endroit où s'était trouvée la fourgonnette, puis releva les yeux vers le bush qui s'étendait de part et d'autre de la piste, par-delà les arbres, les broussailles et les termitières, comme s'il voyait autre chose que l'herbe brune, la terre rouge, très rouge, et les épineux. Comme s'il entendait d'autres sons que le chant des cigales et les appels des oiseaux.

— Laissez-moi ici, cria-t-il. Je vais rechercher des indices. Rentrez en ville, je prendrai le minibus sur la grand-route. Laissez-moi ici.

Mma Ramotswe se retourna.

— Il n'y aura pas d'indices, affirma-t-elle. Ces gens sont venus et repartis. C'est tout.

— Laissez-moi au moins essayer, plaida Mr. Polopetsi.

— Si ça peut lui faire plaisir, soupira Mr. J.L.B. Matekoni. Ce n'est pas grave. Il n'y a pas beaucoup de travail au garage ce matin.

Ils remontèrent dans le camion et Mr. J.L.B. Matekoni manœuvra pour repartir dans l'autre sens. Lorsqu'ils parvinrent à la hauteur de Mr. Polopetsi, celui-ci leur adressa un petit signe d'adieu et Mma Ramotswe s'aperçut qu'il semblait tout excité. Elle en fit la remarque à Mr. J.L.B. Matekoni.

— Il joue au détective, commenta-t-elle. Il n'y a pas de mal à cela. Il a très envie de participer aux enquêtes de l'agence.

Mr. J.L.B. Matekoni se mit à rire.

— C'est un homme de valeur, affirma-t-il. Tu as eu une très bonne idée en lui demandant de venir travailler avec nous.

Le compliment fit plaisir à Mma Ramotswe, qui posa une main sur le bras de son compagnon.

— Et toi, tu as été très gentil avec lui.

Ils roulèrent en silence. Quelques minutes plus tard, Mr. J.L.B. Matekoni jeta un coup d'œil à Mma Ramotswe et s'aperçut qu'elle pleurait, sans bruit, certes, mais des larmes coulaient sur ses joues.

— Je suis désolée, dit-elle, je suis désolée. C'est ma petite fourgonnette. Je l'aimais tant... Elle a été mon amie pendant des années.

Mr. J.L.B. Matekoni changea de position sur son siège. Il ne se sentait jamais à l'aise lorsque les femmes se laissaient aller à leurs émotions. Il était mécanicien, après tout, et ces choses-là étaient gênantes pour un mécanicien.

— Je t'en trouverai une nouvelle, assura-t-il avec douceur. Je te trouverai une bonne petite fourgonnette.

Mma Ramotswe ne répondit rien. C'était gentil à lui, elle le savait, mais là n'était pas le problème. Elle, elle ne désirait rien d'autre que cette petite fourgonnette blanche-là, qui l'avait emmenée sur toutes les routes du Botswana. Rien d'autre.

CHAPITRE XVIII

Le Magasin des Meubles Double Confort

Ce matin-là, tandis que Mma Ramotswe constatait le vol de sa petite fourgonnette blanche, Mma Makutsi fit elle aussi une découverte. L'affaire du financier zambien en fuite se révélait jusque-là extrêmement frustrante. Les lettres envoyées n'avaient produit aucun résultat et les conversations téléphoniques ne les avaient pas menées plus loin. Mma Ramotswe avait suggéré d'appeler certaines personnalités très en vue de la communauté zambienne de Gaborone, ce que Mma Makutsi s'apprêtait à faire à présent. Elles disposaient de trois noms : un dentiste avec une longue liste de patients, zambiens pour la plupart, un pasteur et un homme d'affaires à la tête d'une prospère agence d'import-export. En regardant ces trois noms ce matin-là, Mma Makutsi avait résolu de laisser le premier de côté : elle savait que les dentistes étaient des gens très occupés et qu'elle aurait peu de chance de passer outre la réceptionniste si elle l'appelait. Bien sûr, elle pourrait prendre rendez-vous et le rencontrer – il y avait un bon moment qu'elle n'avait pas fait examiner ses dents et il serait sans doute judicieux de saisir cette occasion – mais elle craignait d'avoir du mal à poser ses questions la bouche pleine de matériel dentaire. C'était pour cette raison, peut-être, que les conversations avec les dentistes se révélaient souvent déséquilibrées.

Elle téléphona donc au pasteur, mais ce fut un message enregistré qui lui répondit. *Je ne suis pas là*, annonçait une voix prudente, *mais vous pouvez me laisser un message et je vous rappellerai dès que j'en aurai pris connaissance. Entre-temps, mes prières vous accompagnent.* Prise de court, Mma Makutsi raccrocha sans rien dire. Comment les prières de cet homme pouvaient-elles l'accompagner s'il ne savait même pas qu'elle l'avait appelé ? Les choses seraient différentes, pensa-t-elle, s'il avait dit que ses prières l'accompagneraient à l'avenir, une fois qu'il saurait qu'elle avait appelé. Cela, au moins, eût été honnête. Bien sûr, il cherchait seulement à se montrer prévenant – elle le comprenait –, mais il était important, lui semblait-il, de toujours dire la vérité, et les pasteurs, plus que tout autre, devaient le comprendre.

Mma Ramotswe réfléchit à cela quelques minutes. Plus elle y songeait, plus elle sentait la colère la gagner. En fin de compte, elle saisit le combiné et composa de nouveau le numéro, avant d'écouter avec une intense irritation le message dénué de sincérité. Lorsque le bip retentit, elle prit la parole.

— C'est Grace Makutsi, de l'Agence N° 1 des Dames Détectives, à l'appareil. Je vous appelle au sujet d'une affaire très importante. Mais comment vos prières peuvent-elles m'accompagner avant que vous sachiez que je vous ai appelé ? Ne devriez-vous pas plutôt dire que vous prierez pour les gens une fois que vous aurez pris connaissance de leur message ? Non ? Merci beaucoup, révérend, au revoir.

Elle se sentit mieux après avoir ainsi plaidé en faveur de la vérité et de la précision. Dès que Mma Ramotswe reviendrait avec la fourgonnette, elle lui raconterait.

Son employeur l'approuverait certainement, se dit-elle, car c'était une femme attachée à la franchise et elle n'aimait pas les gens qui faisaient de fausses affirmations. Elle tomberait nécessairement d'accord avec elle… à moins que… ? Soudain, Mma Makutsi fut visitée par le doute. Il lui apparut que Mma Ramotswe pourrait trouver assez déplaisante cette façon de faire la leçon – une leçon enregistrée, de surcroît – à un pasteur qui cherchait seulement à aider ceux qui lui téléphonaient. Mma Ramotswe ne risquait-elle pas de dire quelque chose comme : « Vous savez, Mma, les gens qui appellent ce pasteur sont souvent troublés pour une raison ou pour une autre. Peut-être viennent-ils de perdre un proche et appellent-ils à ce sujet ? Voilà pourquoi il s'efforce de les réconforter » ?

Mma Makutsi médita encore un peu, puis décrocha une troisième fois le combiné et recomposa le numéro. Elle laisserait un nouveau message expliquant qu'elle ne pensait pas vraiment ce qu'elle avait dit. Cependant, ce fut le pasteur qui décrocha.

Pendant quelques instants, Mma Makutsi ne sut que dire. Elle songea même à raccrocher, comme un enfant surpris à jouer avec le téléphone, mais la raison l'emporta.

— C'est Mma Makutsi, articula-t-elle. J'ai laissé un message tout à l'heure…

— Je l'ai écouté, Mma, l'interrompit le pasteur. Et vous avez raison. Je n'ai pas réfléchi quand j'ai dit « entre-temps ». Je vais modifier l'annonce et dire « Quand j'aurai écouté votre message, je vous inclurai dans mes prières ». Voilà ce que je vais dire.

Mma Makutsi sentit la honte la submerger.

— Je ne voulais pas être impolie, affirma-t-elle avec précipitation.

— Je sais bien, assura le pasteur. Et vous ne m'avez pas paru impolie du tout. Au contraire, vous avez parlé avec beaucoup de courtoisie.

Un court silence s'installa, puis le pasteur poursuivit :

— Mais vous disiez que vous aviez quelque chose à me demander. Puis-je savoir de quoi il s'agissait ?

Mma Makutsi lui exposa l'affaire qui l'amenait.

— Et qu'attendez-vous de moi exactement, Mma ? interrogea-t-il quand elle eut terminé. Voulez-vous que je vous dise si une telle personne, un homme d'affaires venu de Zambie, a parlé avec moi ? Est-ce cela que vous me demandez ?

— Oui, répondit Mma Makutsi. Vous devez connaître beaucoup de vos concitoyens ici. Ils se tournent vers vous quand ils ont besoin d'aide. J'ai pensé que cet homme vous avait peut-être rendu visite lui aussi.

Le pasteur demeura silencieux. À l'autre bout du fil, installée à son bureau de l'Agence N° 1 des Dames Détectives, Mma Makutsi observait un petit gecko blanc qui remontait avec aisance le long du mur. La tête de l'animal remuait de gauche à droite à mesure qu'il progressait, à l'affût des prédateurs et des proies.

Puis le pasteur s'éclaircit la gorge.

— Mais je ne peux pas vous parler de ces choses, Mma, déclara-t-il d'un ton où perçait le reproche. Quand les gens viennent me trouver parce qu'ils sont tristes ou qu'ils rencontrent des difficultés, ils savent que je n'irai jamais raconter leurs malheurs. Ils me font confiance pour ne pas discuter de leurs affaires avec la première détective privée qui m'appelle.

À ces mots, Mma Makutsi sentit son embarras redoubler. Qu'allait-il penser d'elle ? Non seulement elle avait laissé un sermon non sollicité sur son répondeur téléphonique, mais à présent elle lui demandait, contre toute morale, de dévoiler des confidences. Il fallait s'excuser et mettre un terme à cette conversation avant que la réputation de l'Agence N° 1 des Dames Détectives ne pâtisse davantage.

— Je suis vraiment désolée, révérend, commença-t-elle. Je ne voulais pas…

— Les gens, l'interrompit-il, s'imaginent que les pasteurs sont là pour les juger. Ils croient que nous nous tenons face à eux et que nous pensons : « Vraiment, ce n'est pas une chose à faire ! » ou bien : « Cette personne-là est très mauvaise. » Mais ce n'est pas le cas, vous savez. Nous reconnaissons que nous sommes tous faibles et que chacun d'entre nous fait parfois des choses qu'il ne devrait pas faire. Il n'existe aucun individu au monde qui ne soit pas un pécheur. Aucun. Alors quand ce pauvre homme est venu me trouver avec sa conscience troublée, je ne suis pas resté là à penser : « Franchement, il n'aurait pas dû emporter cet argent. » Non, je n'ai pas pensé cela. Je ne lui ai pas dit non plus que ce n'était pas bien de s'enfuir à Johannesburg, chez son cousin qui travaille dans un grand hôtel, comme il prévoyait de le faire. Non, je n'ai pas dit cela. Je lui ai expliqué qu'il pouvait me parler en toute confiance, parce que je n'irais pas le dénoncer à la police. Et c'était vrai, je ne suis pas allé à la police, parce que cela aurait rompu le secret nécessaire entre un pasteur et l'une de ses ouailles. Alors vous voyez, Mma, il m'est impossible de vous dire quoi que ce soit sur cet homme. Je ne peux pas le faire.

Mma Makutsi s'était redressée et se tenait très raide à son bureau. Devant elle, sur un petit morceau de papier, elle avait inscrit les mots : *parti à Johannesburg. Cousin. Grand hôtel.*

Elle sourit.

— Vous avez été très gentil, déclara-t-elle. Je suis désolée de vous avoir interrogé sur ces affaires confidentielles.

— Et moi, je suis désolé de n'avoir pu vous aider, répondit le pasteur.

— Mais vous m'avez beaucoup aidée, assura-t-elle.

Sur ces mots, la conversation prit fin, de même que l'enquête sur le financier zambien. Le dossier serait désormais transmis à d'autres, mais transmis de façon utile, et augmenté de quelques renseignements précieux. La proie se trouvait à présent à Johannesburg, qui était une ville immense, bien sûr, mais où il n'y avait pas tant de grands hôtels que cela. Les enquêteurs qui la prendraient désormais en chasse sauraient où commencer leurs recherches.

L'Agence N° 1 des Dames Détectives détenait assez d'informations pour livrer un compte rendu aux avocats, et ce, la tête haute. Les honoraires perçus seraient largement justifiés, pensa-t-elle. Quant à elle, elle attendait avec impatience l'occasion d'informer Mma Ramotswe de sa découverte. Il était toujours très satisfaisant de faire un rapport positif à son employeur.

Lorsqu'elle entendit arriver la dépanneuse, elle se leva et sortit. Elle s'attendait à voir la fourgonnette de Mma Ramotswe ignominieusement raccordée au camion par le câble de remorquage et fut consternée de ne découvrir que le camion, ainsi qu'une Mma Ramotswe manifestement inconsolable en train de s'extirper du siège du passager.

Mma Ramotswe lui raconta ce qui s'était passé et Mma Makutsi lâcha un gémissement, oubliant, l'espace d'un instant, la bonne nouvelle qu'elle s'apprêtait à annoncer.

— Oh là là, Mma ! se lamenta-t-elle. Votre fourgonnette ! On vous a volé votre fourgonnette ! Oh là là !

Mr. J.L.B. Matekoni, qui se tenait en retrait derrière les deux femmes, décomposé, tenta d'intervenir.

— Nous trouverons une autre fourgonnette. Il y en a beaucoup..

D'un geste, Mma Makutsi le réduisit au silence. Ce n'était pas le moment de laisser les hommes, avec leur logique, mettre leur grain de sel dans ce drame.

Un peu plus tard, lorsque les deux détectives furent installées dans leur bureau pour prendre une tasse de thé rouge – Mma Makutsi avait finalement décidé qu'elle l'aimait –, ce fut Mma Ramotswe qui dut consoler son assistante.

— J'imagine que cela devait arriver, expliqua-t-elle. Mr. J.L.B. Matekoni dit souvent que les voitures et les fourgonnettes ne sont pas éternelles. Et qu'il faut regarder cette réalité en face. Et il a raison, non ?

Mma Makutsi dut reconnaître que oui. Toutefois, cela ne rendait pas cette monstrueuse malchance plus facile à accepter.

— Je trouve que vous le prenez bien. Si une chose pareille m'arrivait, je serais très en colère.

— Cette colère, répondit Mma Ramotswe, je l'ai déjà ressentie. Je l'ai ressentie quand j'ai constaté que la fourgonnette n'était plus là. Je l'ai ressentie aussi un peu dans le camion, sur le chemin du retour. Mais à quoi cela servirait-il d'être encore en colère maintenant, Mma ? Je ne pense pas que cela pourrait nous être utile.

Mma Makutsi soupira.

— Vous avez raison, Mma, dit-elle. Ça ne servirait à rien du tout.

— Alors dites-moi plutôt ce qui s'est passé ici en mon absence, suggéra Mma Ramotswe.

À ces mots, Mma Makutsi se redressa sur son siège et eut un large sourire. Au moins, il y avait quelque chose à annoncer pour contrebalancer, même dans une faible mesure, la nouvelle du vol.

— J'ai résolu une affaire, déclara-t-elle d'un ton modeste. Ce Zambien…

Mma Ramotswe laissa échapper une exclamation de plaisir.

— Vous l'avez retrouvé ? Alors, où est-il ?

Mma Makutsi leva la main.

— Je ne l'ai pas vraiment retrouvé, rectifia-t-elle. Mais je sais qu'il n'est plus ici. Il est à Johannesburg.

Elle relata à Mma Ramotswe la conversation téléphonique avec le pasteur et les révélations qu'il avait faites par inadvertance sur les pérégrinations du fuyard.

— Vous croyez que c'était par inadvertance, corrigea Mma Ramotswe, mais, à mon avis, ce pasteur savait très bien ce qu'il disait. Il savait très bien que vous recherchiez quelqu'un qui avait probablement dérobé une très grosse somme d'argent, n'est-ce pas ? Il savait cela ?

— Oui, acquiesça Mma Makutsi. Il connaissait toute l'histoire.

— Eh bien, reprit Mma Ramotswe, dans ce cas, je pense que ce pasteur n'est pas aussi bête que vous l'imaginez. Selon moi, il a cherché le moyen de vous parler sans risquer de problèmes de conscience. Il savait qu'il ne devait pas dévoiler de confidences, mais en s'arrangeant pour le faire de façon détournée, comme ce fut manifestement le cas, il n'aurait peut-être pas le sentiment d'avoir mal agi.

— Ah... C'est comme ça que raisonnent les pasteurs ? s'enquit Mma Makutsi.

— Sûrement, répondit Mma Ramotswe. L'une des constatations que j'ai faites dans ce métier, c'est que tous les gens – même les pasteurs – se débrouillent pour trouver une façon de dire les choses quand ils estiment ne pas pouvoir les révéler directement. Dans le cas de ce pasteur, il pensait sans doute qu'il serait bon que l'on mette la main sur ce voleur. Il vous a donc livré tout ce qu'il savait, mais d'une manière particulière, indirecte.

Mma Makutsi demeura songeuse.

— Bon, alors que devons-nous faire, Mma ? Est-ce que c'est suffisant ?

— Que suggérerait Clovis Andersen ?

Mma Makutsi consulta l'exemplaire très abîmé des *Principes de l'investigation privée*. Elle n'avait jamais lu ce livre de bout en bout et elle savait qu'un jour elle devrait s'atteler à cette tâche.

— Il dirait qu'il faut savoir à quel moment cesser de poser des questions ? hasarda-t-elle. Je crois qu'il dit cela quelque part, non ?

— Tout à fait ! s'exclama Mma Ramotswe. Voyez-vous, je ne pense pas que nous ayons encore besoin de ce manuel. À mon avis, nous en savons même assez pour commencer à écrire notre propre livre, Mma. Vous êtes d'accord ?

— Oui, approuva Mma Makutsi. *L'Investigation privée à l'usage des dames*, de Precious Ramotswe et Grace Makutsi. Je le vois déjà.

— Moi aussi, dit Mma Ramotswe en prenant une gorgée de thé. Ce sera un très bon livre, Mma. J'en suis certaine.

Pour récompenser Mma Makutsi de son succès, Mma Ramotswe l'autorisa à prendre le reste de sa journée.

— Vous avez bien travaillé, lui dit-elle. À présent, vous pouvez aller dépenser la prime que je vais vous donner.

Mma Makutsi ne put dissimuler sa surprise. Jamais encore il n'avait été question de primes à l'agence, mais elle avait entendu des employés de grandes entreprises en parler.

— Oui, poursuivit Mma Ramotswe en souriant, tout en sortant d'un tiroir la boîte contenant l'argent liquide. Cette enquête sur le Zambien va nous rapporter une coquette somme. Je pense qu'elle s'élèvera à dix mille pula en tout.

Elle s'interrompit, observant l'effet de sa déclaration sur Mma Makutsi.

— Votre prime sera de vingt-cinq pour cent, ce qui…

— Deux mille cinq cents pula, coupa Mma Makutsi.

— Tant que cela ? fit Mma Ramotswe d'un air absent. Eh bien, soit, cela fait deux mille cinq cents pula. Bien sûr, je devrai attendre de recevoir le règlement pour vous payer en totalité, mais voici cinq cents pula pour commencer.

Mma Makutsi accepta les billets de banque avec reconnaissance et les glissa dans l'échancrure de son chemisier. Elle avait déjà décidé de ce qu'elle ferait de sa prime, ou du moins de cette première partie de prime, et il lui semblait que le moment était parfaitement choisi pour cela. Elle baissa les yeux vers ses chaussures, ses chaussures de travail, et pointa l'index dans leur direction.

— Encore de nouvelles chaussures ? s'enquit Mma Ramotswe avec un sourire.

— Oui, répondit Mma Makutsi. De nouvelles chaussures, et peut-être quelques mouchoirs neufs.

Mma Ramotswe hocha la tête en signe d'approbation. La petite fourgonnette blanche venait de lui traverser l'esprit, une pensée qui menaçait de jeter une ombre sur cette bonne humeur. Elle n'en dit donc rien à Mma Makutsi, qui se préparait à présent à quitter l'agence pour aller prendre le minibus qui l'emmènerait vers les boutiques. Elle méritait ce bonheur, songea Mma Ramotswe. Elle avait vécu tant de privations ! Désormais, avec son école de dactylographie et sa nouvelle maison, et cette prime, bien entendu, son existence prenait un nouveau tournant. Peut-être finirait-elle aussi par trouver un mari, mais c'était beaucoup demander pour le moment. Pourtant, il serait bon qu'elle rencontre un homme gentil, s'il en restait encore, un point sur lequel Mma Ramotswe commençait à éprouver des doutes. La petite fourgonnette blanche n'avait pu être volée par une femme, si ? Non, le coupable devait être un homme. Et ce financier zambien malhonnête, c'était un homme lui aussi, n'est-ce pas ? Les hommes étaient responsables de bien des maux, pensa-t-elle. Sauf Mr. J.L.B. Matekoni, bien sûr, et Mr. Polopetsi, et son défunt père aussi. Alors, se demandait-elle, où trouvait-on ces hommes bien quand on cherchait un mari ? Où Mma Makutsi pouvait-elle rencontrer un homme bien, à son âge, avec ses grosses lunettes et son teint difficile ? s'interrogeait Mma Ramotswe en songeant que ni elle ni personne ne pouvait grand-chose pour lui venir en aide.

L'achat des nouvelles chaussures réclama très peu de temps. Elle avait déjà vu la paire qu'elle voulait – les rouges à boucles dorées – et, à sa grande joie, elles étaient encore exposées bien en vue dans la vitrine lorsqu'elle arriva au magasin. Il y eut certes quelques instants d'anxiété pendant que la vendeuse cherchait sa taille, mais les chaussures furent bientôt trouvées et elles lui allaient parfaitement.

— Vous êtes très bien avec ces chaussures, affirma la vendeuse d'un ton admiratif. Et ces boucles, Mma ! Elles vont éblouir les hommes !

Mma Makutsi la considéra avec inquiétude.

— Je n'essaie pas d'éblouir les hommes, vous savez.

— Oh, je le vois bien, se corrigea la vendeuse. Ces chaussures sont également parfaites pour aller travailler. Ce sont de très bonnes chaussures, qui conviennent pour toutes sortes d'usages.

Mma Makutsi décida de les porter sur-le-champ et, tandis qu'elle marchait sur le trottoir, elle éprouva l'extraordinaire plaisir d'avoir sous les pieds des semelles de cuir neuves. C'était un sentiment de satisfaction, de sécurité, qui, dans ce cas précis, était rehaussé par l'éclat des boucles dans la lumière du soleil. On devait ressentir la même chose quand on était riche, songea-t-elle. Les gens riches devaient d'ailleurs éprouver cette sensation en permanence, lorsqu'ils se promenaient dans leurs beaux vêtements et leurs souliers neufs. Eh bien, au moins, elle faisait un peu l'expérience de cette délectation, tant que les chaussures étaient neuves et le cuir intact.

Elle décida de flâner quelques minutes le long des boutiques. Cela lui permettrait d'étrenner ses nouveaux souliers, et il lui restait un peu d'argent de sa prime. Peut-être trouverait-elle d'autres achats à faire. Elle passa d'abord devant un petit magasin de radios sans intérêt, puis devant un autre qui vendait de l'équipement de jardin. Rien de tout cela ne lui parut très enthousiasmant et elle fut tentée de rejoindre l'arrêt du minibus pour gagner le centre commercial où Mma Ramotswe aimait prendre le thé. Là-bas, peut-être les boutiques se révéleraient-elles plus tentantes.

Mma Makutsi s'arrêta. Elle se tenait devant un magasin de mobilier, le Magasin des Meubles Double Confort. À l'intérieur, derrière la vitrine, un homme la regardait : c'était Phuti Radiphuti.

Mma Makutsi sourit et lui adressa un petit signe de main. Oui, bien sûr : il travaillait dans un magasin de meubles et il était donc là, en train de vendre des meubles. Soit, il pourrait être intéressant de jeter un coup d'œil à l'intérieur, même si elle n'avait pas l'intention d'acheter des meubles.

Phuti Radiphuti lui rendit son salut et vint lui ouvrir la porte. Il l'accueillit avec chaleur, butant sur les mots, mais manifestant de façon claire le plaisir que lui procurait sa visite.

— Et voyez ces ch… ch… ch… chaussures ! dit-il. Elles sont très j… très j…

— Merci, coupa Mma Makutsi. Oui, elles sont très jolies. Je viens juste de les acheter avec ma prime.

Phuti Radiphuti sourit encore et se frotta les mains.

— C'est ma boutique, dit-il. C'est ici que je travaille.

Mma Makutsi regarda autour d'elle. C'était un très vaste magasin, avec toutes sortes de canapés et de fauteuils d'aspect engageant. Il y avait aussi des tables et des bureaux, disposés en rangs serrés.

— C'est grand, ici, dit-elle. Il y a beaucoup de vendeurs ?

— J'ai une dizaine d'employés qui travaillent ici, répondit-il.

Les mots lui venaient plus aisément. Elle remarqua que le bégaiement était plus prononcé en début de conversation, s'atténuant à mesure qu'il parlait.

Elle réfléchit un instant. Il avait dit qu'il avait une dizaine d'employés qui travaillaient là ; à l'entendre, on eût cru qu'il était le gérant, ce qui semblait improbable.

— Vous êtes le patron ici ? lança-t-elle sur le ton de la plaisanterie.

— Oui, répondit-il. Mon père est le propriétaire, et moi, je dirige l'équipe. Il est presque à la retraite, maintenant. Il aime s'occuper du bétail, vous comprenez, mais il continue à venir. En ce moment, il est dans son bureau, là-bas au fond.

Pendant un instant, Mma Makutsi demeura muette. Savoir que Phuti Radiphuti était propriétaire d'un magasin n'aurait dû faire aucune différence quant à l'opinion qu'elle avait de lui, et pourtant si. Phuti Radiphuti cessait tout à coup d'être le danseur

enquêteurs de Johannesburg de retrouver la trace du fuyard. Le vieil homme l'écouta avec attention et sourit de contentement.

— Je vois que vous êtes très intelligente, déclara-t-il. C'est parfait.

Mma Makutsi se demanda comment il fallait prendre cette remarque. Pourquoi était-il parfait qu'elle soit intelligente ? Quelle différence cela pouvait-il faire pour ce vieil homme ? L'espace d'un instant, elle hésita à évoquer son 97 sur 100 à l'Institut de secrétariat du Botswana, mais elle préféra y renoncer : il ne fallait pas trop parler de ces choses-là.

Ils bavardèrent encore quelques minutes à propos du magasin et des meubles qu'on y vendait, puis Phuti Radiphuti revint avec trois tasses sur un plateau, et ils prirent le thé ensemble. Il proposa ensuite de la raccompagner chez elle en voiture et elle accepta. Il serait agréable, songea-t-elle, de ne pas avoir à faire tout ce chemin dans ses chaussures neuves, d'autant que le pied droit commençait à la faire souffrir – pas beaucoup, mais un peu tout de même.

Lorsqu'il s'arrêta devant la maison, Phuti Radiphuti coupa le moteur, se tourna et saisit sur la banquette arrière un gros paquet, qu'il tendit à Mma Makutsi.

— C'est un cadeau pour vous, Mma, annonça-t-il. J'espère qu'il vous plaira.

Mma Makutsi considéra le paquet soigneusement enveloppé.

— Je peux l'ouvrir tout de suite ?

Phuti Radiphuti hocha la tête avec fierté.

— Ça vient du magasin, précisa-t-il.

Mma Makutsi déchira l'emballage. À l'intérieur, elle découvrit un coussin de velours doré orné de motifs. C'était la plus belle chose qu'elle ait vue depuis longtemps et elle sentit les larmes lui monter aux yeux. Phuti Radiphuti était un homme bien, un homme généreux, un homme qui l'appréciait assez pour lui offrir ce magnifique coussin.

Elle le regarda et lui sourit.

— Vous êtes très gentil avec moi, dit-elle. Vous êtes très gentil.

Phuti Radiphuti baissa les yeux sur le volant. Il lui était impossible de répondre.

CHAPITRE XIX

Des ânes au travail

Mr. Polopetsi se tenait sous le grand ciel vide, à côté de la piste et d'un acacia à demi desséché. L'excitation qui l'habitait se manifestait physiquement : son cœur battait la chamade et sa nuque était parcourue de picotements. Il avait regardé le camion de Mr. J.L.B. Matekoni s'éloigner en cahotant vers la grand-route, projetant un petit nuage de poussière derrière ses gros pneus à crans profonds sur la piste de terre. Le véhicule avait maintenant disparu et Mr. Polopetsi se retrouvait seul au milieu de la savane, contemplant la tache sombre formée sur le sol, là où la fourgonnette de Mma Ramotswe avait perdu ses dernières gouttes d'huile. Il sourit. Ah, si son père le voyait en cet instant, comme il serait fier ! Jamais ce dernier n'aurait pu imaginer que les connaissances qu'il avait transmises à son fils seraient un jour mises à profit. Il n'aurait pas pu imaginer non plus que son fils séjournerait en prison, ni qu'il travaillerait comme mécanicien au Tlokweng Road Speedy Motors, ni qu'il deviendrait – il n'osait en rêver lui-même – assistant détective à l'Agence N° 1 des Dames Détectives. Certes, il ne pouvait vraiment s'enorgueillir de ce dernier titre, mais si on voulait bien lui laisser une chance de faire ses preuves, pourquoi ne se révélerait-il pas aussi efficace que Mma Makutsi ? Il n'aspirait pas à devenir une deuxième Mma Ramotswe – ça, nul ne pouvait y prétendre – mais, au moins, il serait capable d'accomplir les mêmes prouesses que Mma Makutsi, 97 sur 100 ou pas 97 sur 100.

Ernest Polopetsi, le père de Mr. Polopetsi, employé à l'hôpital psychiatrique, aimait aller à la chasse durant son temps libre. Il n'avait jamais tué de gibier, ou presque, car il ne possédait pas de fusil et laissait cela aux autres, mais il adorait pister les bêtes et il avait enseigné cet art à son fils. Il lui montrait les empreintes des animaux – les civettes, les céphalophes, les pikas – et lui expliquait comment déterminer à quand remontait leur passage. Il y avait le vent, qui soufflait les grains de sable dans les empreintes de sabots ou de coussinets plantaires, il y avait la pluie, qui effaçait tout, il y avait le soleil, qui desséchait le sol fraîchement retourné. Et puis, il y avait l'herbe piétinée, qui se redressait, mais peu à peu et en une durée que l'on pouvait évaluer aussi précisément qu'en regardant les aiguilles d'une horloge. Ce savoir avait été transmis à Mr. Polopetsi quand il était petit garçon et désormais, de façon tout à fait fortuite, l'occasion de le mettre en pratique se présentait.

Il se baissa et entama l'examen du terrain. Certaines empreintes étaient à disqualifier d'emblée : les siennes, pour commencer, celles des *veldskoens* de Mr. J.L.B. Matekoni – des empreintes plates qui témoignaient de semelles en caoutchouc souple – et celles de Mma Ramotswe, dont une série se révélait plus récente que l'autre puisque Mma Ramotswe s'était trouvée en cet endroit la veille au soir, au moment de la panne. Toutefois, il y avait d'autres empreintes, celles de grosses chaussures qui venaient d'un sentier rejoignant la piste sur la droite. Ces chaussures avaient été accompagnées d'une paire de pieds nus de taille réduite, ceux d'un enfant peut-être, ou d'une femme très petite. La paire de chaussures avait tourné et tourné en rond, puis s'était arrêtée pour faire quelque chose près de la tache d'huile. Elle était ensuite repartie et, oui, elle était revenue, avec une autre série d'empreintes. Mr. Polopetsi se courba plus encore pour scruter la confusion des traces : les chaussures, les pneus (de petites empreintes, celles de la fourgonnette elle-même) et puis, indiscutablement, des sabots. Des ânes ! se dit Mr. Polopetsi. Oui, oui !

Il se releva et s'étira. Il n'était pas très agréable de rester penché en avant comme cela, mais on ne pouvait faire autrement quand on suivait une piste. Il importait de descendre à ce niveau-là, de regarder le monde du point de vue des grains de sable et des brins d'herbe. C'était un autre univers, un univers de fourmis et de minuscules crêtes semblables à des chaînes montagneuses miniatures, mais un univers qui révélait beaucoup de choses sur le monde qui s'étendait juste au-dessus. Pour découvrir ces choses, il suffisait de l'interroger.

Il se baissa de nouveau et commença à suivre les traces de sabots. Celles-ci remontaient un court instant la piste, puis tournaient à droite, empruntant le sentier suivi par la paire de grosses chaussures. À présent, dans le sol, entre les arbustes isolés, le tableau devenait plus clair. Il y avait eu beaucoup d'activité sur la piste elle-même, puis les ânes, attelés à la petite fourgonnette blanche, avaient simplement tiré leur fardeau sur un terrain vierge et les traces se faisaient éloquentes. Les ânes – il y en avait eu quatre, déduisit Mr. Polopetsi – avaient été conduits, au fouet, sans doute, par l'homme aux grosses chaussures. Derrière eux, roulant sur quelques traces de sabots, qu'elle effaçait du même coup, la petite fourgonnette blanche avait suivi. Sans doute y avait-il eu quelqu'un d'autre au volant pour diriger le véhicule tandis qu'on le tirait. Bien sûr, c'était la paire de pieds nus – un petit garçon, certainement. Oui, l'enfant avait tenu le volant tandis que son père faisait avancer les ânes. Voilà comment les choses s'étaient déroulées.

Dès lors, tout fut très facile. Mr. Polopetsi suivit les traces sur un kilomètre environ, puis aperçut un petit groupe de huttes traditionnelles et un enclos à bétail cerné d'une clôture de broussailles. Il s'arrêta. Il était certain que la petite fourgonnette blanche se trouvait là, dissimulée peut-être sous des fagots de bois et des feuillages, mais là malgré tout. Que fallait-il faire ? La première possibilité consistait à revenir au pas de course jusqu'à la piste pour rejoindre ensuite la grand-route. Il pourrait atteindre Gaborone en moins de deux heures et prévenir tout de suite la police, mais cela laissait à la fourgonnette plus de temps qu'il n'en fallait pour disparaître. Tandis qu'il réfléchissait, il aperçut soudain un garçon qui l'observait, debout dans l'embrasure d'une porte. Cela suffit à le décider. Il ne pouvait repartir désormais, puisqu'on avait remarqué sa présence et qu'on ne manquerait pas de la signaler, déclenchant une action en vue de faire disparaître le véhicule.

Mr. Polopetsi avança vers la première maison et repéra aussitôt la petite fourgonnette blanche. Elle était garée juste derrière et recouverte d'une vieille bâche. Cette vision le remplit d'indignation. Il n'avait jamais compris la malhonnêteté et voilà qu'il avait devant lui un exemple flagrant du vol le plus éhonté. Ces gens-là – ces vauriens – savaient-ils quelle fourgonnette ils avaient dérobée ? La pire engeance du pays avait dépossédé la meilleure personne du Botswana : c'était aussi simple que cela.

Tandis qu'il approchait de la maison, un homme en sortit, vêtu d'un pantalon et d'une chemise kaki. Il vint à la rencontre de Mr. Polopetsi et le salua.

— Vous êtes perdu, Rra ? demanda-t-il d'un ton neutre.

Le sang de Mr. Polopetsi ne fit qu'un tour.

— Non, je ne suis pas perdu, rétorqua-t-il. Je suis venu récupérer la fourgonnette de mon employeur.

Il esquissa un geste en direction du véhicule et l'homme suivit son regard.

— Vous êtes le propriétaire ?

— Non. Je viens de vous dire que ce véhicule appartient à mon employeur. Je suis venu le chercher.

L'homme détourna les yeux et Mr. Polopetsi s'aperçut qu'il réfléchissait. Il allait lui être difficile d'expliquer ce que faisait la voiture, à demi dissimulée, derrière sa maison.

Mr. Polopetsi choisit de se montrer direct.

— Vous avez volé cette fourgonnette, lança-t-il, une pointe de défi dans la voix. Vous n'aviez pas le droit de la prendre.

Les yeux plissés, l'homme le scruta.

— Non, Rra, je ne l'ai pas volée. Faites attention à ce que vous dites. Je l'ai juste apportée ici pour la mettre en sécurité. On ne peut pas laisser des fourgonnettes en plein milieu du bush, vous comprenez...

Mr. Polopetsi inspira profondément. Cette effronterie caractérisée le stupéfiait. Cet homme le prenait-il pour un imbécile ?

— Et comment pouvions-nous savoir qu'elle était là et que vous en preniez soin en notre absence ? interrogea-t-il, sarcastique. Vous avez laissé un mot que nous n'avons pas vu, peut-être ?

L'autre haussa les épaules.

— Je n'ai pas envie de parler de ça avec vous, déclara-t-il. Alors s'il vous plaît, prenez la fourgonnette et partez. Elle encombre notre cour.

Mr. Polopetsi le dévisagea, luttant pour refréner son indignation.

— Écoutez-moi, Rra, commença-t-il. Écoutez-moi bien. Vous avez commis une grave erreur en dérobant cette fourgonnette-là. Une très grave erreur.

L'homme se mit à rire.

— Ah bon ? fit-il. Voyons voir… Elle appartient au Président ? Ou à Ian Khama, peut-être, ou bien au ministre de la Justice ? Ah, dites donc, quelle erreur j'ai faite !

Mr. Polopetsi secoua la tête.

— Cette fourgonnette n'appartient à aucune de ces personnes, déclara-t-il avec calme. Elle appartient à Mma Ramotswe, qui est détective en chef à Gaborone. La PJ, ça vous dit quelque chose, Rra ? Vous avez entendu parler des détectives ? Les détectives sont des inspecteurs de police habillés en civil. Vous le saviez, Rra ?

Mr. Polopetsi constata que ses paroles produisaient l'effet escompté. L'attitude de son interlocuteur se modifia et toute trace de désinvolture disparut.

— Mais je vous ai dit la vérité, Rra ! gémit l'homme. J'ai juste voulu mettre cette fourgonnette en sécurité. Je ne suis pas un voleur. Croyez-moi, Rra. C'est la vérité.

Mr. Polopetsi savait qu'il n'y avait pas une parcelle de franchise dans cette plaidoirie. Il décida néanmoins de changer de tactique.

— Bon, acquiesça-t-il, je suis prêt à fermer les yeux sur cette affaire. Rapportez la fourgonnette sur la grand-route, là-bas – sortez vos ânes – et on s'arrangera pour faire venir une dépanneuse.

L'homme fronça les sourcils.

— Que je la ramène jusqu'à la route ? Mais ça va prendre un temps fou !

— Du temps, je suis sûr que vous en avez, répliqua Mr. Polopetsi. Enfin, à moins que vous ne préfériez en passer une partie en prison…

L'autre garda quelques instants le silence, puis se retourna et appela l'enfant, qui suivait la scène à distance.

— Va chercher les ânes ! cria-t-il. On emporte la voiture jusqu'à la route.

Mr. Polopetsi sourit.

— Et il y a autre chose, dit-il. La détective – la détective en chef, devrais-je plutôt dire – a perdu beaucoup de temps en venant chercher sa fourgonnette pour rien. Je vois de beaux potirons dans votre potager. Je suggère que vous chargiez les quatre plus gros à l'arrière de la fourgonnette. Ça la dédommagera pour le dérangement.

L'homme ouvrit la bouche pour protester, mais se ravisa et, furieux, partit chercher les potirons. Puis, avec sa belle cargaison de légumes jaunes empilés à l'arrière, la petite fourgonnette blanche fut attelée à l'équipage d'ânes et le voyage débuta. Au départ, Mr. Polopetsi suivit à pied, mais il préféra bientôt continuer à bord de la fourgonnette, allongé près des potirons. Il était confortable de voyager ainsi, calé contre de vieux sacs, à regarder le ciel et à songer avec une certaine satisfaction au plaisir qu'éprouverait Mma Ramotswe lorsqu'il lui apprendrait que la petite fourgonnette blanche se trouvait en sécurité, libérée de son infâme captivité et prête à reprendre du service – après quelques réparations indispensables, bien entendu.

CHAPITRE XX

Note

Le lendemain du retour de la petite fourgonnette blanche – que Mr. J.L.B. Matekoni était allé chercher sur la route de Lobatse et qu'il avait remorquée avec l'aide de l'apprenti – fut une journée de réflexion. Mr. J.L.B. Matekoni devait décider du sort de la fourgonnette, dont le moteur, comme on l'avait redouté, était grippé. Son instinct le poussait à envoyer le véhicule à la casse sans délai, en expliquant à Mma Ramotswe que cela ne valait pas la peine de mettre de l'argent dans une voiture aussi âgée, mais il savait d'avance quelle réaction provoquerait une telle opinion, aussi résolut-il de passer en revue les problèmes, afin d'évaluer la durée des réparations. Mr. Polopetsi, de son côté, se sentait très fier, et à juste titre. Il avait expliqué à une audience attentive, composée de Mma Ramotswe et de Mma Makutsi, comment il avait suivi les empreintes à travers le bush et intimidé le voleur en mentionnant des détectives en chef. Mma Ramotswe avait souri.

— Je suppose que je suis bel et bien détective en chef, avait-elle commenté. D'une certaine façon, au moins. De sorte qu'au sens strict vous n'avez pas vraiment menti...

Pour Mma Ramotswe, les choses avaient connu une nette amélioration. Peu de temps auparavant, la situation se présentait sous un jour très sombre, avec la disparition de la fourgonnette, l'absence de progrès dans l'enquête sur le Zambien et les exigences de Note, qui planaient comme une menace au-dessus de sa tête. À présent, la fourgonnette était de retour, confiée aux mains expertes de Mr. J.L.B. Matekoni ; l'agence pouvait s'enorgueillir d'une certaine réussite dans l'affaire du Zambien ; et elle-même attendait dans un état d'esprit très positif la rencontre avec Note, qu'elle affronterait sans crainte grâce à l'information reçue de sa mère.

Peu lui importait désormais que Note vienne à la maison ou à l'agence. Elle n'avait rien à cacher à Mr. J.L.B. Matekoni – elle n'avait jamais été mariée et l'union consacrée par Trevor Mwamba sous le grand arbre de la ferme des orphelins était on ne peut plus valide. En effet, si Note était déjà marié au moment où il l'avait épousée, son mariage avec lui était nul et non avenu, de sorte que Note n'avait jamais été son époux. C'était là une pensée libératrice qui avait un effet curieux sur les sentiments que cet homme lui inspirait. Elle ne le craignait plus du tout. Il n'avait jamais été son mari. Elle se sentait dégagée de lui, parfaitement libre.

Note choisit cet après-midi-là pour se présenter au garage. Elle était prête à le recevoir. Ce fut Mr. J.L.B. Matekoni qui lui parla d'abord et qui vint annoncer son arrivée à Mma Ramotswe.

— Veux-tu que je le chasse ? proposa-t-il à voix basse. Je peux lui dire de déguerpir. Tu veux que je fasse ça ?

Mma Makutsi observait la scène depuis son bureau, feignant l'indifférence, mais excitée au plus haut point. Elle se serait fait une joie d'ordonner à Note de décamper. Ils n'avaient qu'un mot à dire et elle s'occuperait de ce malotru de la manière la plus efficace qui soit.

Mma Ramotswe se leva.

— Non, répondit-elle. Je veux lui parler. J'ai des choses à lui dire.

— Veux-tu que je vienne avec toi ? demanda encore Mr. J.L.B. Matekoni.

Mma Ramotswe secoua la tête.

— Je tiens à faire cela toute seule, affirma-t-elle.

Au ton de sa voix, Mr. J.L.B. Matekoni perçut sa détermination. Il faudrait que Note soit très fort pour tenir tête à Mma Ramotswe. Il jeta un coup d'œil à Mma Makutsi, qui haussa les sourcils et passa lentement l'ongle du pouce en travers de sa gorge. Elle aussi savait quel péril attendait le visiteur.

Mma Ramotswe sortit du bureau et vit Note. Debout près d'une voiture, il faisait courir sa main sur la carrosserie reluisante.

— Belle machine ! lança-t-il. Les gens ont de plus en plus d'argent ici. On voit beaucoup de voitures comme celle-là.

— Ne mets pas de traces de doigts, s'il te plaît, commanda Mma Ramotswe. L'apprenti a passé des heures à l'astiquer.

Note leva vers elle un regard stupéfait. Il ouvrit la bouche pour parler, mais Mma Ramotswe ne le laissa pas articuler un son et passa à l'attaque.

— J'ai vu ta mère, lança-t-elle. J'étais chez toi avant-hier soir. Elle te l'a dit ?

Note secoua la tête.

— Je n'y suis pas allé ces jours-ci.

— Pauvre femme ! reprit Mma Ramotswe. Elle doit avoir bien honte de toi.

Les yeux de Note s'élargirent de surprise.

— Occupe-toi de tes affaires ! siffla-t-il. Je te défends d'aller la voir.

— Oh, je n'ai aucune intention d'y retourner, rétorqua Mma Ramotswe. D'ailleurs, je ne veux plus te revoir, toi non plus.

Note ricana.

— Tu deviens effrontée maintenant ? Tu sais ce que je leur fais, moi, aux insolentes ?

Mma Ramotswe ferma les yeux, mais un court instant seulement. Elle se souvenait de la violence, oui, mais désormais, celle-ci lui paraissait moins terrifiante.

— Écoute-moi, dit-elle. Si tu es venu pour l'argent, la réponse est non : je ne te donnerai pas un thebe, pas un seul. Parce que je n'ai jamais été ta femme et que je ne te dois rien. Rien du tout.

Note s'approcha d'elle avec lenteur.

— Qu'est-ce que tu racontes ? Pourquoi dis-tu ça ?

— Parce que tu étais déjà marié quand tu m'as épousée, répliqua-t-elle. Du coup, c'est toi le bigame, pas moi. Ce n'est pas moi qui risque d'être dénoncée à la police, mais toi. Tu étais marié à une autre fille et tu as eu un enfant d'elle, n'est-ce pas ? Je le sais maintenant.

Note s'arrêta. Elle vit ses lèvres frémir, ses doigts remuer de cette manière particulière qu'il avait, comme s'il s'exerçait à la trompette. L'espace d'un instant, elle se demanda s'il allait la frapper, comme il la frappait autrefois, mais elle comprit qu'il n'en ferait rien. Derrière elle, Mr. J.L.B. Matekoni toussa et laissa bruyamment tomber une clé à molette, façon de lui signaler qu'il se tenait à sa disposition, prêt à intervenir au besoin. Il y avait aussi Mr. Polopetsi qui, debout à l'entrée du garage, faisait mine de balayer le sol, mais qui les surveillait avec attention. Deux amis, deux hommes de qualité, si différents de Note : son époux (son *véritable* époux) et ce bon et serviable Mr. Polopetsi étaient là, n'attendant qu'un signe pour voler à son secours. Note ne représentait pas une menace en leur présence. La cruauté appartenait à l'ombre et aux lieux cachés : elle ne fleurissait pas sous les yeux d'hommes comme ceux-là.

Note la regarda, avec une haine intense, et Mma Ramotswe eut peur de nouveau, mais elle se maîtrisa. Elle inspira profondément, puis fit un pas vers lui. Ils se trouvaient face à face à présent et, lorsqu'elle prit la parole, elle n'eut pas besoin d'élever la voix.

— Je t'ai aimé, déclara-t-elle en s'assurant qu'il entendait bien chaque mot. Tu n'as pas été bon avec moi. Mais maintenant, c'est terminé. Je n'éprouve aucune haine envers toi, Note Mokoti, et je suis...

Elle s'interrompit. Prononcer ces paroles était difficile, mais elle savait qu'elle devait le faire.

— Je veux que tu ailles en paix. C'est tout.

Puis elle ajouta en setswana ces deux mots simples qui signifiaient *Va en paix, Va lentement*.

Alors, elle fouilla dans la poche de sa jupe et en sortit une enveloppe. À l'intérieur, il y avait de l'argent : non pas dix mille pula, mais une petite somme pour lui venir en aide.

— Je ne te hais pas, Note Mokoti, répéta-t-elle. Ça, c'est un cadeau que je te fais. C'est pour t'aider. Et maintenant, pars, s'il te plaît.

Note regarda l'enveloppe qu'on lui tendait. Il hésita un instant, puis la saisit. Il releva les yeux.

— Merci, dit-il.

Il fit aussitôt volte-face et commença à s'éloigner. Toutefois, il s'arrêta au bout de quelques pas et se retourna. Elle crut qu'il allait parler, et il y avait des choses qu'elle eût aimé entendre en cet instant ; mais il demeura silencieux et repartit, la laissant là, debout devant le garage, avec le soleil de l'après-midi qui illuminait son visage. Alors elle revint sur ses pas et découvrit Mr. J.L.B. Matekoni qui arrivait lentement à sa rencontre en s'essuyant les mains sur un chiffon graisseux. Mr. Polopetsi était toujours là, son balai à la main, immobile cette fois, ne cherchant plus à donner le change. Elle avait envie de pleurer, mais il ne lui restait plus de larmes : elles avaient toutes été versées bien des années auparavant. Désormais, elle ne pleurerait plus sur cette partie de sa vie ni sur cette souffrance particulière. Elle pourrait pleurer pour la petite fourgonnette blanche, mais plus sur l'homme à qui elle venait de faire des adieux définitifs.

— Et voilà ! s'exclama Mma Ramotswe en portant une tasse de thé rouge à ses lèvres. Le problème est réglé. Plus de Note Mokoti ! Plus besoin non plus de rechercher notre ami zambien. Tout est arrangé. Tout, sauf une chose.

— Quelle chose, Mma ? s'enquit Mma Makutsi.

— Charlie, répondit Mma Ramotswe. Qu'allons-nous faire pour Charlie ?

Mma Makutsi souleva sa propre tasse et considéra Mma Ramotswe par-dessus le bord.

— Qu'est-ce qui vous fait penser que ce problème n'a pas été réglé ? interrogea-t-elle.

— Eh bien, il n'est toujours pas là ! rétorqua Mma Ramotswe. Il n'est pas revenu travailler. Il doit être encore avec cette femme.

Mma Makutsi reposa sa tasse et examina ses ongles.

— Charlie reviendra très bientôt, affirma-t-elle. Si ce n'est pas demain, ce sera en début de semaine prochaine. Je me suis occupée personnellement de son cas, parce que je me suis dit que vous aviez assez de problèmes de votre côté.

Mma Ramotswe fronça les sourcils. Les méthodes de Mma Makutsi se révélaient parfois peu conventionnelles et elle se demandait à quelles mesures elle avait jugé bon de recourir pour s'occuper de Charlie.

— Ne craignez rien, reprit Mma Makutsi, qui avait perçu l'inquiétude de son employeur. J'ai fait cela avec beaucoup de délicatesse. Et je pense qu'il sera de retour ici dès qu'il aura quitté cette femme, c'est-à-dire, à mon avis, très bientôt.

Mma Ramotswe se mit à rire.

— Et comment savez-vous qu'il va la quitter ? interrogea-t-elle. Êtes-vous certaine que vous n'êtes pas en train de prendre vos désirs pour des réalités ? Vous croyez vraiment qu'il va revenir à la raison ?

— De la raison, ce garçon n'en a jamais eu beaucoup, fit remarquer Mma Makutsi. Non, je pense qu'il va très bientôt se laisser convaincre de revenir au garage par le mari de la dame. Je lui ai téléphoné, voyez-vous. J'avais réussi à obtenir son numéro de téléphone grâce à la tenancière du bar clandestin installé chez Mr. J.L.B. Matekoni. Je l'ai donc appelé à Johannesburg pour lui dire que je pensais qu'il était de mon devoir de l'informer que sa femme entretenait un jeune homme. Je lui ai demandé de ne pas faire de mal à Charlie, mais de lui ordonner simplement de retourner travailler. Il n'était pas très chaud pour me faire cette promesse, bien sûr, alors je lui ai expliqué que, s'il refusait, il devrait bientôt chercher une autre femme. J'ai dit que s'il me promettait de ne pas s'en prendre à Charlie, je ferais moi-même en sorte que Charlie cesse de fréquenter sa femme.

Mma Ramotswe demeura perplexe.

— Oui, poursuivit Mma Makutsi. Je lui ai raconté que sa femme était sur le point de s'enfuir avec le garçon. Et que le seul moyen d'éviter cela, c'était de convaincre le jeune homme de la quitter de son propre chef.

— Mais… comment ? s'enquit Mma Ramotswe.

Elle connaissait le caractère buté de Charlie et ne parvenait pas à imaginer ce dernier venant solliciter les conseils de Mma Makutsi, ni de toute autre personne d'ailleurs.

— J'ai alors mis la main sur Charlie et je lui ai dit que je venais d'apprendre que le mari de son amie était en route pour Gaborone et qu'il entendait s'occuper de lui. Il a eu l'air effrayé et il m'a demandé comment je le savais. C'est à ce moment-là que j'ai dû mentir un petit peu, mais pour son bien. J'ai prétendu que j'avais un cousin dans la police, et que ce cousin m'avait révélé que cet homme était soupçonné d'avoir supprimé le précédent amant de sa femme. On n'avait pas encore réussi à le prouver, mais on était sûr que c'était lui.

— Ce n'était pas un mensonge énorme, observa Mma Ramotswe. C'est peut-être même vrai.

— En effet, approuva Mma Makutsi. Je dois dire que cet homme m'a parlé de Charlie sur un ton très menaçant.

— Charlie a donc très, très peur maintenant, non ?

— Oui. Et il m'a demandé si Mr. J.L.B. Matekoni serait d'accord pour le reprendre. J'ai répondu que je pensais que oui, à condition qu'il promette de beaucoup travailler et de ne plus passer son temps à regarder les filles.

— Et qu'a-t-il répondu à cela ?

— Il a dit qu'il avait toujours beaucoup travaillé et que, de toute façon, il commençait à en avoir assez des femmes. Apparemment, cette dame à la Mercedes-Benz était assez exigeante. Elle lui réclamait énormément d'attention.

— J'ai toujours pensé que les gens qui roulent en voiture de luxe étaient exigeants, déclara Mma Ramotswe. Contrairement aux dames qui se déplacent en fourgonnette.

Elles se mirent à rire, puis chacune d'elles se resservit du thé.

CHAPITRE XXI

Visite du père de Mr. Phuti Radiphuti, Mr. Radiphuti senior

Au cours des jours et des semaines qui suivirent, la vie reprit son cours habituel à l'Agence N° 1 des Dames Détectives et au Tlokweng Road Speedy Motors.

— Pour ma part, confia Mma Ramotswe à Mma Makutsi, j'ai eu bien assez d'émotions comme ça. D'abord, cette sombre histoire avec Note. Ensuite cette chose affreuse qui est arrivée à la petite fourgonnette blanche. Et puis, ce charivari avec Charlie... Je ne crois pas que j'aurais pu en supporter beaucoup plus.

— Vous avez raison, Mma, répondit Mma Makutsi. Jamais autant d'événements ne s'étaient produits en même temps. Il vaut mieux que les choses arrivent séparément. Je l'ai toujours dit.

Elle réfléchit un instant, puis poursuivit :

— À l'Institut de secrétariat du Botswana, on nous apprenait à faire les choses l'une après l'autre. C'est ce qu'on nous disait : ne faites qu'une chose à la fois.

Mma Ramotswe hocha la tête.

— C'est très judicieux.

Elle se demandait si tous les principes que Mma Makutsi attribuait à l'Institut de secrétariat du Botswana pouvaient réellement avoir été appris là-bas. Après tout, les professeurs devaient avoir d'autres choses à enseigner que des aphorismes. Et de son côté, bien sûr, Mma Makutsi éprouvait ces doutes au sujet des maximes et des opinions que son employeur attribuait à Seretse Khama. Mais ni l'une ni l'autre ne se serait hasardée à exprimer son scepticisme, respectant par là les préceptes de la civilité.

Mais c'était vrai, trop de péripéties s'étaient succédé en quelques jours. Désormais, Mma Ramotswe et Mma Makutsi aspiraient au calme et à la stabilité. Cela ne signifiait pas qu'elles seraient hostiles à l'idée de voir apparaître à l'agence un client intéressant venu leur soumettre un problème épineux : ce genre de visite restait toujours bienvenue – voire nécessaire –, mais il serait salutaire qu'une telle personne ne franchisse pas leur seuil avant une semaine ou deux.

Mma Ramotswe était convaincue que Mr. J.L.B. Matekoni partageait son point de vue. Il s'était occupé de la réparation de la petite fourgonnette blanche – tâche qui avait réclamé plusieurs journées de travail –, mais il avait terminé à présent et elle pouvait de nouveau s'asseoir au volant du véhicule qu'elle aimait tant.

— Cette fourgonnette ne roulera pas indéfiniment, avait prévenu Mr. J.L.B. Matekoni. Tu le sais, n'est-ce pas ?

Mma Ramotswe l'avait reconnu, comme en de nombreuses occasions déjà.

— Quelques années encore me suffiront, avait-elle dit. Cinq ou six peut-être. Ensuite, je lui dirai adieu.

— Cinq ou six ? avait répété Mr. J.L.B. Matekoni. Ah, non, non, non ! C'est trop long. Il ne faut pas en espérer tant. Les machines sont comme les hommes, elles finissent par se fatiguer.

— Nous verrons bien, avait conclu Mma Ramotswe. On ne sait jamais. J'ai vu des véhicules beaucoup plus vieux que ma fourgonnette qui roulaient encore.

Ils en étaient restés là, car Mr. J.L.B. Matekoni avait du travail. Charlie était revenu, comme Mr. Polopetsi le redoutait, et il avait demandé à reprendre son poste. Mma Makutsi avait assisté à la scène de la porte du bureau, en se plaçant de façon à ne pas être vue de l'apprenti châtié, mais en bonne position tout de même pour ne pas perdre un mot de la conversation. Par la suite, elle relata l'échange à Mma Ramotswe avec une intense satisfaction.

— Si vous aviez vu sa tête, Mma ! s'exclama-t-elle en souriant à ce souvenir. Il était comme ça…

Elle étira les commissures de ses lèvres vers le bas et baissa la tête d'un air contrit.

Mma Ramotswe sourit. Elle ne prenait pas de plaisir particulier à l'humiliation du jeune homme, mais ce dernier avait des leçons à apprendre et elle voyait une certaine justice dans ce qui s'était passé.

— Il se balançait d'un pied sur l'autre, poursuivit Mma Makutsi. Comme ça… Et Mr. J.L.B. Matekoni était là, les mains sur les hanches, comme un maître d'école faisant la morale à un gamin qui n'a pas été sage.

— Que lui a-t-il dit ? s'enquit Mma Ramotswe.

— J'ai tout entendu, jubila Mma Makutsi. Charlie a dit : « Je suis revenu, patron. Je n'étais parti que quelques jours. J'ai pris un peu de vacances. Mais maintenant, je suis là. » Mr. J.L.B. Matekoni a répondu : « Tiens donc, des vacances ! J'avais cru comprendre que tu me donnais ta démission. Il m'a semblé t'avoir entendu dire que tu n'avais plus besoin de travailler. Ce n'est pas ce que tu as dit ? » Alors, Charlie a répondu qu'il se trompait, qu'il n'était pas sérieux quand il avait prétendu qu'il ne viendrait plus travailler, et qu'en fait il avait juste voulu dire qu'il partait en vacances.

Mma Ramotswe soupira.

— Ce garçon n'a rien appris du tout, constata-t-elle. Pensait-il vraiment que Mr. J.L.B. Matekoni allait croire ces sornettes ?

— Je pense que oui, répondit Mma Makutsi. Mais vous savez bien comment est Charlie. Il n'a pas un cerveau de première qualité. Il serait plutôt du genre 42 sur 100, maximum. C'est la note qu'il aurait à un examen. 42 sur 100. J'en suis à peu près sûre, Mma.

Le regard de Mma Ramotswe s'aventura un moment vers le diplôme affiché au mur, derrière la tête de Mma Makutsi, le diplôme de l'Institut de secrétariat du Botswana, fièrement encadré, avec la maxime de l'établissement inscrite en lettres d'or : *Soyez précis.* Et, au-dessous, le remarquable résultat, écrit d'une main qui avait dû s'émerveiller devant les chiffres qu'elle avait l'honneur de calligraphier : *97 sur 100.*

— Quoi qu'il en soit, continua Mma Makutsi, Mr. J.L.B. Matekoni a écouté tout ça, puis il s'est penché en avant en agitant l'index sous le nez de Charlie, comme il l'avait fait l'autre jour, quand Charlie s'était mis à crier contre moi et m'avait lancé son insulte.

Phacochère, songea Mma Ramotswe. Oui, il vous a traitée de phacochère, et je crois que vous lui aviez envoyé la même insulte, si je me souviens bien. Tout en se remémorant l'épisode, elle s'efforça de ne pas sourire quand, pendant un bref instant, lui apparut l'image d'un phacochère équipé de grosses lunettes et de chaussures vertes à doublure bleue.

— Mr. J.L.B. Matekoni lui a dit qu'il était vraiment trop bête, enchaîna Mma Makutsi. Il a dit que les jeunes gens ne devaient pas courir après des dames plus âgées qu'eux. Il a dit que c'était chercher les ennuis. Il lui a aussi conseillé de se comporter de façon plus responsable à l'avenir et de trouver une gentille jeune fille de son âge, qu'il pourrait épouser. Il a dit que c'était ce que le gouvernement conseillait aux hommes, et que Charlie devrait écouter ce que le gouvernement avait à conseiller sur ce sujet.

« Et pendant tout ce temps, Charlie regardait par terre en se tordant les mains, comme ça... J'avais presque de la peine pour lui. En fait, peut-être que j'avais vraiment de la peine, même s'il s'est attiré tout seul ces ennuis et qu'il ne peut s'en prendre qu'à lui-même.

« Et puis ensuite, je l'ai entendu promettre à Mr. J.L.B. Matekoni de mieux se comporter à l'avenir et affirmer qu'il avait conscience d'avoir été stupide et qu'il ne le serait plus. Ce sont les mots qu'il a prononcés, Mma, et je les ai notés sur un morceau de papier que nous pourrons garder au bureau pour le ressortir et le lui montrer, au besoin.

Mma Ramotswe regarda la feuille que son assistante venait de produire. Oui, ce papier pouvait se révéler utile, mais il ne fallait pas oublier, souligna-t-elle, que Charlie était encore très jeune et que les jeunes gens avaient tendance à faire des choses stupides et qu'ils devaient sans doute tirer des enseignements de leurs erreurs. Mma Makutsi se montra légèrement réticente devant une telle indulgence, mais elle finit par admettre que Charlie avait sans doute assez souffert et qu'il fallait lui donner une nouvelle chance. Peut-être finirait-il en effet par rencontrer une gentille fille, de sorte que les choses changeraient du tout au tout, mais elle avouait éprouver quelques réserves sur ce point.

— Mais Charlie a dit autre chose, ajouta Mma Makutsi. Il a parlé d'un potiron.

Mma Ramotswe releva vivement la tête.

— D'un potiron ?

— Oui. Il a dit que Mr. J.L.B. Matekoni ne devait pas croire qu'il était entièrement mauvais et qu'il devait se souvenir qu'il vous avait offert un potiron.

— Je vois, murmura Mma Ramotswe. Je vois…

Elle regarda par la fenêtre. Ainsi, c'était Charlie qui avait apporté ce potiron, ce qui signifiait que l'homme caché sous le lit n'était pas celui qui avait déposé le légume devant chez elle, ce qui, à son tour, signifiait qu'elle ignorait toujours l'identité de l'intrus. Ce n'était certainement pas Charlie, car elle l'aurait reconnu, donc… Elle s'arrêta. Une idée venait de l'effleurer, une idée qui lui glaçait le sang. Et si c'était Note Mokoti qui s'était réfugié sous le lit ? Elle chassa vite cette pensée de son esprit, car il n'y avait aucun intérêt à se faire peur maintenant.

— Bon, eh bien, pensez-y ! s'exclama-t-elle. Charlie m'a offert un potiron ! Ne trouvez-vous pas que les jeunes gens font parfois de drôles de choses, Mma Makutsi ?

Et que chacun d'entre nous peut montrer un bon fond, ajouta-t-elle en son for intérieur, même un garçon comme Charlie, avec son obsession des femmes, sa vanité et tout le reste.

— C'est vrai, acquiesça Mma Makutsi. Surtout celui-ci.

Elle se garda d'évoquer encore l'épisode de la théière, mais elle ne l'avait pas oublié.

Bien sûr, le retour de Charlie avait soulevé le problème de l'avenir de Mr. Polopetsi. Celui-ci était resté silencieux lorsque Charlie avait été réengagé. Il avait continué à travailler consciencieusement, non sans remarquer les coups d'œil hostiles du jeune homme. Il avait vu aussi les deux apprentis chuchoter entre eux en regardant dans sa direction. Il avait conclu que le retour de l'apprenti signifiait la perte de son emploi et l'on avait constaté, ce jour-là et le suivant, une certaine résignation dans ses manières.

Enfin, guettant le moment opportun, il s'était glissé dans le bureau pour parler à Mma Ramotswe.

— Je viens vous remercier, Mma, lâcha-t-il. Maintenant que mon travail est terminé, je viens vous remercier de tout ce que vous avez fait pour moi. J'ai été heureux ici. Vous avez été très gentille avec moi.

Mma Ramotswe leva les yeux de son bureau.

— Je ne comprends pas ce que vous dites, Rra, répondit-elle. Qu'est-ce qui est terminé ? De quoi parlez-vous ?

— De mon emploi. L'apprenti est revenu. Désormais, il n'y a plus de travail pour moi.

Mma Ramotswe, qui était en train d'additionner des factures pour le garage, reposa son crayon et considéra Mr. Polopetsi.

— Je crois que vous vous trompez, déclara-t-elle. Mr. J.L.B. Matekoni vous a-t-il dit quelque chose ?

Mr. Polopetsi secoua la tête.

— C'est quelqu'un de très gentil, expliqua-t-il. Je ne crois pas qu'il ait envie de me l'annoncer. Mais je sais que le moment est venu, de toute façon. Je pense que je vais devoir repartir très bientôt. Peut-être demain. Je ne sais pas.

Mma Ramotswe se leva.

— Il faut aller lui parler, résolut-elle. Venez avec moi, Rra.

Mr. Polopetsi leva la main.

— Non, Mma, non, s'il vous plaît. Je ne veux pas faire d'histoires.

Cependant, Mma Ramotswe balaya ses objections d'un geste et le poussa hors du bureau en direction du garage, où Mr. J.L.B. Matekoni se tenait devant une magnifique voiture rouge, plongé dans la méditation face au moteur mis à nu.

— Les gens qui fabriquent ces voitures cherchent vraiment à nous compliquer la vie, soupira-t-il. Ils fourrent des ordinateurs partout. Alors qu'est-ce qu'on doit faire, nous autres, quand leurs machines se déglinguent ? Ils essaient de transformer les voitures en vaisseaux spatiaux, voilà ce qu'ils font. Mais nous, au Botswana, nous n'avons aucun besoin de vaisseaux spatiaux. Il nous faut juste de bonnes voitures, avec des moteurs qui ne craignent pas la poussière. C'est tout.

— Tu devrais écrire à ces gens, suggéra Mma Ramotswe. Pour leur expliquer.

— Ils ne m'écouteraient pas, affirma Mr. J.L.B. Matekoni. Je ne suis qu'un individu isolé. Je ne suis que Mr. J.L.B. Matekoni, du Tlokweng Road Speedy Motors. Ils regarderaient ma lettre, là-bas, au Japon ou en Amérique, et ils demanderaient : « Mais qui est ce Mr. J.L.B. Matekoni ? Est-ce que nous le connaissons ? Et de quoi parle-t-il ? » Et puis, ils la jetteraient à la poubelle. Voilà ce qui se passerait. Je ne suis pas quelqu'un d'important.

— Ah, mais si ! protesta Mma Ramotswe. Tu es quelqu'un de très important. Tu es le meilleur mécanicien du Botswana.

— Oui, renchérit Mr. Polopetsi. C'est vrai, Rra, vous êtes le meilleur, de loin. J'ai été très fier de travailler avec vous.

Mr. J.L.B. Matekoni se retourna pour les considérer l'un après l'autre, en commençant par Mma Ramotswe.

— Vous êtes un bon mécanicien vous aussi, déclara-t-il à Mr. Polopetsi. J'ai vu de quelle façon vous manipulez les moteurs. Vous respectez la machinerie. C'est parce que vous avez travaillé dans un hôpital. Vous agissez comme un médecin avec ses patients.

Mma Ramotswe jeta un coup d'œil à Mr. Polopetsi, puis se tourna vers Mr. J.L.B. Matekoni.

— Et c'est également un très bon détective, ajouta-t-elle. C'est lui qui a suivi la piste de la fourgonnette.

C'était du beau travail d'investigation. Nous pourrions avoir recours à lui de temps à autre, comme à une sorte d'assistant. Peut-être pourrait-il être l'assistant de l'assistante-détective Mma Makutsi. Elle aimerait beaucoup cela.

Mr. J.L.B. Matekoni parut réfléchir.

— Oui, dit-il enfin. Ce serait une bonne idée.

Il s'interrompit, les sourcils froncés.

— Vous ne pensiez tout de même pas que nous n'avions plus besoin de vos services, Rra ? Sous prétexte que Charlie est de retour ?

Mr. Polopetsi hocha la tête.

— Si, Rra, je le croyais. Et il n'y a pas de problème, je comprends très bien. On ne peut pas vous demander de fournir du travail à tout le monde !

Mr. J.L.B. Matekoni se mit à rire.

— Mais je n'ai jamais pensé que vous deviez partir, Rra ! J'aurais dû vous en parler. Je n'ai jamais pensé que vous deviez partir. Que se passera-t-il dans ce garage le jour où ces garçons termineront leur apprentissage – s'ils le terminent un jour ? Comment ferai-je, moi, sans quelqu'un comme vous pour m'aider ? Et vous avez entendu ce qu'a dit Mma Ramotswe sur le travail qui vous sera réclamé à l'agence de temps en temps ? Vous allez être un homme très occupé, Rra.

Cet après-midi-là, Mma Ramotswe était sur le point de suggérer que l'on ferme l'agence une heure plus tôt que de coutume, car elle devait aller chercher de la viande chez le boucher pour le repas du soir, lorsque Mr. Polopetsi pénétra dans le bureau pour annoncer qu'un homme demandait à la voir. C'était un monsieur d'un certain âge, expliqua-t-il, qui était arrivé dans une voiture conduite par un chauffeur et qui ne souhaitait pas entrer. Mma Ramotswe pouvait-elle venir lui parler dehors, sous l'arbre ?

Mma Ramotswe sourit. C'était là ce qu'une personne âgée, une personne attachée aux traditions, préférait toujours : parler sous un arbre, comme on le faisait depuis toujours. Elle sortit et constata que le visiteur se tenait déjà sous l'arbre, son chapeau à la main. Il ressemble à mon père, pensa-t-elle avec un serrement au cœur. Ce dernier aimait bavarder sous les arbres, assis ou debout, en regardant paître le bétail, ou en levant simplement les yeux pour contempler le ciel ou les montagnes de ce pays qu'il avait tant aimé.

— *Dumela*[1], Mma Ramotswe, vous vous souvenez de moi, n'est-ce pas ?

Ils échangèrent une poignée de main.

— Je me souviens très bien de vous, Rra. Vous étiez l'ami de mon père. Cela fait longtemps que je ne vous ai pas vu, mais je ne vous ai pas oublié. Vous allez bien, Rra ?

Du bout de l'index, il se tapota le crâne.

— Ma tête commence à prendre de l'âge, répondit-il en souriant. Alors j'oublie beaucoup de choses. Mais je n'ai pas oublié Obed Ramotswe. Nous avons grandi ensemble. Ce ne sont pas des choses qu'on oublie.

Elle acquiesça d'un signe de tête.

— Vous étiez un bon ami, dit-elle.

— Votre père était quelqu'un de bien.

Il y eut un silence. Elle se demanda si elle devait l'inviter à venir prendre un thé dans le bureau, mais comprit qu'il ne le souhaitait pas. Que souhaitait-il au juste ? Parfois, les personnes âgées avaient juste envie de parler du passé, rien de plus ; peut-être était-ce pour cela qu'il était passé la voir.

Mais non, il y avait autre chose.

— J'ai un fils, reprit-il. Un fils qui s'appelle Phuti. C'est un homme de valeur, mais il n'a pas encore

1. Bonjour. (*N.d.T.*)

trouvé à se marier, parce qu'il est très timide ; il l'a toujours été. Il n'arrive pas à parler normalement, les mots ont du mal à venir. Cela le rend très timide avec les femmes. Je suis sûr que les filles se moquaient de lui quand il était plus jeune.

— Les gens sont parfois très cruels, acquiesça Mma Ramotswe.

— Oui, répondit Mr. Radiphuti. Mais ça y est, il a rencontré une femme très gentille.

Voilà, pensa Mma Ramotswe. Voilà pourquoi il vient me voir. Il vient me demander d'enquêter sur la dame en question. Ce n'était pas la première fois qu'on lui réclamait ce genre de services : fournir des renseignements sur un conjoint potentiel. Cela faisait partie du métier de détective, et Clovis Andersen y consacrait d'ailleurs tout un chapitre de son livre.

— Qui est cette dame ? s'enquit Mma Ramotswe. Donnez-moi son nom et je verrai si je peux me renseigner sur elle. Je vous dirai si elle ferait oui ou non une bonne épouse pour votre fils.

Mr. Radiphuti tripota son chapeau, visiblement mal à l'aise.

— Oh, je suis sûr qu'elle fera une bonne épouse pour mon fils, affirma-t-il. Et je pense que vous devez le savoir, vous aussi.

Mma Ramotswe le dévisagea sans comprendre et il sourit.

— Voyez-vous, Mma, reprit-il, cette dame travaille dans ce bureau, là, juste derrière vous. Alors vous devez bien la connaître...

Pendant quelques instants, Mma Ramotswe fut incapable d'articuler le moindre son. Puis, tout doucement, elle dit :

— Je vois.

Elle se tut de nouveau, et répéta :

— Je vois.

— Oui, expliqua Mr. Radiphuti, mon fils fréquente votre assistante. Elle a été très gentille avec lui et, grâce à elle, il danse de mieux en mieux. Elle l'a aussi aidé à mieux s'exprimer, parce qu'elle lui a donné confiance en lui. J'en suis très content. Seulement, il y a un problème.

Mma Ramotswe sentit un brutal découragement la gagner. Elle s'était laissée aller à espérer pour Mma Makutsi, mais il semblait qu'une difficulté se présentait. Ce serait toujours la même histoire, la même déception, dont Mma Makutsi était familière. Cela paraissait inévitable désormais.

Mr. Radiphuti prit une lente inspiration, puis chassa l'air de ses poumons en un souffle épais et sifflant.

— Je sais que mon fils a très envie d'épouser cette dame, dit-il, j'en suis certain. Mais je suis tout aussi certain qu'il ne se résoudra jamais à la demander en mariage. Il est trop timide. En fait, il me l'a dit lui-même : il ne peut pas lui demander sa main, parce qu'il ne ferait que bafouiller et bafouiller sans qu'aucun mot ne sorte. Il ne se croit pas capable de poser cette importante question.

Il s'arrêta et implora Mma Ramotswe du regard.

— Que pouvons-nous faire, Mma ? Vous êtes une femme intelligente. Peut-être trouverez-vous une solution ?

Mma Ramotswe regarda le ciel à travers les branches de l'acacia. Le soleil était bas à présent, ce qui donnait toujours l'impression d'un ciel vide. C'était un moment de la journée qui la rendait un peu triste. Une heure où les ombres étaient minces et la lumière déclinante.

— C'est un problème peu banal, déclara-t-elle. Toutefois, il me semble qu'il n'y a pas de raison pour qu'une tierce personne ne joue pas le rôle de messager dans un cas comme celui-ci. Vous connaissez ces messages d'amour que les femmes zouloues fabriquaient autrefois avec des perles et qu'elles envoyaient ? Ces messages contenaient parfois des demandes en mariage. Alors pourquoi ne pas utiliser un messager dans un cas comme celui-ci ? Rien ne nous en empêche.

Les doigts noueux de Mr. Radiphuti redoublèrent d'activité sur le bord du chapeau.

— Vous voulez dire qu'il faut que j'aille lui poser moi-même la question, Mma ? C'est cela que vous me demandez de faire ? Croyez-vous que...

Elle l'interrompit d'un geste.

— Non, Rra. Rassurez-vous. Dans une telle affaire, mieux vaut que le messager soit une femme. Mais il faut d'abord que je vous pose une question : êtes-vous vraiment sûr que votre fils souhaite épouser cette dame ? Sûr à cent pour cent ?

— Oui, répondit-il. Il me l'a dit. Et, mieux encore, il sait que je suis ici en ce moment pour vous en parler.

Mma Ramotswe écouta ces paroles avec attention. Puis elle lui demanda de l'attendre là où il était et retourna au bureau, où son assistante triait une pile de documents. Mma Makutsi leva les yeux lorsqu'elle pénétra dans la pièce.

— Que voulait-il ? interrogea-t-elle. C'est un client ?

Mma Ramotswe ne répondit pas et demeura immobile, souriante.

— Il y a quelque chose de drôle ? reprit Mma Makutsi. On dirait que vous venez d'entendre une bonne blague.

— Non, répondit Mma Ramotswe. Ce n'est pas une blague. Pas du tout. C'est quelque chose de très important.

Mma Makutsi reposa une feuille de papier et regarda son employeur d'un air perplexe. Il y avait des fois où Mma Ramotswe se montrait opaque, des fois où elle semblait vouloir que Mma Makutsi devine les choses toute seule, et il s'agissait apparemment d'une de ces occasions.

— Je ne vois pas, Mma, lança-t-elle. Je ne vois pas. Il va falloir que vous m'expliquiez ce qu'il se passe.

Mma Ramotswe prit une inspiration.

— Aimeriez-vous vous marier un jour, Mma ? s'enquit-elle.

Mma Makutsi regarda ses chaussures.

— Oui, répondit-elle. J'aimerais me marier un jour. Mais je ne sais pas si ce jour arrivera.

— Il y a un homme qui souhaite vous épouser, expliqua Mma Ramotswe. Il paraît que c'est quelqu'un de très gentil. Seulement, il est trop timide pour vous le dire lui-même, parce qu'il a peur de bégayer…

Elle se tut. Mma Makutsi la considérait fixement, les yeux agrandis par la stupéfaction.

— Il a envoyé son père vous demander si vous voulez bien l'épouser, continua Mma Ramotswe. Et moi, je suis la messagère du père. Il faut maintenant que vous réfléchissiez bien. Cet homme vous plaît-il ? L'aimez-vous assez pour l'épouser ? Est-ce ce que vous voulez ? Ne dites pas oui avant d'en être bien sûre. Faites très attention, Mma. C'est une décision importante.

Lorsqu'elle termina sa phrase, elle eut l'impression que Mma Makutsi avait perdu l'usage de la parole. Celle-ci ouvrit la bouche, mais la referma. Mma Ramotswe patienta. Une mouche s'était posée sur son épaule et la chatouillait, mais elle ne la chassa pas.

Mma Makutsi se leva soudain et considéra Mma Ramotswe. Puis elle se rassit lourdement, manquant presque sa chaise. Elle retira ses lunettes, ses grosses lunettes rondes, les essuya très vite sur son mouchoir en dentelle, ce mouchoir qu'elle conservait précieusement depuis tant d'années et qui, tout comme la petite fourgonnette blanche, approchait de la fin de sa vie.

Lorsqu'elle se mit à parler, sa voix était lointaine, presque un murmure. Mais Mma Ramotswe entendit ses paroles, qui étaient :

— Je vais l'épouser, Mma. Vous pouvez le dire à son père. Je vais épouser Phuti Radiphuti. Ma réponse est oui.

Mma Ramotswe applaudit, ravie.

— Oh, comme je suis contente, Mma Makutsi ! s'écria-t-elle d'une voix stridente. Je suis contente, contente, contente ! Son père dit que Phuti est sûr à cent pour cent de vouloir vous épouser. Cent pour cent, Mma ! Pas quatre-vingt-dix-sept pour cent, cent pour cent !

Elles sortirent ensemble et se dirigèrent vers l'endroit où se tenait Mr. Radiphuti. Il les regarda approcher avec anxiété, mais devina, à leur expression, la réponse qu'elles lui apportaient. Puis tous trois bavardèrent un moment, mais seulement un moment, car Mr. Radiphuti avait hâte d'aller transmettre à son fils le oui de Mma Makutsi.

De retour dans le bureau, Mma Ramotswe, pleine de tact, garda le silence. Mma Makutsi rassemblait ses idées, debout devant la fenêtre, le regard fixé sur les arbres, au loin, et sur le soleil du soir au-dessus des montagnes gris-vert, par-delà les arbres. Tant de pensées se bousculaient dans son esprit : son passé et le lieu d'où elle venait ; sa famille, qui allait être si heureuse d'apprendre la nouvelle, là-bas, à Bobonong ; et son défunt frère, Richard, qui ne saurait jamais, sauf, bien sûr, s'il la regardait de quelque part, ce qui était possible, pour autant qu'elle sache. Elle aimait ce pays, qui était un bel endroit, et elle aimait aussi ceux avec qui elle vivait et travaillait. Elle avait tant d'amour à offrir – elle l'avait toujours senti – et, à présent, il y aurait quelqu'un à qui le donner, et cela, elle le savait, serait bon. Car c'est cela qui nous sauve, cela qui rend la douleur et le chagrin supportables : cet amour que l'on donne, ce partage du cœur.

afrique

afrique afrique

afrique afrique afrique

afrique afrique

afrique

Claude Izner

Les enquêtes de Victor Legris

Claude Izner sait recréer l'effervescence du Paris de la fin du XIXe, celui de l'Exposition universelle, du Montmartre des artistes, des petits théâtres, des rues sombres, dans la tradition d'un Eugène Sue et de ses *Mystères de Paris.* Victor Legris, propriétaire d'une librairie rue des Saints-Pères, se voit chargé de résoudre des cas mystérieux, touchant ses proches, comme son ami et associé, le Japonais Kenji Mori. Au fil des différentes affaires, le libraire de « L'Elzévir » s'improvise détective, jusqu'à ce que cela devienne une véritable passion !

n° 3505 – 7,30 €

GRANDS DÉTECTIVES, DES POLARS HORS LA LOI DU GENRE

Eliot Pattison

Les enquêtes de Shan Tao Yun

Personnage complexe et esprit libre, Shan Tao Yun, inspecteur de police à Pékin, est envoyé en camp de rééducation au cœur de l'Himalaya pour avoir mis trop d'obstination à prouver l'implication d'un dirigeant communiste dans une affaire de corruption. Il y découvre un univers méconnu, celui d'un peuple qui oscille entre modernité et coutumes ancestrales. Bien malgré lui, Shan Tao Yun ne peut faire oublier ses compétences, et se voit chargé d'enquêter sur différentes affaires de meurtres. Ses enquêtes nous entraînent dans le Tibet d'aujourd'hui, en perpétuelle lutte contre l'oppression chinoise pour la préservation de sa culture et sa dignité.

n° 3648 – 10 €

GRANDS DÉTECTIVES, DES POLARS HORS LA LOI DU GENRE

Cet ouvrage a été imprimé par

FIRMIN DIDOT

GROUPE CPI

Mesnil-sur-l'Estrée

pour le compte des Éditions 10/18
en septembre 2005

N° d'édition : 3758
N° d'impression : 75325
Dépôt légal : octobre 2005
Imprimé en France